SCANNER

Walter Jury e Sarah Fine

SCANNER

Tradução
JACQUELINE DAMÁSIO VALPASSOS

JANGADA

Título do original: *Scan*.

Texto de acordo com as novas regras ortográficas da língua portuguesa.

1ª edição 2015.

Editor: Adilson Silva Ramachandra
Editora de texto: Denise de C. Rocha Delela
Gerente editorial: Roseli de S. Ferraz
Preparação de originais: Marta Almeida de Sá
Produção editorial: Indiara Faria Kayo
Assistente de produção editorial: Brenda Narciso
Editoração eletrônica: Join Bureau
Revisão: Vivian Miwa Matsushita

Dados Internacionais de Catalogação na Publicação (CIP)
(Câmara Brasileira do Livro, SP, Brasil)

Jury, Walter
Scanner / Walter Jury e Sarah Fine ; tradução Jacqueline Damásio Valpassos. – São Paulo : Jangada, 2015.

Título original: Scan
ISBN 978-85-64850-99-6

1. Ficção fantástica norte-americana I. Título.

15-01711 CDD: 823

Índices para catálogo sistemático:
1. Ficção : Literatura norte-americana 813

Jangada é um selo editorial da Pensamento-Cultrix Ltda.

Direitos de tradução para o Brasil adquiridos com exclusividade pela
EDITORA PENSAMENTO-CULTRIX LTDA., que se reserva a
propriedade literária desta tradução.
Rua Dr. Mário Vicente, 368 — 04270-000 — São Paulo, SP
Fone: (11) 2066-9000 — Fax: (11) 2066-9008
http://www.editorajangada.com.br
E-mail: atendimento@editorajangada.com.br
Foi feito o depósito legal.

Para Mel

UM

NO MEU MUNDO, AS COISAS SÃO SIMPLES. PELO MENOS, AGORA SÃO. A batida forte e pulsante da minha música é tudo o que a minha cabeça contém. Meus músculos estão relaxados. Meus pés descalços estão firmemente plantados no piso de madeira. Minha bunda está neste banco de metal, porém não por muito tempo. A qualquer momento, eles vão me chamar.

Estou pronto.

Levanto a cabeça quando Chicão bate no meu ombro. Ele faz um gesto para eu tirar os fones de ouvido. Obedeço, e os sons do torneio enchem os meus ouvidos; gritos e aplausos ecoando pelas altas paredes do enorme ginásio.

— Os pesos-leves acabaram de terminar, Tate — diz ele, o sotaque de seu português brasileiro mais carregado do que o normal. — As semis dos pesos-médios estão começando. Você é o próximo. — Seu cabelo encaracolado está todo esticado para trás, como se ele tivesse passado as mãos por ele. Meu treinador está mais nervoso do que eu, mas não sei por quê.

Treinei o dia todo, e estou prestes a treinar novamente.

— Bom... — eu digo. — Já estava na hora.

Largo o meu iPod na minha sacola, levanto e me estico e, então, ajeito meu quimono branco e impecavelmente passado, e ajusto minha faixa preta. *Perfeito*.

Mais uma luta para ganhar, e estou na final. Dez minutos me separam dela. Duvido que eu vá precisar de tudo isso, no entanto. Meu objetivo? Cinco minutos. No máximo. Vou fazer esse garoto bater a mão no tatame num piscar de olhos.

Tenho que fazer isso. Não quero nem ver a expressão no rosto do meu pai se eu não fizer.

Esse troféu pode tirá-lo do meu pé. Talvez ele me deixe dormir até depois das quatro por alguns dias. Ou deixe quebrar minha dieta com um pouco de frango frito sem entrar em pânico. Talvez me empreste o carro para que, ao menos uma vez, eu possa dirigir quando Christina e eu sairmos. O troféu pode até fazer com que ele sorria para mim e me diga que sou bom o suficiente para carregar o nome da família Archer. Para continuar o *legado da família* Archer, como ele sempre diz.

Mas isso seria esperar demais.

Do outro lado do tatame, assistindo à primeira luta das semifinais dos pesos-médios, está o meu adversário. Seus braços esguios balançam-se para trás e para a frente. Ele bate as palmas das mãos na frente do corpo. Bate as palmas das mãos atrás. Salta para cima e para baixo na ponta dos seus pés compridos. Rola a cabeça sobre o pescoço. Seu quimono azul está amarrotado, e há manchas escuras nas axilas. Ele, obviamente, está usando aquela coisa durante o dia todo... será que não pensou em trazer alguns quimonos para trocar? Franzo o meu nariz. É *melhor* que a nossa luta acabe rápido ou eu posso morrer com o fedor.

Ele olha para mim. Seus olhos são grandes e castanhos, com longos cílios. Como um boi. Passa a mão pelo cabelo preto cortado à máquina. Seu rosto é muito sério, as maçãs proeminentes e duras. Os lábios, finos e apertados.

Ele está com medo.

Minha boca se curva num sorriso predatório quando a luta à nossa frente termina por pontos. O juiz ergue a mão do vencedor, e o garoto não consegue conter o sorriso. Ele vai para as finais. Eu aplaudo algumas vezes, avaliando-o. Ele mostrou ter um tesoura *sweep* irado, e vou ter que ficar esperto quanto a isso.

Chicão se aproxima e acena com a cabeça em direção ao cara com olhos de boi.

— Aquele garoto. É com ele que você vai lutar a seguir. Ele ganha por submissões. Ganhou todas as vezes, hoje.

Impressionante. Mas, também, estamos nas semifinais do Tri-State Brazilian Jiu-Jitsu Championship; portanto, se ele não fosse impressionante, estaria no lugar errado, caramba. *Eu* treinei durante anos para chegar aqui. Dei duro horas a fio, todos os dias. Fui ensinado pelo melhor.

— Não desta vez — eu digo.

Chicão cruza os braços sobre o peito de barril.

— Não desta vez — ele concorda e, então, dá um tapa em minhas costas.

Gritos de encorajamento e assobios ecoam sobre mim enquanto eu me encaminho para o espaço delimitado da competição, onde meu foco se concentra no cara à minha frente. A multidão, atrás da cerca branca que separa os espectadores dos competidores, é apenas uma massa caótica e sem rosto. De qualquer forma, há apenas uns poucos rostos que eu gostaria de ver, e nenhum deles está aqui.

O juiz recita todas as regras que já ouvi um milhão de vezes e, em seguida, dá uns passos para trás, deixando-me com o meu adversário de olhos de boi. Ele tem uns cinco centímetros a mais do que eu, porém eles se concentram nas pernas, mas meus ombros são mais largos, e eu sei exatamente como usá-los a meu favor. Nós nos inclinamos para a frente, para um rápido aperto de mão, e, então, a luta começa.

Executamos nossa dancinha circular por um tempo, nenhum de nós fazendo muita coisa, apenas esperando que o outro faça algo estúpido. Eu finto duas vezes, e ele cai no golpe duas vezes antes de se tocar. E, então, eu fico cansado de esperar. Meu mundo é do tamanho daquele tatame, e é hora de construir um império. Agarro o seu pulso e o seu pescoço, segurando punhados de sua manga e gola, úmidas de suor, enquanto atolo o pé em seu quadril. Puxo pra guarda, caindo sobre as minhas costas e levando-o para baixo comigo. Ele está todo curvado e sem equilíbrio. Seus dedos esgaravatam minha perna, enquanto tenta se libertar, mas eu tenho um domínio sobre ele bom demais.

Eu torço o seu corpo para o lado e, enquanto ele cai para trás, imobilizo uma de suas pernas entre as minhas e prendo-lhe o outro pé, enrolando-o como um *pretzel* macio contra o seu corpo. A explosão de ar saindo de seus pulmões quando o prendo apertado é a coisa mais gratificante que ouvi no dia.

Chicão está gritando instruções da lateral, mas eu não presto atenção no que ele diz. Sou só eu e o Olho de Boi, e ele é todo meu. Ergo as pernas dele para o alto e deito-o de costas no chão. O cara está a uma chave de ombro de chorar chamando a mãe. Estou a trinta segundos de finalizar. Me apresso, obtendo controle...

E, então, perco o controle. Olho de Boi agarra os punhos de minhas mangas e torce minhas mãos para dentro até eu perder o domínio sobre ele. Ponho-me de pé rapidamente para recuperar a vantagem, mas, antes que eu possa ao menos respirar, seu pé dispara entre as minhas pernas e ele literalmente chuta minha bunda. Tropeço para a frente e quase caio em cima dele, enquanto Chicão grita:

— Caramba! Luta direito, porra!

Agacho, tentando manter o equilíbrio, mas Olho de Boi não me dá chance. Ele é como um maldito crocodilo, pela maneira como se contorce ao redor, todo tendões e força. Deitado de costas aos meus pés, ele enrola um braço em torno de um dos meus tornozelos e comprime o pé contra o outro. Não consigo reprimir o som que sai de minha boca enquanto ele praticamente me obriga a fazer um espacate. Sem condições de resistir, sou pateticamente fácil de rolar.

Acabo de lado e tento agarrar a perna de sua calça, a manga, *droga*, qualquer coisa, mas ele se move muito rapidamente. Quando suas longas pernas envolvem minha cintura como uma anaconda, sei que estou em apuros. Porque ele tem uma das *minhas* pernas segura com força contra o seu peito.

Sinto uma onda de dor atroz ao longo da minha perna direita, enquanto ele prende seus tornozelos por trás do meu quadril e se estica para trás, fazendo com que minhas articulações gritem à medida que se curvam de maneira não natural. Chicão está berrando agora, e é como se sua voz estivesse dentro da minha cabeça. *Porra, vai tomar no cu, caralho, você não é bom o bastante, Tate Archer, não dá nem para a saída.*

Eu me esforço, mas não adianta. Cerro os dentes enquanto a dor não dá trégua, os gritos de Chicão não dão trégua, e os gritos da multidão não dão trégua, e todo mundo sabe o que eu tenho de fazer, mas não vou fazer. Não posso. *Não vou.*

Eu faço.

Como se por vontade própria, minha mão liberta o aperto inútil da manga do meu oponente. Minha palma paira sobre o tatame pelo que parece um milhão de anos, mas é apenas metade de um segundo. O espaço entre este momento e a final. A distância entre a esperança e o desespero, entre a vitória e a derrota.

E, então, ela cai. Golpeia o tatame. Olho de Boi me solta. A dor na minha perna diminui. A dor em todo o resto está apenas começando.

Acabou.

Olho de Boi se inclina sobre mim. Ele estende a mão. Pisco e vejo nele o rosto de meu pai. Deixo que me ajude a levantar e percebo pela contração de seus lábios como faz pouco de mim. No momento, não posso culpá-lo.

A constatação de que perdi pulsa em minha cabeça. Reverbera em halos dourados ao redor das luzes fluorescentes acima de mim. Infiltra-se pelo tatame e corrói a sola dos meus pés. Agora, o juiz segura o meu pulso, mantendo-o para baixo, enquanto ergue o braço de Olho de Boi, e eu o deixo me arrastar como um zumbi, em todas as direções, para que possamos exibir meu fracasso para todos os quatro cantos do ginásio. Para todas as pessoas sem rosto. E para alguém que não está aqui.

Especialmente para ele.

Quando o juiz finalmente termina o vergonhoso desfile, caminho de volta para o banco, com meu quimono todo amarrotado e entreaberto, minha faixa apertada contra a minha pele nua. Pareço o que sou. Um perdedor. Mergulho em minha sacola em busca de meu iPod, enquanto Chicão diz:

— Puta que pariu, Tate, você perdeu o foco. Você deixou a guarda aberta.

Abro a boca para argumentar, mas tudo que sai é:

— Me perdoe. Desculpe. Sinto muito.

Ele balança a cabeça e puxa as chaves do bolso.

— Pegue a sua sacola. Vou buscar o carro.

— Não — eu digo. — Ainda não estou pronto. — Olho de Boi está no canto, conversando com o seu treinador, com um sorriso satisfeito. — Eu preciso assistir a final. Preciso descobrir o que aconteceu.

— Cacete — ele resmunga. — Você não sabe o que aconteceu? Raspagem da guarda-aranha. Chave de perna. Fim de jogo.

— Eu já lhe disse que treinador incrível você é? — Eu rio sem sorrir. — Falo sério. Vou ficar para assistir. Vá para casa. Vou ligar para Christina e ela virá me buscar. — Meu coração fica mais leve só de pensar nela. Preciso ver seu rosto. Vê-la sorrir. Ouvi-la me dizer que vou ficar bem. E que ela também vai. Ela sempre faz isso. Não tenho certeza de que vai ajudar desta vez, mas vale a pena tentar.

Ele me olha por alguns segundos, e me pergunto se acha que estou prestes a fugir e fazer besteira. Meu pai deixou claro para nós dois como esse torneio era importante, por isso, quem sabe? Talvez o pobre Chicão ache que eu sou suicida. E, que diabos, talvez eu seja mesmo. Não tenho certeza de nada agora, porque sou uma porra de um hematoma gigante por dentro, e não posso encarar o meu pai assim.

— Eu estou bem — digo. — Eu... eu não posso deixar isso acontecer novamente. A culpa foi minha. Fui um idiota.

Ele dá de ombros, porque simplesmente não se pode argumentar com esse tipo de verdade.

Assim que ele vai embora, ligo meu iPod para não ter que ouvir os baques e o arrastar dos pés no tatame, os gritos e aplausos da multidão, o pulsar latejante da minha derrota. Coloco a música tão alto que tenho certeza de estar matando algumas células do cérebro, o que é exatamente a minha intenção. Quero liquefazer a memória do que aconteceu e deixá-la escorrer para fora dos meus ouvidos.

Assisto às semifinais das três classes de peso seguintes. Assisto às lutas masculinas faixas pretas. Assisto Olho de Boi vencer sua última luta exatamente da mesma forma como me derrotou. Ele se coloca rápida e decisivamente em guarda-aranha, dando uma chave de braço no adversário e desequilibrando-o de três maneiras diferentes antes de finalmente rolá-lo.

Enquanto as finais continuam, mando uma mensagem de texto para Christina e peço-lhe para vir me buscar. Estou a, pelo menos, uma hora de distância de Nova York, então, tenho que lhe dar tempo. Em um minuto, chega a resposta dela.

Estou a caminho, gato.

Depois de ficar olhando para aquelas palavras por um longo minuto, deixo cair o telefone de volta na minha sacola. Nada mais para ver. Preciso me mexer. Preciso corrigir isso. Um gosto amargo enche minha boca. *Corrigir isso. Haha.* Se fosse assim tão fácil... Mas tenho que fazer *alguma coisa* ou eu realmente posso enlouquecer.

Caminho em direção a um tatame lateral, afastado da competição, onde outros dois perdedores estão tratando de seus machucados. Um dos pesos-médios está a fim de treinar, então, luto com ele. E, quando ele se cansa, treino com um cara que sou capaz de jurar que tem o dobro do meu peso. E, quando ele se cansa, treino com um peso-leve, que eu quase derrubo no tatame, antes de me ajustar ao seu corpo franzino. Vezes sem conta, pratico o que deu errado para mim. Pratico a guarda-aranha, lembrando exatamente onde Olho de Boi colocou as mãos, como ele me torceu. Pratico como sair dela, também.

Isso não vai acontecer novamente.

Isso nunca deveria ter acontecido, para começo de conversa.

Quando o grito final se eleva da multidão, percebo que, provavelmente, tenho apenas cerca de cinco minutos antes que Christina chegue.

Corro para o vestiário e tomo uma ducha, desejando ser capaz de lavar a derrota assim tão facilmente. Mas não. Ela se gruda a mim como pé de atleta.

Eu me enxugo, visto uma calça de moletom e uma camiseta e, então, estou do lado de fora, procurando por ela. Seu pequeno carro vermelho é o meu bote salva-vidas, e quando eu o avisto lá longe, parado no trânsito, não espero. Corro até lá.

Ela me vê chegando, abre o porta-malas e, em seguida, empurra a porta do lado do passageiro. Posso ouvir uma canção pop e feminina tocando, e isso me faz sorrir, mesmo que não seja nem um pouco o meu tipo de música. Se aquela música tivesse um sabor, seria de pirulitos de cereja, e, só por isso, eu adoro. Porque me faz lembrar, quando ela se inclina e me beija, dando-me boas-vindas, que esse é o seu sabor.

— Como foi? — Christina pergunta, baixando o volume do rádio. Ela afasta o cabelo louro escuro ondulado por cima do ombro.

Eu suspiro, deixando-me afundar no assento. Ela o colocou todo para trás, para que minhas pernas não ficassem espremidas. Pego a mão dela, correndo o polegar ao longo de sua pele macia.

— Podemos ir para casa? Foi um longo dia.

Ela me olha por um momento, e eu deixo. Não me importo. Quero os seus olhos permanentemente colados em mim. Ela estende a mão e desliza os dedos pelo meu cabelo, e eu fecho os olhos e suspiro, exalando o peso do dia.

— Quer falar só de coisas bobas? — ela pergunta.

— Sim — eu digo, inclinando-me para o seu toque. — Fale apenas de coisas bobas.

Sua mão desaparece, e o carro se move para a frente.

— Lisa decidiu fazer *dreadlocks* no cachorro — diz ela. — Eu a ajudei, embora tenha certeza de que seja crueldade animal.

— Ora essa! Ela não tem um *poodle*?

— Aham. Mas o pai disse a ela que estava cansado de pagar a tosa.

Abro os olhos e meu olhar desliza das unhas dos pés pintadas para as pernas macias e torneadas e para... *oh, cara, quem me dera não estar num veículo em movimento agora.*

— Hum.

Ela fala por alguns minutos sobre como a experiência dos *dreadlocks* deu errado e elas acabaram tendo que recorrer a um *petshop* de qualquer jeito, implorando por um par de tesouras e um Xanax para o cachorrinho. Deixo sua voz jorrar sobre mim, ensopando os meus ouvidos, aliviando os pontos em carne viva. Por mais poderoso que isso seja, entretanto, não pode afugentar completamente o medo que rasteja no interior do meu crânio e espalha suas asas serrilhadas por minha mente.

Ela olha para mim pelo canto do olho, enquanto pega a rodovia.

— Você definitivamente não está ouvindo minhas abobrinhas, Tate Archer.

— É só me tirar de Jersey e vou ouvir suas abobrinhas o resto do dia, gata. — Mostro-lhe o meu melhor sorriso, que não a engana.

Seus dedos finos passeiam até a minha coxa, e ela a aperta suavemente, bem em cima do local que, há poucas horas, ardia com a dor e a derrota iminente.

— Foi apenas um torneio, Tate — diz ela, baixinho. — Um monte de categorias, juízes e placares. Não era a *vida real*. Você sabe disso, certo?

Cruzo os braços sobre o peito, grato pela âncora de sua pequena mão na minha perna, porque é a única coisa que está me impedindo de saltar *agora mesmo* do carro em movimento.

— Sim. Certo. Apenas um torneio. Tente explicar isso para o meu pai.

DOIS

CINCO QUARTEIRÕES... TRÊS QUARTEIRÕES... UM QUARTEIRÃO...

Meu estômago se revira enquanto Christina ziguezagueia seu carro para entrar numa vaga do tamanho de uma latinha. Bem na frente do meu prédio.

Ela não me apressa, embora eu saiba que ela tem que ir para casa. Seu celular tem tocado sem parar. Seus pais vão sair hoje à noite e, aparentemente, a babá furou, então eles precisam que Christina tome conta de sua irmãzinha Livia. Mas Christina vira a chave na ignição e recosta-se no banco. Sua mão desliza para cima em meu braço, e as pontas de seus dedos alisam o meu pescoço e me dão calafrios. Do tipo bom. E eu preciso sentir algo bom no momento. Preciso tanto disso...

Em poucos minutos, tenho que enfrentá-lo. Ele está ali, esperando por mim. Teve que trabalhar esta manhã, mas me disse que estaria em casa no final da tarde para que pudéssemos comemorar quando eu chegasse com o troféu. Ele apontou para o local em sua vitrine onde o colocaria. O lugar que ele havia aberto entre uma pesada pirâmide de cristal encimada por uma bola, que ele ganhou no campeonato masculino de faixas pretas há alguns anos, e um troféu em formato de obelisco, que recebeu numa competição da seleção nacional. Claro que ele já havia colocado algumas das minhas medalhas e alguns de meus troféus ali, mas este teria sido o primeiro grande, o primeiro que *fazia jus* ao lugar, no centro da maldita vitrine. Significaria que eu estava pronto para competir em nível nacional, que eu era digno. Eu olhava para aquele lugar vazio, com o coração martelando, preenchendo-o já com os meus planos de dominação.

Agora eu olho para as minhas mãos vazias.

Christina encheu-as com a sua própria mão.

— Eu posso entrar com você, se quiser. Para diminuir um pouco a tensão, sabe? — Ela sorri, seus olhos azuis estão brilhando de alegria. E mais do que um pouco de esperança. Eu nunca a apresentei para o meu pai, e eu sei que ela se pergunta a razão disso.

Meus dedos fecham em torno dos dela e eu os aperto delicadamente. A expressão em seu rosto está fazendo meu peito doer.

— Não, está tudo bem. Eu sei que você precisa ir embora.

Não tenho coragem para lhe dizer que, embora ele não faça a menor ideia de como ela é, meu pai despreza a simples existência dela. Ele odeia qualquer coisa que me *distraia*, e, de acordo com ele, isso é tudo o que Christina é, o que é uma grandessíssima mentira. Eu já disse isso a ele. Vezes sem conta. Agora, evito o assunto. O que significa mantê-la longe dele, porque eu não posso suportar a ideia de ele espezinhá-la de alguma forma sutil do tipo "eu sou o homem mais inteligente da Terra". Ele não é tão sutil como pensa, e Christina é perceptiva, e iria captar na mesma hora.

Exatamente como captou agora. Seu rosto mostrou decepção por um instante, o suficiente para fazer a dor em meu peito tornar-se mais acentuada, mas, depois, ela forçou um sorriso novamente. Ela vai fazer de conta que não entendeu e me poupar de explicações, mesmo que mereça uma atitude melhor de mim e nós dois saibamos disso. Fico ao mesmo tempo cheio de gratidão e transbordando de culpa. Ela se inclina para a frente e beija minha bochecha, deixando uma manchinha de brilho labial cereja na minha pele, um pequeno tesouro que vou levar comigo ao enfrentar seja o que for que está por vir.

— Ligue para mim se quiser conversar, está bem? — diz ela. — Vou ficar brincando com Barbies nas próximas três horas e, provavelmente, uma pausa viria a calhar.

— Eu trocaria de lugar com você com o maior prazer. — Dou um puxão em sua mão, incapaz de deixá-la ir, desejando poder passar a noite toda naquele espaço fechado com ela. Seu beijo é doce. Suas mãos no meu pescoço são tão quentes... Ela sorri contra meus lábios e coloca a mão no meu peito. Tenho certeza de que ela pode sentir meu coração batendo.

— Agora você está apenas evitando entrar em casa — ela me acusa, mas não há nenhuma malícia em seu tom.

Fecho os olhos e inalo o cheiro dela, cerejas e amêndoas.

— Eu não teria tanta certeza disso. — Ela está completamente certa.

Ela toca o meu nariz com o dela.

— Vejo você amanhã?

— Com certeza.

E, então, abro a porta e saio para a calçada. Imóvel ali, com minha sacola na mão, vejo-a afastar-se do meio-fio e deslizar para o tráfego. Não tiro os olhos de seu carro até que as luzes traseiras desaparecem numa esquina, e, agora, sei que o meu tempo acabou.

Entro pelo saguão e subo a escada, porque tomar o elevador é inútil. Moramos no primeiro andar de um edifício de três andares, e a porta da frente fica a um lance de degraus apenas. Permaneço do lado de fora por alguns instantes, sabendo que estou sendo um completo covarde.

E, claro, ele não espera que eu esteja pronto para enfrentá-lo. Ele não gosta de esperar. Ele abre a porta.

Alto e magro, com uma expressão indecifrável no rosto bem barbeado, meu pai me avalia dos pés aos ombros com seu olhar cinza-ardósia. Demora menos de um segundo para coletar, pesar, processar e analisar o meu fracasso. Sem me olhar nos olhos, ele diz:

— Eu esperei para aquecer o jantar. Esperava que você chegasse uma hora atrás.

Sigo-o até a sala de estar e largo a minha sacola no sofá. Johnny Knoxville, nosso gato rabugento, a única coisa que minha mãe deixou para trás quando desistiu de nós, há quatro anos, me dá um miado mal-humorado e pula de sua almofada favorita. Ele caminha até meu pai e se esfrega em suas pernas, deixando pelos pretos nas impecáveis calças cáqui dele.

— Não tinha certeza de que você estava em casa — minto. — Sei que você está indo para Chicago, para a tal reunião da diretoria.

O canto da boca do meu pai se contorce.

— Que eu deixei para *amanhã*, como você bem sabe.

Afasto os olhos de seu olhar frio e avaliador, de seu cabelo castanho-escuro com corte militar irrepreensível, de sua postura perfeita.

— De qualquer forma, não estou com fome.

É como se ele nem sequer me ouvisse. Vai até a cozinha e tira as nossas refeições prontas da geladeira. Reconheço pela etiqueta na caixa o que tenho para comer esta noite. Refeição número 14. Duas conchas de macarrão, duas fatias de pão de trigo, uma grande salada de espinafre com 60 gramas de sementes de girassol e 30 gramas de molho com baixo teor de gordura, 240 gramas de peito de frango sem pele e grelhado, e 240 mililitros de leite desnatado. Tudo medido com cuidado, até os miligramas. Na medida para as minhas necessidades nutricionais únicas, conforme o determinado por Frederick Archer, também conhecido como o cara que dirige a minha vida, também conhecido como o meu pai.

Ele enfia um garfo através do filme plástico sobre o compartimento da massa e mete o recipiente no micro-ondas.

— Você se lembrou de tomar o suplemento proteico após a última luta? — pergunta ele, com a voz completamente controlada, como de costume.

— Sim, é claro. — Meus suplementos ainda estão na minha sacola... intocados. Eu estava muito ocupado me afogando na derrota para me lembrar de tomá-los.

Ele levanta a cabeça e me fuzila com um olhar que diz "você está mentindo". Mas tudo o que diz é:

— Você nunca come o suficiente nos dias de competição, e você precisa de suplementos. Você ainda precisa consumir hoje pelo menos 370 gramas de carboidratos. E proteína. Pelo menos cinquenta...

— Eu não posso comer tudo isso esta noite. Sério, eu só quero...

— Tate. — Sua voz me atravessa. — Você vai estar dolorido amanhã. E, se for descuidado assim, vai perder massa muscular.

Eu caminho até a mesa e me sento. Ele vira as costas e volta sua atenção para a nossa comida, sabendo que a discussão terminou. Ele tem ombros largos e um torso em forma de V, magro e musculoso por baixo de sua camisa Oxford feita sob medida. Para sorte minha, também tenho a mesma constituição física, só que ainda não a preenchi. Sou quase tão alto quanto ele agora, graças ao que me pareceu ser mil anos de intensas dores de crescimento, mas ainda sou todo liso e sem volume.

Lutei e ralei por cada grama de massa muscular que possuo, e não tenho nenhuma intenção de perdê-la. E ele sabe disso.

Ele se demora colocando a nossa comida em pratos de verdade, em vez de deixá-la nas bandejas plásticas compartimentadas nas quais geralmente comemos. Levanto-me e pego alguns garfos e facas, porque não aguento mais ficar ali parado apenas olhando para ele e preciso fazer alguma coisa, ou então vou sair correndo. Quando volto para a mesa, ele já está sentado, guardanapo de pano no colo, 240 mililitros de vinho tinto em um copo ao lado de seu prato, com os dedos longos tamborilando. Acho que aquele pode ser o único mau hábito que ele tem, a menos que se leve em conta o hábito de me humilhar regularmente, como ele faz.

Abaixo-me para me sentar na cadeira, sentindo pela primeira vez uma dor lancinante na perna direita: cortesia do Olho de Boi e um excelente lembrete de como eu sou patético. Cerro os dentes e mantenho a minha expressão serena, mas o olhar do meu pai não deixa escapar coisa alguma.

— Você foi machucado hoje. — Ele nunca perde tempo fazendo perguntas para as quais já sabe a resposta.

O que me poupa o trabalho de lhe responder. Enfio uma garfada de macarrão na minha boca e mastigo.

— Você não foi enfaixado depois da luta.

Mastigo, mastigo, mastigo, engulo. Um pouco de salada de espinafre, sinto o sabor amargo na minha língua. Mastigo.

A mandíbula dele se contrai. Ele toma um gole de vinho. Meus olhos se desviam para a vitrine de troféus do outro lado da sala. As luzes do móvel estão acesas, destacando um espaço vazio que não está realmente vazio. Está repleto com o meu fracasso.

Afasto os olhos da vitrine. Mordo o pão, sinto o gosto doce das nozes. Mastigo.

Ele alisa o guardanapo sobre o colo.

— E o Chicão não o trouxe para casa.

Levanto os meus olhos do prato.

— Ele ligou para você.

— Não, eu liguei para ele.

Expiro fortemente pelo nariz. Lá. Vamos. Nós.

— Para saber como eu fui.

— É tão absurdo querer saber como o meu filho se saiu em uma competição tão importante?

— Não mais absurdo do que a ideia de você poder ligar para o próprio filho para descobrir. — Sinto uma sensação estranha entre meus dedos e percebo que esmaguei o meu pão e o transformei numa massa grudenta no meu punho fechado.

Ele balança a cabeça, apertando os lábios.

— Bastante lógico. Achei que seria melhor se eu obtivesse a informação com antecedência por terceiros.

Largo os destroços do meu pão no prato.

— Porque você pensou que eu iria mentir?

— Porque eu pensei que seria mais fácil para você.

— Isso parece fácil? — Meu coração está batendo contra as minhas costelas, e meu estômago está contraído.

Ele suspira.

— Na verdade, parece-me desnecessariamente difícil. O Chicão me contou sobre a semifinal. Ele disse que você poderia ter vencido o cara.

Sim. Sim, eu poderia.

— Isso é loucura. Aquele *cara* venceu a droga do torneio inteiro. Por submissões. Não é como se...

— O único fracasso verdadeiro na vida é não ser fiel ao que melhor se sabe — diz ele, calmamente.

Minha risada tem um gosto amargo. Eu odeio esse jogo.

— Você está citando Buda? Ora, vamos, papai, você pode fazer melhor do que isso. Que tal um pouco de Sun Tzu? Nada como *A Arte da Guerra* durante o jantar.

— Refletir sobre os ensinamentos de Sun Tzu *antes* de sua luta poderia ter ajudado. Parece que o seu adversário fez isso. "Finja inferioridade e incentive a arrogância de seu inimigo." *Ni ting shuo guo ma*?

Que maravilha. Agora ele está questionando a minha inteligência em chinês sarcástico. Meus olhos estão ardendo. Quero socar alguma coisa. Principalmente porque ele está tão sereno e controlado e eu estou na borda do penhasco, pendurado pelos dedos. Ah, e também porque ele está certo. Mais uma vez. E eu estou errado. Mais uma vez. Mais uma vez. Mais uma porra de vez.

— *Shi ma? Ni zhen hui taiju ren* — respondo malcriado enquanto me levanto da mesa. — Sinto muito por não lhe trazer um prêmio reluzente para a sua vitrine reluzente. Desculpe, eu não sou perfeito como você.

Ele estremece, e isso meio que me congela por um segundo, tipo "será que eu acabei de balançá-lo?". Mas o momento logo passou, e sua expressão está tranquila novamente.

— Eu não preciso que você seja perfeito — diz ele. — Eu preciso que você dê o melhor de *si*. Se você pode me olhar nos olhos e me dizer que você deu o melhor de si hoje, essa conversa termina por aqui.

Ele espera. E eu me sento na minha cadeira, com os braços cruzados sobre o peito, a perna latejando seriamente agora, e os olhos grudados no meu prato ainda cheio. Incapaz de dizer qualquer coisa, porque estou com as minhas palavras represadas tão fortemente que vou explodir como uma granada se eu abrir a boca.

Ele leva umas garfadas de comida à boca, mastiga cada uma quarenta vezes antes de engolir. E, então, diz:

— Você vai treinar uma hora extra por dia durante as próximas semanas. Chicão cancelou outros compromissos na agenda dele. Além de seus exercícios matinais, você vai ter uma sessão de treino com ele depois da escola, antes de suas aulas de idiomas.

Santo Deus! Ele acaba de puxar o pino da minha granada. Eu me levanto num salto.

— Eu não posso! Já combinei com a Christina de ajudá-la em Química...

— Não — ele rosna, com os olhos faiscando de fúria à menção do nome dela. — Isso é muito mais importante.

— *Ela* é importante — grito. — Eu prometi a ela, e não vou deixá-la na mão.

Agora ele está em pé. Pode ter alguns cabelos grisalhos nas têmporas, mas não está nem um pouco fora de forma. Provavelmente, poderia acabar comigo sem suar a camisa. Seria quase um alívio se tentasse, porque eu *quero* bater nele neste momento.

— Nada é mais importante do que a sua formação — diz ele, em voz baixa. — Você... *nós*... temos uma responsabilidade e os riscos são muito maiores do que você pode...

— Dane-se a minha responsabilidade! Eu nem sei o que é isso! — A raiva ferve em minhas veias, sinto o calor dela correndo ao longo de meus membros. — Você está sempre falando sobre isso e nem percebe quão estúpido você soa.

Estufo o meu peito e abaixo meu timbre uma oitava, imitando-o.

— Carregar o sobrenome Archer é uma grande responsabilidade, Tate, para a qual você deve se preparar subsistindo com uma dieta de frango grelhado e macarrão e virando o cérebro do avesso diariamente.

Meu pai aperta a ponte do nariz.

— Tate, pare.

Mas eu não consigo. Estou na pilha.

— Você já está no segundo grau e só fala onze línguas? Não é bom o suficiente. Falo 23, por alguma razão incompreensível. E esqueça a sua namorada. Claro, ela é a melhor coisa que já aconteceu a você, mas provavelmente é mais sábio pensar nela como uma perda de tempo ambulante. — Eu abano o dedo para ele. — Mas não se preocupe. Você pode trabalhar a sua frustração no tatame com um cara brasileiro suado que usa loção Old Spice demais. Você nunca vai ser tão perfeito como eu sou, mas, talvez, eu possa transformá-lo numa imitação barata.

Ele cruza os braços sobre o peito.

— Tate, acalme-se.

Estou bem ao alcance dele agora, o que é brincar com a sorte, mas já fui muito longe para me importar.

— E eu nunca vou lhe dizer realmente *por que* o faço passar por isso, Tate — falo por entre os dentes cerrados. — É parte da diversão. Vou lhe dizer um monte de besteiras sobre a responsabilidade da família, claro, mas, na verdade, é porque sou um cientista, e eu me importo com você exatamente tanto quanto eu me importo com todos os meus outros experimentos.

Minha respiração está arquejante. Estou perto dele o suficiente para ver a pequena cicatriz no canto de seu queixo e o fogo em seus olhos enquanto me encara. Ele não se move, no entanto. Não vacila, não recua nem me empurra para longe. Ele apenas fica ali. E, quando abre a boca para falar, sua voz soa firme como uma rocha e mortalmente calma.

— Eu vou lhe dizer tudo, quando você estiver pronto, filho. Infelizmente, hoje você provou que está *muito longe* de estar pronto.

Suas palavras contundentes são afiadas como facas, e elas esvaziam o meu ímpeto, deixando-me murcho. Outra citação de Sun Tzu me ocorre, e, como sempre, é tarde demais para me fazer qualquer bem. *Subjugar o inimigo sem lutar é o cúmulo da habilidade.*

Ninguém é mais hábil do que Frederick Archer.

Eu aceno afirmativamente com a cabeça, dando-me por vencido sob o peso da derrota, que é pesada o suficiente para me tornar lento, mas não o suficiente para me afundar no chão.

— Obrigado, pai. Aproveite o seu jantar — murmuro.

Giro nos calcanhares e, vagarosamente, caminho para o meu quarto, grato por ele não poder ver a careta de dor em meu rosto enquanto eu me esforço para não mancar.

TRÊS

ABRO A PORTA DO QUARTO DE MANHÃ E ENCONTRO O MEU CAFÉ DA manhã numa bandeja. Refeição número 6. Duas xícaras de cereais enriquecidos com ferro, banana, 240 mililitros de leite, 240 mililitros de suco de laranja, pílula azul de vitamina D. Além disso, um bilhete do meu pai dizendo que ele voltará de Chicago tarde da noite e um lembrete de que o Chicão virá esta tarde para ministrar o meu primeiro treino extra. Nada, nem uma palavra sequer sobre o que aconteceu no dia anterior.

Nada, exceto um vidro de Advil que ele deixou no meio da mesa da cozinha, ao lado de um copo com água.

Pode ser domingo, eu posso ter passado por um inferno ontem, mas isso não é desculpa para esmorecer. Caminho com a minha perna doendo até o nosso quarto de treino e não saio de lá até que me tenha punido adequadamente. Isso significa correr cerca de oito quilômetros na esteira ergométrica e passar uma hora com os pesos, pensando o tempo todo sobre a *responsabilidade da família* e tentando descobrir que diabos ele poderia estar querendo dizer com isso, chegando a absolutamente nenhuma conclusão e não conseguindo coisa alguma, a não ser uma dor de cabeça do tamanho de Manhattan. Em seguida, a senhora da limpeza aparece para fazer a faxina, enchendo o apartamento com o cheiro de 2-butoxietanol e sulfonato sódico de petróleo — Windex e Pinho Sol — e fazendo minha cabeça já latejante parecer que vai explodir.

Ah, mas antes que isso aconteça... Christina aparece na minha porta vestindo uma saia curta e carregando uma caixa de Donuts.

Ninguém pode negar que eu tenho a melhor namorada do mundo.

— Olá. — Eu escancaro a porta para deixá-la passar para o *hall* de entrada, incapaz de diminuir o enorme sorriso em meu rosto.

Ela abre a caixa e ergue uma sobrancelha:

— Eu achei que você talvez estivesse precisando de um pouquinho de açúcar para levantar o astral.

Ainda estou sorrindo quando pego da caixa uma daquelas monstruosidades cobertas de glacê e dou uma mordida enorme. Meu pai teria um ataque se pudesse me ver agora.

— Você não faz ideia — digo, com a boca cheia.

Assim que nós dois detonamos os Donuts, eu a levo até o laboratório de meu pai, em parte porque é a única maneira de escapar da senhora da limpeza, e em parte porque eu gosto do fato de que ele nem imagina que eu posso entrar ali. E também porque passar um tempo sozinho com a minha namorada é algo muito raro, e eu não tenho a menor intenção de desperdiçá-lo.

— Só por curiosidade, como você descobriu como entrar aqui? — ela pergunta, quando nos aproximamos da porta. — Eu pensei que o seu pai fosse supermisterioso com este lugar.

Eu balanço a ponta dos dedos de minha mão direita para ela.

— É para isso que esse lance aqui serve.

Ela aperta os olhos para enxergar o filme plástico quase transparente por cima do meu dedo indicador, uma fina tira que peguei no meu quarto quando estávamos a caminho dali.

— E isso é...?

— A impressão digital dele. — Eu deslizo o dedo numa abertura no painel de controle ao lado da porta e, em seguida, uso a outra mão para digitar a senha do meu pai, que me custou seis meses seguidos, mais o talento de hacker, para descobrir. — É culpa dele, na verdade. Foi ele quem começou a me ensinar química quando eu ainda estava no jardim de infância.

— É por isso que você é tão bom nisso? — Ela pergunta, levantando a minha mão para a luz. Ela está no último ano e, embora seja ótima em todas as outras matérias, eu dou aulas de química para ela.

— Acho que sim. Não é tão difícil.

Christina revira os olhos enquanto eu cuidadosamente retiro a fita transparente do meu dedo e coloco-a numa pequena caixa de plástico que puxo do meu bolso.

— É verdade — digo. — Veja o caso disso aqui, por exemplo. — Agito a caixinha de plástico para ela antes de guardá-la novamente. — Quando você toca em alguma coisa, sua pele deixa para trás todo tipo de substância: aminoácidos, isoaglutinogênios, potássio, e um monte de outros compostos. Não se pode ver nada disso, é claro, e eles podem ser apagados facilmente. Mas estão lá e disponíveis se você souber como encontrá-los e usá-los. Tudo que foi preciso para eu conseguir essa impressão digital foi uma lâmpada, papel-alumínio, um pouco de supercola, esta tira de fita e um pouco de vodca.

Ela me lança aquele olhar com a sobrancelha erguida.

— Vodca?

Eu dou de ombros.

— Ok, talvez vodca fosse apenas a bebida escolhida para a noite.

Ela dá um tapa no meu braço porque sabe que eu estou mentindo: vodca é o tipo de coisa que nós definitivamente não teríamos em casa.

— Você não tem medo que ele pegue você?

Eu a conduzo através da porta e puxo-a para mim, deslizando os dedos por um dos cachos de seu cabelo louro-escuro, traçando o caminho em torno de sua clavícula.

— Qualquer dia desses, meu pai *vai* me pegar aqui, e, aí, a festa acaba. Mas, enquanto isso não acontece, este é um ótimo lugar para se explorar.

Em mais de um sentido. Eu abaixo a cabeça e encosto minha boca na dela.

Beijar Christina é como um anestésico instantâneo. Seus lábios têm gosto de açúcar, e suas mãos são de uma suavidade líquida enquanto roçam os meus braços, deixando minha pele toda arrepiada. A temperatura no laboratório de meu pai é controlada, mantida sempre num frio de 15 graus, não importa a época do ano.

Na verdade, não sinto frio, porque estou pegando fogo agora.

Conduzo as costas de Christina de encontro a uma das mesas do laboratório, e ela solta um suspiro ofegante, levantando-se na ponta dos pés. Tem os braços em volta do meu pescoço e seu corpo está pressionado contra o meu. Posso sentir cada curva dela. A ponta quente de sua língua desliza ao longo de meus lábios e, enquanto abro a minha boca para deixá-la entrar, algo dentro de mim ruge. Minhas mãos encontram sua cintura e eu a ergo para sentá-la na mesa. Puxo seus quadris em direção a mim para que eu possa ficar entre as suas pernas, para que eu possa aproximar-me um pouco mais e sentir sua...

Sua mão no meu peito, dando-me o mais suave dos empurrões.

É o único sinal de que preciso. Mesmo que seja como acionar o freio de um trem em alta velocidade, consigo reverter o curso e me inclinar para trás, dando-lhe algum espaço. A outra mão, que até este momento estava enrolada no meu cabelo, desliza para a minha bochecha. Suas próprias bochechas estão coradas com um incrível tom de rosa. Os olhos dela fitam o meu ombro.

— Hum — ela sussurra —, acho melhor nós apenas...

Ela ajeita os quadris e puxa a bainha da saia até o meio das coxas, e eu me sinto como um total idiota. Não tive a intenção de forçar tanto a barra. Sei que ela não está pronta para isso. Somos amigos há quase três anos, mas não estamos *juntos* há tanto tempo. Não é como eu me sinto, no entanto. Gosto dela há tanto tempo que mal consigo me lembrar de uma época em que ela não fosse a primeira coisa em que eu pensava ao acordar... e, lógico, o objeto de minhas fantasias também. Porém, por mais que eu deseje tocá-la, não vou estragar tudo. Ela significa muito para mim.

— Sim, é claro. — Dou um passo para trás e me viro, olhando para um dos muitos monitores de computador de tela plana de meu pai. Este não estava aqui da última vez em que entrei furtivamente. A imagem é toda preta, com apenas três números no centro da tela:

2.943.288.494

4.122.239.001

14 (?)

Enquanto observo, medindo minha respiração por segundos, forçando-me a me acalmar, o número inferior, com o ponto de interrogação ao lado, permanece o mesmo, porém os dois primeiros mudam, oscilando para baixo dois, para cima um, para baixo três, para cima cinco.

O primeiro número está diminuindo de forma constante, mas o segundo está crescendo exponencialmente.

Exatamente como o constrangimento entre mim e Christina, agora.

Ela está silenciosa, o que faz meu coração começar a bater por uma razão completamente diferente. Meus olhos e meu cérebro se movem a uns duzentos quilômetros por hora, tentando encontrar uma maneira de navegar o *tsunami* de estranheza que nos atingiu. Sentindo-me nervoso, estendo a mão e toco a tela com os números, e ela pisca e evapora como se fosse um *screensaver*. Por uma fração de segundo, a tela é preenchida com uma espécie de projeto extremamente complexo que logo é substituído por uma extravagante tela vermelha solicitando uma senha. Viro-me para Christina rapidamente.

— O que é isso? — pergunta ela.

— Não faço a mínima ideia. — Foi estúpido de minha parte tocar na tela daquele jeito. Neste laboratório, não há como dizer o que pode acontecer, e eu geralmente sou mais cauteloso. Mas não estou pronto para sair ainda, então, mostro à Christina as coisas que já descobri. — Quer aprender algumas maneiras diferentes de matar alguém? — proponho.

Sua risada é alta e trêmula.

— O quê?

— Nós poderíamos brincar com alguns dos brinquedos do meu pai. — Eu aponto para a estante de armas negras e luzidias que ocupa a parede. Meu pai trabalhava para uma empresa chamada Black Box Enterprises, uma fabricante de armas particular. Ele saiu de lá bem na época em que minha mãe nos deixou, mas ele ainda faz trabalhos como autônomo para a Black Box e, por alguma razão, participa de todas as reuniões da diretoria. É onde ele está agora, na verdade.

Olho por cima do ombro em direção a Christina.

Ela engancha um dedo numa das presilhas da minha calça e me puxa para trás. Seus braços envolvem minha cintura, e seu rosto se ilumina com uma expressão travessa.

— Parece-me um *excelente* plano.

Ela salta fora da mesa de laboratório e se aproxima do que parece ser um toalheiro, no qual se encontram pendurados vários sacos prateados feitos de uma delicada trama de fios de aço. Do fundo de cada um deles partem fios finos que se conectam a um painel negro, debaixo do "toalheiro".

— Não sei como você poderia matar alguém com um destes — comenta ela secamente, apontando para os sacos. — Embora eles tenham uma certa beleza.

— Oh, eles não matam. — Eu sei disso porque fui estúpido o bastante para brincar com um, certa vez. Obviamente, sobrevivi, apesar de que, na época, eu desejei não ter sobrevivido. — Você pode colocar uma dessas belezinhas na cabeça de alguém e ligar... — Giro uma chave no painel preto, e os sacos começam a pulsar com uma luz silenciosa. — É muito mais brilhante se você olhar o interior do saco... ou se sua cabeça estiver dentro de um. As luzes estroboscópicas das fibras ópticas no interior do saco piscam na mesma frequência das ondas cerebrais humanas. É o chamado efeito Bucha.[1] Receita certa para uma convulsão. — Eu sei. Levei um dia inteiro para conseguir dormir.

Ela dá um passo para trás e corre em minha direção.

[1] Fenômeno identificado pelo doutor Bucha na década de 1960, ao investigar uma série de acidentes de helicóptero inexplicáveis. Os pilotos sobreviventes relataram que, antes de perder o controle do aparelho, experimentaram tontura, náuseas, atordoamento e desorientação. O doutor Bucha descobriu que o rotor do helicóptero, ao girar em determinadas velocidades, poderia produzir flashes de luz solar em frequências que combinavam com as frequências elétricas das ondas cerebrais do sistema nervoso central, induzindo sintomas parecidos com crises epilépticas. (N. R.)

— Acho que sinto medo de seu pai... mas, também, admiração.

Que é mais ou menos como eu me sinto e, de certa forma, isso me deixa com mais raiva dele.

Eu me inclino e pego um disco preto liso de uma prateleira cheia de dispositivos semelhantes. Mancho-o todo com minhas próprias impressões digitais, mas não me importo.

— Isso aqui realmente é muito legal — digo, pressionando um botão em sua borda. Uma tela aparece em sua superfície... um mapa do mundo, junto de minúsculos botões de comando.

— Isso é um GPS? — Christina se inclina mais para se aproximar. Seu cabelo cheira a amêndoas, e eu aspiro o perfume profundamente.

— Tenho certeza de que esse troço aqui é capaz de bem mais do que isso. — Toco um dos botões e um *prompt* aparece:

Satélite Ramsés IV-467 senha:

Os olhos de Christina se arregalam.

— Você sabe a senha?

Eu rio, fazendo mistério.

— Talvez. — Eu sei. É o nome do meio da minha mãe. Entretanto não tenho nenhum desejo de travar um satélite de bilhões de dólares hoje. Posso estar com raiva de meu pai, porém não *tanto* a esse ponto. Desligo a tal paradinha controladora de satélite e coloco-a de volta na prateleira.

Os olhos de Christina percorrem rapidamente as estantes aramadas e as mesas de laboratório no centro do enorme aposento que lembra um hangar e que abriga uma coleção de objetos de várias formas e diversos tamanhos, todos pretos, lisos e atraentes.

— Então, nem todas as coisas aqui são armas?

— Não. Só as que estão naquela parede ali e as que estão sobre esta mesa. — Faço um gesto em direção aos sacos de convulsão, que estão pendurados bem ao lado de um conjunto de dispositivos de estimulação vibroacústica, de aparência inocente, mas que estou bastante certo de que poderiam parar o coração de um homem.

Ela sorri... sem dúvida, sentindo-se mais segura agora que eu lhe indiquei a direção de coisas menos propensas a matar a ela ou a mim ao simples contato.

— Hum. Vamos ver — diz ela, enquanto se move em direção a maior mesa do recinto. Seus dedos tamborilam levemente ao longo de sua superfície enquanto ela se aproxima de um dispositivo que eu nunca vi antes e que está ali exposto, como se meu pai tivesse esquecido de guardá-lo. Tem pouco mais de trinta centímetros de comprimento e cerca de cinco centímetros de largura. Como tudo o que meu pai faz, é liso e preto, exceto por umas portas ao lado do interruptor de acionamento, parecidas com uma USB, mas não inteiramente. Christina pega o aparelho e arqueia uma sobrancelha. — Isso tem potencial.

— Tenha cuidado — eu digo. — Não tenho ideia do que isso faz.

— Parece um *scanner* detector de metais portátil. Para segurança, sabe? Como aqueles nos aeroportos? — Ela aperta um botão no punho, e um facho de luz amarela brilha a partir de seu centro. Seus lábios se curvam num sorriso sugestivo.

— Acho que preciso revistá-lo por contrabando, Sr. Archer.

Balançando os quadris, ela vem em minha direção, caminhando de forma provocante, e para. Perto o suficiente para eu tocá-la, perto o suficiente para eu sentir o cheiro de canela e açúcar de sua respiração, perto o suficiente para eu enrolar meus dedos sobre a borda da mesa atrás de mim e segurar firme. Ela estende lentamente o bastão e o agita por cima do meu braço, o que faz com que uma luz azul reflita de volta para nós.

— Oh, eu gosto disso. Que cor bonita — diz ela, com uma voz que eleva a minha temperatura alguns graus.

Ela passa o bastão sobre o meu ombro e em volta do meu pescoço e, então, bem devagar, desliza-o para baixo, sobre o meu peito, aquele brilho azul refletindo intensamente em seus olhos. Seu olhar está fixo no meu, e o bastão está descendo cada vez mais, e tudo o que posso fazer é esperar que aquela coisa não detecte o fluxo de sangue ou algo do gênero, porque posso me encrencar se ela continuar assim.

E, então, justamente quando a luz azul é refletida de forma intensa e ofuscante pelo botão metálico da minha calça jeans, Christina ri e olha para baixo, para os próprios pés. Johnny Knoxville está alisando o corpo magro em torno de seus tornozelos. Olho para a porta do laboratório e percebo que a deixei aberta. Johnny mia, bem agudo e inocente, e eu sinto uma onda de gratidão, porque acho que ele me salvou.

— Oi, Johnny — Christina fala, toda carinhosa. — Você está se sentindo excluído? Devo revistar você também? — Ela se inclina e passa o bastão sobre as costas dele, emitindo a luz amarela neutra sobre o seu sedoso pelo preto e as lajotas cinzentas sob suas patas. Ele se assusta com isso e sai correndo.

— Desculpe! — ela exclama e, em seguida, olha para mim. — Eu não queria assustá-lo.

— Que nada. Ele é totalmente rabugento e neurótico. Difícil não ser quando se vive com o meu pai.

Ela passa alguns instantes procurando por ele debaixo das mesas do laboratório e, antes de se levantar, ergue os olhos para mim e me dá uma olhada que deixa minhas veias em chamas.

— Devo revistar a mim mesma? O que você acha?

Eu... não consigo falar. Simplesmente assisto sem respirar enquanto ela desliza a coisa por suas pernas nuas do tornozelo ao joelho, desejando ainda ter um número suficiente de neurônios funcionando para tirar o *scanner* dela e fazer o trabalho sozinho.

Ela tira os olhos de mim e olha para as próprias pernas.

— Ei — ela diz, franzindo a testa. — A luz está vermelha.

Ela balança o bastão em minha direção. Azul. E de volta sobre sua barriga. Vermelha.

— O que essa coisa detecta?

— Gostosura — digo porque... que diabos. Eu ainda estou olhando para as pernas dela.

Ela quase não ri da minha piada infame. Em vez disso, desliga o *scanner* e o coloca de volta onde o encontrou. Deslizo meu braço ao redor de sua cintura.

— Ok, tudo bem. A explicação mais óbvia é que eu sou um cara. E você definitivamente *não* é um cara. Percebe? Azul para os caras. Vermelho para garotas. — Mesmo enquanto eu digo isso, sei que não deve ser só isso, mas é a única explicação que me ocorre no momento.

— Está certo. Ei! Estou ficando com um pouco de frio. — Ela aponta para a pele arrepiada em seu braço geralmente tão lisinho. — Você acha que a senhora da limpeza já acabou lá em cima?

Pesco Johnny debaixo da escrivaninha do meu pai e deixo-o lá fora, no corredor, e, em seguida, pego a mão dela e levo-a para fora do aposento. Pouco antes de apertar o botão para fechar a porta deslizante atrás de nós, olho para trás, para a tela que toquei pouco depois de entrarmos. O *screensaver* está de volta, os dois enormes números de cima fazendo sua dança agitada, enquanto a linha final ainda mostra: 14 (?). É um mistério, um enigma a ser resolvido. Então, meus olhos pousam no *scanner*, e eu sorrio. Mais dois quebra-cabeças para resolver. As palavras de Sun Tzu me ocorrem novamente, e, pela primeira vez, o *timing* é perfeito:

As oportunidades se multiplicam à medida que são aproveitadas.

QUATRO

AH, SEGUNDAS-FEIRAS... MEU ALARME DISPARA ÀS QUATRO DA MANHÃ, e se eu não colocar a minha bunda para fora da cama imediatamente, sei que meu pai vai estar aqui às 4h01, com um copo de água fria para despejar sobre a minha cabeça. Minha carcaça morta de sono está na sala de treino às 4h05, e meu pai já está lá. A julgar pela quantidade de suor que encharca a frente da sua camiseta, ele está ali há pelo menos meia hora.

— Como foi a reunião da diretoria? — pergunto apenas por educação. Eu já estava deitado antes de ele chegar em casa na noite passada.

— Um grupo de pessoas ricas que pensam que devem obter o que querem quando querem, não importa se é bom para eles ou não — diz ele entre respirações forçadas.

Ele volta sua atenção para o painel de seu *stepper*, e eu o deixo com o seu exercício. Certamente, se ele houvesse notado evidências de meu pequeno arrombamento de ontem, teria dito alguma coisa. Acho que me safei.

Após o meu treino, tomo um banho e, depois, vou para o meu quarto, para algumas horas de estudo. Não para o colégio. O colégio é uma brincadeira de criança em comparação com o que meu pai me faz estudar. Esta manhã, é análise de elementos finitos e equações diferenciais, e, em seguida, modelagem e análise dimensional de sistemas biológicos. Depois disso, eu gasto um pouco de tempo com táticas e estratégias, história básica de material de guerra e, a seguir, meia hora de imersão na mais recente linguagem que estou aprendendo: árabe. Juro que meu pai está me treinando para ser um SEAL da Marinha ou algo assim. Talvez a responsabilidade da família seja conquistar um país pequeno em algum lugar.

Saio para a cozinha e encontro meu pai sentado à mesa com seu melhor amigo, George. *Doutor* George Fisher, para ser mais preciso, que trabalha para a Black Box Enterprises.

— ... dessa forma eu posso ter certeza de que Brayton está sendo honesto em relação a seus planos — meu pai está dizendo.

George concorda.

— Ele está ansioso para negociar. Vai mandar um carro para buscar você ao meio-dia.

— Quem vai dirigir?

— Peter McClaren. O sobrinho mais velho de Angus, sabe? Um bom garoto. Acabou de se formar pela Yale, e Brayton o contratou há algumas semanas. — George abre um sorriso fácil, talvez para contrabalançar o cenho fechado no rosto do meu pai. As coisas são sempre mais tranquilas quando George está por perto. Não posso dizer a mesma coisa sobre Brayton, no entanto. Ele é o chefe de George, e costumava ser o chefe de meu pai também até ele deixar a empresa. Encontrei Brayton apenas uma vez, quando ele apareceu em nossa porta há alguns anos, logo depois de o meu pai pedir demissão da Black Box, exigindo falar com ele imediatamente. Fiquei ouvindo da cozinha, enquanto eles discutiam na sala de estar, mas eles começaram a falar numa língua que eu ainda não conhecia. Não entendi uma só palavra depois que meu pai gritou: — Como se atreve a vir à minha casa? — De uma coisa eu sabia, no entanto: Brayton estava chateado com algo, e ele não foi embora mais feliz do que havia chegado. Afastei-me dali com a nítida impressão de que parecia que ele havia sentado sobre um formigueiro.

— Ei! — George me chama quando me vê, inclinando a cabeça de cachos prateados em minha direção. — Olhe só para esse cara! Juro que eu acho que você cresceu mais cinco centímetros desde que o vi na semana passada.

— Oi, George. — Eu me sento diante da Refeição número 18, que ainda está fumegando, depois de sair do micro-ondas. Omelete de dez claras de ovos. Cento e vinte gramas de presunto magro fatiado. Trinta gramas de queijo *cheddar*. Trinta gramas de pimenta vermelha. Um *english muffin* integral. Também tenho a sorte de ter duas colheres de sopa de geleia de damasco e 240 mililitros tanto de leite como de suco. Além disso, minha pílula azul de vitamina D. E meu pai deixou um suplemento proteico ao lado da minha bandeja.

Meu pai aponta para o suplemento.

— Você se esqueceu outra vez de tomar depois do treino.

Rasgo o pequeno envelope metálico e sugo o gel. Sabor limão. Enquanto o líquido viscoso desliza sobre a minha língua, fixo-me na pequena tela plana na parede atrás do meu pai, assistindo ao resumo do jogo dos Yankees, enquanto ele e George conversam sobre os últimos relatórios da população mundial das Nações Unidas e da CIA. Beisebol é muito mais interessante, até eu ouvir o meu pai dizer:

— ... quero que você veja a anomalia. Há quatorze que não coincidem.

— E você tem uma teoria sobre o porquê... — diz George, olhando-o de perto.

Meu pai confirma, balançando a cabeça solenemente.

— Mas acho que os outros números são precisos... e estão mudando muito mais rapidamente do que as minhas estimativas anteriores sugeriam.

Tiro o som da televisão, pensando na tela no laboratório de meu pai que exibia aqueles três números.

— Você está planejando acabar com o problema da superpopulação com algumas de suas armas de destruição em massa?

Digo isso como uma piada, uma das muitas ondas que tiro dele ao longo do dia. Mas os olhos de George se arregalam, e meu pai se inclina para trás no assento, como se eu tivesse lhe dado um soco no estômago. Seu choque me diz que foi um golpe sério, mas a sensação de poder é irresistível.

— Oh, sinto muito. Será que me aproximei demais da verdade?

— Nem um pouco. E mais uma vez sou lembrado de que meus assuntos não são da sua conta, pelo menos até você aprender a pensar antes de falar. — O tom de voz de meu pai impõe mais respeito do que uma arma apontada. — Peço desculpas pela falta de tato do Tate — ele diz a George.

O calor sobe lentamente do meu peito para o pescoço, enquanto George abana a mão para o meu pai, indicando que não se importou, e eu deixo escapar um suspiro longo e controlado. Não vou deixar as coisas assim esta manhã.

—Talvez, se você me contasse mais sobre o assunto — digo baixinho —, eu não diria tantas coisas estúpidas.

Meu pai abaixa o garfo devagar e limpa a boca com o guardanapo. Seus movimentos lentos e precisos são um sinal total de perigo, e eu não sou o único que percebe. Sempre pacificador, George ri e se inclina para trás, pegando sua garrafa térmica de café. Em nossa casa, não bebemos café, por isso, ele sempre tem que trazer o seu próprio. Ele toma um gole e lança ao meu pai um olhar divertido.

— Vamos, Fred. Você não pode culpá-lo por ser curioso sobre o seu trabalho. Afinal de contas, de onde você acha que ele herdou essa característica especial?

Meu pai senta-se muito ereto em sua cadeira. Seu cabelo escuro está bem penteado. Sua camisa está bem passada. Ele olha por cima da mesa para mim. Não estou nem bem penteado, nem minha roupa está bem passada.

E também nem me importo.

— "Aprender sem pensar é trabalho perdido, mas pensar sem aprender é perigoso" — ele começa, e eu gemo.

— Esqueça isso — falo, colocando para dentro o restante do meu café da manhã o mais rápido que posso, fazendo qualquer coisa para sair daquele sermão, que já ouvi milhares de vezes. Geralmente termina com ele dizendo que eu *não estou pronto* para saber o que ele sabe e, por isso, devo voltar para os meus estudos e calar a boca. — Tenho certeza de que você está certo. Tenho certeza de que estou errado. Feliz?

Digo a maior parte disso com a boca cheia, e alguns pedacinhos de clara de ovo batido caem na minha bandeja enquanto falo, o que provoca nele um olhar apertado de reprovação e asco. Encaro isso como pura vitória, vendo seu rosto se torcer assim por minha causa.

— Bom ver você, George. Tenho que ir para o colégio.

Eu me afasto do meu pai antes que sua expressão possa voltar para aquela máscara neutra e impenetrável que ele geralmente usa. Jogo minha mochila no ombro e sorrio. Eu o irritei, e quero carregar essa emoção comigo um pouco mais.

Não deve ser muito difícil. Estou levando o seu *scanner* mágico de não-sei-o-quê dentro de minha mochila.

Eu assobio enquanto saio pela porta.

Meu bom humor permanece comigo durante toda a manhã. Minhas duas primeiras aulas — História Antiga e Economia — são totalmente soporíferas, porém não posso culpar os professores. É culpa do meu pai, ele me fez aprender todas essas coisas alguns anos atrás. Mas a minha próxima aula é Química Avançada, e eu a assisto com um grupo de alunos seniores, incluindo Christina. Então é ótimo por dois motivos. Em primeiro lugar, porque mesmo que eu finja desprezar essas aulas só para chatear o meu pai, elas são realmente muito legais. E, em segundo, porque eu posso olhar para a minha namorada por uma hora inteira.

Tenho que aproveitar agora, porque ela vai se formar em poucas semanas.

Quando o sinal toca e todos nós saltamos de nossos lugares para correr para as nossas próximas aulas, Christina se vira para mim com uma expressão aflita.

— Estou tão feliz que você vai me ajudar a estudar para a prova final — ela diz baixinho, enquanto coloca o livro em sua mochila. — Eu gostaria de escapar deste lugar com minha nota média intacta.

Meu coração se oprime como se eu tivesse levado um soco no peito, enquanto ela corre a mão pelo meu braço e se dirige para a porta. Esqueci totalmente. Chicão. As sessões extras de treino. Eu deveria detê-la e contar. Deveria explicar o que aconteceu, que já está tudo acertado.

Mas o olhar em seu rosto parecia tão agradecido naquele instante, como se achasse que eu sou seu herói, que ainda não posso deixar isso acabar. Vou dizer a ela na hora do almoço. Talvez consiga descobrir uma maneira de me esquivar do treino com o Chicão antes disso. Talvez consiga consertar as coisas.

Minha quarta aula do dia, Teoria dos Jogos, tinha um sério potencial para ser incrível, e foi por isso que me inscrevi nela, para começo de conversa, em vez de ter o tempo livre. Entretanto... Sr. Lamb é o professor. E alguma coisa me faz não ir com a cara dele.

Talvez seja por ele sempre parecer mais interessado em meu pai do que em mim.

Há poucas coisas que eu odeio mais do que isso.

Com certeza, assim que eu tomar o meu lugar na fileira da frente e puxar o meu *notebook* da mochila, Sr. Lamb estará em pé diante da minha mesa. Ele é estranhamente alto, tem um nariz adunco e o cabelo ralo. Como uma espécie de homem-abutre híbrido.

— Como foi seu fim de semana, Tate?

Ele tem uma mancha na frente de sua calça marrom-escura, ao lado da braguilha. Ergo a minha cabeça e vejo-o sorrindo para mim. Há um milímetro inteiro de espaço entre seus dois dentes da frente, e eu me pego querendo socá-los para juntá-los.

— Sem nada de especial, Sr. Lamb.

Ele empurra os óculos para cima com uma unha suja, enquanto seu sorriso muda de amigável para cético.

— Que nada. Eu sei que você tinha um torneio! Will comentou na semana passada. Seu pai foi com você?

Terei de agradecer a Will por isso, quando eu o encontrar na hora do almoço. Talvez com uma chave de pulso ou um golpe de palma. Eu adoro o cara. Ele é o meu melhor amigo desde o jardim de infância. Mas não sabe manter a boca fechada.

— Não, meu pai estava trabalhando. — Olho para o relógio, desejando que o sinal toque e me salve da agonia lenta daquela conversa fiada.

E porque é meu dia de sorte, é exatamente o que acontece, justo quando Sr. Lamb está abrindo a boca para fazer outra pergunta. Ele faz uma pausa enquanto seus lábios se ajustam à alteração de suas próximas palavras.

— Tate, você pode ir até o quadro branco e escrever as equações para a dominância fraca e a dominância estrita?

Sim, sim, eu posso. Adoraria, na verdade. Sr. Lamb pode ser um tremendo baba-ovo, mas manja muito de teoria dos jogos, provavelmente porque ela não trata de diversão de verdade. E sim de equações matemáticas que reproduzem o conflito e a cooperação na vida real, mas isso é bom para mim. Eu mergulho em eliminação iterada de estratégias dominadas pelos próximos quarenta minutos. Chego a um equilíbrio de Nash justamente quando o meu estômago ronca, quebrando minha concentração.

Assim que o sinal toca para o almoço, a lembrança do que eu preciso dizer para Christina me acerta no centro do peito como uma das cotoveladas perversas de Chicão. Caminho penosamente em direção ao refeitório como um condenado. Na verdade, nem sequer a vejo quando ela sai do banheiro com sua melhor amiga, Lisa, e um grupo de companheiras da equipe de futebol; não até que ela enfia seu braço no meu e aperta. É como um pequeno milagre, esse toque, como um choque de pura euforia direto em meu sistema nervoso. Ela olha para mim com um sorriso doce no rosto, e eu decido imediatamente que só posso ter essa conversa com ela mais tarde. Estamos com nossos amigos, afinal de contas, e o almoço é como um oásis para todos nós no deserto da escola. Trinta minutos para rir e flertar, meia hora de fuga.

Lisa e as outras passam alguns minutos comprando ingressos para o baile, enquanto Christina e eu nos apressamos a entrar na fila do almoço antes que ela fique muito cheia. Comprei os ingressos na sexta-feira, no momento em que ela disse que iria comigo.

Sentamos em nossa comprida mesa, como de hábito. Mesmo que nós sejamos os primeiros ali, nós nos acomodamos tão perto um do outro que seu peito raspa o meu braço quando ela se vira para mim e pergunta:

— Como está o seu dia até agora?

Eu sorrio.

— Uma porcaria se comparado com agora.

Estou inclinado para a frente a fim de roubar um beijo-relâmpago, quando alguém toca levemente no meu braço. O garoto retira a mão rapidamente, como se houvesse gasto toda a sua coragem para se aproximar e chamar minha atenção.

Parece ter uns 10 anos. Calouro, com certeza. Tem um rosto em forma de lua e um nariz curto e grosso, quase arrebitado, e está olhando para mim como se eu fosse uma estrela de rock.

— Oi — eu digo.

— Hum, oi — ele responde, virando-se para olhar por cima do ombro para um grupo de crianças de seu tamanho, metade delas olhando para mim da mesma forma que ele... e metade olhando para Christina de uma forma totalmente *diferente*.

— Posso ajudá-lo, amigo? — pergunto, querendo desesperadamente voltar para Christina e terminar o que comecei antes que nossos outros amigos cheguem ali.

— Você é o cara que fez aquelas bombinhas com Red Bull e uns pauzinhos? — ele desembucha.

Foi apenas uma pequena brincadeira, uma mistura que fiz para comemorar o primeiro dia do meu primeiro ano criando algumas lembranças duradouras... e um monte de caos. Agora, minha ação foi elevada ao *status* de lenda e atribuem a mim a capacidade de criar explosivos com materiais completamente *não* explosivos, o que é muito legal, mas algo de que não posso me gabar publicamente.

— Cara. Não vou confirmar nem negar meu envolvimento nesse incidente. — Pisco o olho para ele.

Seu rosto se ilumina como uma chama de nitrato de sódio, e sua voz guincha quando ele diz:

— Eu ouvi dizer que você é tipo... uma espécie de MacGyver moderno. Foi você também que fez aquela coisa com serpentina aerossol a jato no escritório da Sra. Ganswick, não foi?

Sim, fiz. Misture resina acrílica com trifoliato de sorbitano e uma porrada de um propulsor como diclorodifluorometano — tudo convenientemente surrupiado do laboratório do meu pai — e você terá uma excelente maneira de se vingar de uma professora que lhe dá um C só porque ela não gosta de sua opinião sobre energia nuclear ou sei lá o quê.

Christina cutuca o meu braço. Ela me disse que essa história iria circular pelo colégio e estava certa.

— Não tenho ideia do que você está falando — digo para o menino, mas não posso deixar de sorrir. Essa foi uma brincadeira muito foda, se é que eu mesmo posso chamá-la assim.

Aparentemente, Cara de Lua pensa assim também.

— Você pode me ensinar?

Escuto essa pergunta semana sim, semana não. Geralmente, de pequenos calouros *geeks* como ele.

— Sinto muito — respondo, mantendo minha voz pesarosa, o que é difícil, agora que a mão de Christina está apertando minha coxa por baixo da mesa. — Minha agenda está lotada no momento.

A ávida centelha em seus olhos se apaga, e, quando ele se vira para ir embora, não consigo evitar de agarrar o seu braço e sussurrar:

— Açúcar impalpável e removedor de tocos de árvores. Misture e acenda. Divirta-se.

Ele sai correndo para partilhar o seu conhecimento novo e proibido com os coleguinhas. Eles estão prestes a se meter numa quantidade incalculável de problemas. Eu acabo de lhes dar uma receitinha inofensiva para uma rápida e suja bomba de fumaça.

Justamente quando estou deslizando meu braço em torno de Christina, Will se senta na nossa frente, atrás de uma bandeja com uma pilha enorme de batatas fritas afogadas em *ketchup*. Seus olhos encontram os meus, e sua expressão é só expectativa. Uma fração de segundo depois, percebo o seu novo penteado. Seu couro cabeludo trigueiro está liso e reluzente, a não ser pela faixa de cabelo negro e curto, de cinco centímetros de largura, no centro.

— Puta merda. Você está usando um moicano. — Eu me aproximo para lhe dar um tapinha no topo da cabeça. — Sua mãe deve ter tido um ataque quando o viu.

Ele ri, passando a mão sobre o topete.

— Ela disse algumas palavras bem escolhidas. Especialmente quando eu lhe contei que fiz isso por causa de uma garota.

Aperto os olhos e pergunto.

— Você fez?

— Que nada, cara — diz ele, olhando para mim como se eu tivesse perdido a cabeça. Então, ele olha para a mesa ao lado da nossa, que está cheia de calouros e garotas do segundo ano, e levanta e abaixa as sobrancelhas algumas vezes. — Mas eu faria, pela garota certa!

Christina suspira, mas muitas das garotas riem. Várias delas parecem querer *ser* a tal garota. Mesmo ele sendo um idiota a maior parte do tempo, *todo mundo* gosta de Will.

Ele levanta o queixo em minha direção e aponta para mim uma batata frita com a ponta embebida em vermelho.

— Seu pai sossegou em relação a sábado ou ainda está pegando no seu pé?

— Não existe um momento em que ele não esteja pegando no meu pé. Mas tudo bem. Sempre jogamos esse jogo. Saca só meu último movimento.

Puxo o *scanner* da minha mochila e sinto uma onda de satisfação quando o rosto de Will abre um enorme sorriso. Aquela sensação desaparece rapidamente quando o rosto de Christina faz o oposto.

— Não posso acreditar que você trouxe isso para a escola — diz ela, afastando-se de mim. — Seu pai não vai ficar uma fera?

Reviro os olhos.

— Deixei de me importar com o que ele pensa.

— O que é isso? — Will pergunta.

— Uma espécie de *scanner* — diz Christina. — Indica os diferentes sexos... ou, pelo menos, é isso o que o Tate acha.

Assim que Christina diz isso, entendo como soa ridículo. Meu pai nunca desenvolve coisas tão simples. Nunca.

Will larga a sua batatinha.

— Um lance menino-menina? Ah, passe isso pra cá.

Sua mão dispara sobre a mesa e seus dedos envolvem o cabo do aparelho, pressionando o botão que liga o *scanner*. Quando ele o arranca de mim, o dispositivo pisca em vermelho em frente ao rosto carrancudo de Christina.

— Ei — ele diz. — Vermelho para menina, né?

Ela cruza os braços sobre o peito.

— Nada lhe escapa, não é?

Will lhe faz uma leve reverência e agita o bastão sobre mim, projetando uma luz azul que reflete de volta para ele.

— Ah, entendi. Azul para menino.

Ele desliza o bastão sobre a própria cabeça.

E o *scanner* reflete vermelho.

— Oh-oh — diz ele, levantando-se da mesa. — Ou eu perdi os meus peitos ou você está errado sobre o *scanner*, T-boy.

O que eu já sabia.

— Sempre achei que você fosse uma menina — digo, levantando-me também da mesa, com a intenção de pegar o *scanner* de volta. Pelo que sei, o negócio é uma arma. Fui um idiota em trazê-lo para a escola.

Os olhos de Will se acendem com o desafio, e ele decola, utilizando o benefício de anos de treinamento de futebol para driblar o tráfego humano que agora entope o refeitório com o horário do almoço em pleno andamento. Estou bem atrás dele, fazendo eu mesmo alguns dribles e já desejando que tivesse tomado mais alguns comprimidos de Advil antes de sair para a escola.

Will percorre a fila do almoço, passando o *scanner* ao longo dos corpos da maior parte das líderes de torcida, as quais todas, com exceção de duas, refletem vermelho-cereja. No final da fila, atrasada pelo fluxo de bandejas, Miranda Hopkins se agacha para pegar o telefone celular que ela deixou cair. Will se coloca por trás dela num segundo, deslizando o *scanner* pelas pernas dela e, em seguida, por baixo de sua saia. O fino tecido azul não pode esconder a luz vermelha que emana do *scanner* quando é passado sobre a sua bunda. Ela grita e depois começa a rir quando vê o olhar de divertida adoração no rosto dele, enquanto ambos se levantam.

Ele joga o *scanner* para o alto para pegá-lo no ar, e meu coração quase sai pela boca momentos antes de ele voltar a agarrar o objeto firmemente. Corro em sua direção passando por algumas mesas, mas, em seguida, o namorado de Miranda, um brutamontes chamado Kyle Greer, que não por acaso é o capitão da equipe de luta livre, empurra Will para o lado com uma expressão assassina no rosto. Will tropeça, agitando os braços de forma excessivamente dramática, bem na frente do rosto de Kyle. O *scanner* reflete vermelho para ele também.

Enquanto Will corre para longe do casal, ele me lança um olhar de espertalhão. A hipótese de ser um lance menino-menina é demolida completamente: Kyle Greer tem mais testosterona do que todo o resto dos caras do último ano combinados.

Will corre de volta ao longo da fila, agora mantendo o *scanner* elevado, e o aparelho pisca azul sobre a senhora grisalha que serve o almoço, parada ao lado da salada de taco. Ela lhe dá um olhar exasperado, que diz que está contando os segundos até poder aposentar-se e ir para a Flórida, e nunca mais ter que olhar para outro adolescente novamente.

O meu agora ex-melhor amigo continua a espalhar o caos por mais alguns minutos antes de eu finalmente encurralá-lo no bufê das saladas.

— É hora de uma nova teoria, T — diz ele.

— Não brinca. Agora, passa isso pra cá antes que nós dois sejamos suspensos. — Lanço-lhe um olhar que diz que estou perfeitamente disposto a machucá-lo se for preciso. Ele revira os olhos e me dá o *scanner*. Quase todos os alunos da turma B, que enche o refeitório nesse turno, estão me encarando enquanto eu caminho de volta para a minha mesa, mas eu os encaro de volta. Will acabou de escanear quase todos entre as centenas de pessoas no refeitório.

Afora eu, a senhora que serve o almoço e uma meia dúzia de outros, todos refletiram vermelho. E é claro que não se trata de menino--menina, preto-branco, jovem-velho ou qualquer coisa assim. Será que é um marcador biológico? Um lance de genética? Provavelmente, mesmo algo assim seria muito simples. As invenções do meu pai são impiedosamente complicadas. Às vezes, levo dias para desmontá-las e vasculhar seus arquivos de computador codificados para desvendar os seus segredos. Entretanto, quando olho para Christina e me pergunto o que ela faz — e quase todos os outros — diferente de mim, sei que não vou parar até descobrir.

Assim que eu terminar este dia — de preferência, sem chamar mais atenção para mim... e para o *scanner*.

CINCO

ESTOU EM PLENO PROCESSO DE FILAR UMA BATATINHA FRITA DE WILL quando ouço uma voz que me faz encolher por dentro.

— Esse brinquedo tem um aspecto bem legal. — Sr. Lamb e suas calças manchadas estão bem do lado da nossa mesa, destruindo minha esperança de manter discrição. Hoje deve ser o dia dele de monitorar o refeitório. — Parece um *scanner* de segurança.

Fulmino Will com os olhos quando Sr. Lamb se senta, e vejo nele um silencioso pedido de desculpas. Os dedos de Christina encontram os meus e eu os seguro firmemente. Ela poderia muito bem ter assumido uma atitude de "eu te disse", mas, em vez disso, está comigo, me dando uma força.

Sr. Lamb nos olha com ar inquisidor.

— Onde você conseguiu isso?

— É o novo controlador da minha plataforma de jogo — respondo. — Eu a trouxe para mostrar aos meus amigos.

Will me faz um aceno de cabeça quase imperceptível. Vai confirmar minha história até o fim, se for preciso. Só rezo para que ele não diga nada maluco ou fale demais.

Uma das sobrancelhas de Sr. Lamb se eleva, aproximando-a de uma das entradas cada vez mais pronunciadas em seus cabelos louros. *Game on.*

— Sério? Eu nunca vi um desses. — Antes que eu possa pará-lo, ele pega o *scanner* e o examina. — Embora eu não seja muito chegado a *video games*, por incrível que pareça. — Ele revela o espaço entre os dentes novamente.

— Sério, Sr. Lamb? — Will pergunta com excessiva inocência nos olhos arregalados. — Eu podia jurar que o senhor era um ninja dos *video games*.

O sorriso de Sr. Lamb torna-se indulgente.

— Bem, talvez eu jogue um pouquinho. O suficiente para saber que isso aqui deve ser novidade!

Ele brande o *scanner* como um sabre de luz. Christina inclina a cabeça e seus ombros sacodem num riso silencioso, porque o professor está parecendo um completo *nerd*. Gostaria de achar tanta graça na cena, mas, agora, tudo o que quero que ele faça é devolver a invenção de meu pai e se mandar.

— Então, de qual plataforma é isso? — Sr. Lamb pergunta. — Não parece com nada da Nintendo ou de qualquer das outras.

— É um acessório de uma edição limitada do PlayStation — diz Christina. — De um jogo novo.

Os olhos do Sr. Lamb brilham de uma maneira que não consigo decifrar quando ele a encara.

— Então, Srta. Scolina, quer dizer que essa coisa tem algum dispositivo interno que lhe dá autonomia? Quero dizer, o bastão reage ao ambiente, mesmo quando não está conectado a um sistema...

Ele liga o bastão e o agita sobre a minha cabeça, fazendo brilhar uma luz azul sobre a mesa. E, em seguida, sobre o seu próprio peito.

Vermelho.

Meu cérebro está girando.

— É apenas um MMORPG[2] padrão baseado num console, Sr. Lamb. — Agito minha mão em direção ao *scanner*, resistindo ao meu impulso de arrancá-lo dele e sair correndo. — Você... transfere os resultados para o sistema e... acumula pontos para o seu personagem...

Merda. Eu deveria ter deixado Christina responder, ela estava indo muito bem, e eu pareço um idiota.

— Essas coisas vão estar em toda parte, até o próximo verão — diz Will, tão alto que o pessoal todo na mesa atrás dele se vira para olhar.

Tenho vontade de enfiar minhas meias sujas de educação física em sua garganta para calá-lo. Will tem o dom de levar as coisas longe demais.

— Ah, é mesmo? Será a próxima sensação, então? — Sr. Lamb lança ao meu melhor amigo um olhar arregalado falso que é notavelmente semelhante ao que Will lhe deu, um segundo atrás. Tenho certeza de que ele sabe que estamos mentindo descaradamente, mas está tentando bancar o esperto. — E como se chama esse jogo? Talvez eu deva procurá-lo.

— Varinha dos Ciclopes — Christina responde solenemente, com apenas um tremor quase imperceptível em seu lábio inferior.

Sr. Lamb agita o *scanner* na frente do rosto de Christina, fazendo-a piscar quando a luz brilhante passa por seus olhos. Ele franze os lábios e concorda com a cabeça.

---

[2] Acrônimo para "Massive Multiplayer Online Role-Playing Game", jogo de computador ou *video game* que permite a múltiplos jogadores criarem personagens simultaneamente em um mundo virtual e dinâmico na Internet. (N. R.)

— Eu definitivamente vou procurá-lo. Mas, aproveitando que estou aqui com vocês, me deem algumas dicas. — Ele inclina a cabeça em minha direção. — É um jogo de estratégia dominante? Eu li que muitos desses MMORPGs seguem o padrão básico de pedra, papel e tesoura,[3] em que qualquer classe de personagem é estritamente mais fraca do que pelo menos outra classe, e mais forte do que pelo menos uma outra.

Ah, pelo amor de Deus, agora ele está me pedindo para aplicar a teoria dos jogos na *porra de um* video game *que sequer existe*. Puro ódio por aquele homem corre em minhas veias, a ponto de quase sobrepujar o pânico que sinto. Porque quanto mais tempo ficarmos aqui falando com ele, mais correremos o risco de sermos derrotados.

Já que ele pode muito bem confiscar o *scanner* e, aí, Eu. Estou. Ferrado.

— No fundo, está mais para um jogo de sinalização Bayesiana dinâmica — balbucio.

Os olhos cor de lama do Sr. Lamb me encaram. Depois, ele me devolve o *scanner*.

— Hum... Fascinante. Você deveria basear seu trabalho semestral neste jogo, Tate. Você tem uma excelente compreensão dos conceitos. — Ele me lança aquele seu sorriso falhado. — Você pode trazer a varinha e dar uma demonstração na sala de aula!

— Hum. — Engulo em seco e agarro firme o *scanner*, tentando encontrar uma saída de emergência daquela conversa. — Na verdade, estava pensando em basear o meu projeto nas aplicações da teoria dos jogos a conflitos violentos...

---

[3] Pedra, papel e tesoura, também chamado de *janken-pon* (do japonês *jankenpon*), é um jogo de mãos recreativo e simples para duas ou mais pessoas, que não requer equipamentos nem habilidade. (N. R.)

Sr. Lamb franze a testa, e Christina se inclina para perto de mim, emprestando-me seu calor enquanto lascas de gelo enchem meu estômago. Apresso-me em dizer:

— Mas vou pensar sobre isso.

Seus lábios finos se enrolam num sorriso desagradável.

— Vou deixá-los terminar o almoço.

Ele vai embora e eu presumo que vá arruinar a refeição de outra pessoa, no entanto ele caminha para fora da cantina, indo em direção ao departamento de matemática e ciências. Will e eu olhamos um para o outro por um longo segundo.

— Sinto muito, cara — diz ele, mais uma vez, esfregando a mão sobre a cabeça.

— Não se preocupe com isso. Eu que fui idiota de trazer este negócio para a escola. — Puxo minha mochila para o meu colo e estou enfiando o *scanner* dentro dela quando a voz do Sr. Feinstein, o diretor do colégio, ecoa no alto-falante.

— Tate Archer, por favor, compareça no escritório administrativo central.

Pelo menos uma centena de pares de olhos está sobre mim. Todos eles devem estar pensando que estou a ponto de ser preso por ter contrabandeado na escola, e não tenho certeza de que estejam errados.

Empurro o *scanner* para o colo de Christina.

— Guarda isso para mim? Não acho que deva ir à sala do diretor com o *scanner*.

Ela apanha a própria mochila do chão e enfia o *scanner* dentro dela.

— Tudo bem. Não se meta em encrencas, tá?

Acho que pode ser tarde demais para isso.

— Vou me esforçar.

Deslizo para fora do banco da cantina, coloco minha mochila no ombro e afasto-me de Christina, imaginando que a minha sorte acaba de terminar.

Caminho pelo corredor sem fazer corpo mole. Faltam dez minutos para o intervalo de almoço acabar. Talvez não tenha a ver com o *scanner* ou qualquer das peças que preguei; talvez seja alguma falha administrativa ou algum problema com os meus registros. Talvez eu nem me atrase para minha próxima aula.

Quando chego à administração central, que é um nome um bocado pomposo para o conjunto de salas acanhadas cheias de secretários mal-humorados e sobrecarregados de serviço, estou quase convencido de que não é nada sério.

Meu pai desfaz essa esperança quando sai do escritório do orientador e gesticula para mim, indicando-me que o siga. Seu olhar cinza-ardósia é pétreo. Seu cabelo, geralmente bem penteado, está desgrenhado, como se lá fora estivesse ventando à beça, ou como se houvesse passado as mãos por ele desesperadamente, coisa que não consigo sequer imaginar. Ele espreita para fora do escritório e me conduz a um pequeno recanto junto à saída da frente. Justamente quando eu acho que vai continuar seguindo em frente para fora da escola, ele se vira e agarra meus braços.

— Você entrou no meu laboratório — diz ele, em voz baixa.

Seu rosto está muito próximo ao meu, e eu tento inclinar-me para trás, porém ele não me dá chance de ir a qualquer lugar. Só me resta resignar-me. Mentir é inútil agora.

— Sim, entrei.

Sua expressão se transforma. Parece não querer acreditar, como se minha admissão do fato o tivesse machucado fisicamente.

— Como você conseguiu entrar lá?

— Método supercola. Depois disso, foi apenas uma questão de fazer a montagem da impressão digital. Lembra quando você me ensinou isso?

— Você tinha 8 anos — diz ele, olhando para mim como se eu fosse um estranho para ele.

— Eu prestei atenção.

Ele balança a cabeça, e o aperto de suas mãos está me machucando. Quero lutar, empurrá-lo para longe, mas, agora, o sinal está tocando, e os meus colegas estão enchendo os corredores. A última coisa que preciso é que o meu pai me dê uma chave de perna na frente de toda a escola.

— Me dê a sua mochila — diz ele, já pegando-a.

Eu o deixo arrancá-la do meu braço. Ele a escancara e a vasculha com movimentos rápidos e impacientes. Seu punho aperta sobre a alça.

— Onde está, Tate?

Oh, merda. Aqui vamos nós.

— Onde está o quê?

Ele dá um passo para perto de mim.

— Você sabe muito bem o que estou procurando. O *scanner*. Não é um brinquedo, Tate. Eu preciso dele de volta. Agora.

Foi um erro enorme ter pedido para Christina guardá-lo. Quase desejo que ela o tenha entregado ao Will, mas sei que não faria isso de jeito nenhum. Eu o confiei a ela, e ela levaria a sério a tarefa. Digo a mim mesmo que vou ficar em silêncio para mantê-la fora dessa confusão, mas o olhar do meu pai em meu rosto é tão estranho e assustador que não demoro muito a soltar a língua.

— Deixei com uns amigos no refeitório.

Não sinto falta do lampejo de intensa decepção e raiva febril na expressão de meu pai antes de ele desviar os olhos para longe. Ele joga minha mochila em direção à porta do escritório do orientador enquanto me empurra pelo corredor.

— Leve-me até lá. Ande.

O gemido das sirenes me chega de algum lugar lá fora, na cidade. Meu pai se sobressalta, seus dedos estão praticamente cortando a circulação no meu braço. Seus olhos se arregalam, e ele pragueja em voz baixa.

— O que está acontecendo? — pergunto, apressando minhas passadas, para evitar que ele me arraste. Viramos a esquina para o corredor onde fica o refeitório.

Ele não responde a minha pergunta. Seu aperto em meu braço aumenta novamente quando as sirenes soam lá fora mais alto e mais perto.

Meu coração acelera para um ritmo pesado, duro. Meu sangue está latejando em meus ouvidos. Naqueles anos todos de convivência, meu pai operava em exatamente três velocidades. Modo ligeiramente divertido. Modo duramente desaprovador. E totalmente controlado e calmo, que é o seu modo-padrão. Ele usa a calma como um colete à prova de balas, como uma tatuagem de corpo inteiro. Eu pensava que isso era algo imutável, inabalável, não importava quanto ele fosse provocado, e Deus sabe quanto eu tentei.

Mas, agora, ele parece francamente assustado.

Ele se cola à parede e me puxa com ele. Os alunos estão indo para a quinta aula, saindo do cavernoso refeitório por meio de três amplas portas ao longo do corredor. Avisto o moicano de Will balançando no meio da multidão. Ele passa o olhar distraído por mim e volta a me olhar. Então, lança-me um sorriso nervoso, que demonstra que ele não deixou de perceber a expressão assustadora no rosto do meu pai e que vai tentar me salvar.

Ele caminha cheio de ginga em nossa direção.

— Ei, Sr. Archer! Como vão as coisas?

— Foi com ele que você o deixou? — meu pai pergunta, mal abrindo a boca.

Olho esperançoso para Will, mas ele está de mãos vazias.

— Não — respondo baixinho.

Meu pai nem sequer olha para Will quando passa por ele impetuosamente.

— Vá para a aula.

Will achata-se contra a parede para não ser atropelado. Tudo que posso fazer é dar de ombros para ele à guisa de um pedido de desculpa, enquanto sou rebocado por meu pai.

Isso está sendo muito pior do que eu esperava e, enquanto invadimos o refeitório velozmente pela porta mais próxima, sei que o que está prestes a acontecer rebaixará a situação a um grau inesquecivelmente horrível. Quando me vê chegando, Christina se levanta, segurando a mochila contra o peito. Ela deve ter ficado esperando por mim, torcendo para que eu retornasse antes que ela tivesse de ir para a aula, e eu gostaria que ela não houvesse feito isso. Seus olhos se arregalam alarmados quando ela nos avista, e eu quase direciono meu pai para longe dela. Quero protegê-la daquele momento, protegê-la do meu próprio pai.

Ela abre o zíper de sua mochila e puxa o *scanner* para fora. Ela quer me proteger, também. Christina o estende para o meu pai, cuja atenção é atraída para o objeto e para ela, imediatamente. Ele caminha em direção a Christina, sem ao menos pestanejar quando pelo menos quatro dos meus colegas esbarram nele como carrinhos de bate-bate de parque de diversões. Lutamos contra a maré, porque todos estão indo em direção às saídas, mas nenhum deles é páreo para os ombros largos de Frederick Archer e seu propósito obstinado e brutal.

Tento ganhar-lhe a dianteira, para me colocar entre os dois, mas ele me empurra para longe quando libera o meu braço. Ele arranca o *scanner* da mão de Christina tão abruptamente que ela tropeça para a frente. O rosto dela se contrai de dor quando seu quadril se choca com a lateral da nossa mesa. Aproximo-me correndo, louco de raiva, pronto para quebrar o pau com ele aqui mesmo. Ele pode berrar comigo quanto quiser. Que diabos! Ele pode me esculachar daqui até Jersey.

Mas eu não vou deixar que machuque Christina.

Abro minha boca, palavras explosivas armadas e prontas para lançamento. Meu pai não está olhando para mim, no entanto. Também já não está mais olhando para Christina. Seus olhos estão voltados para a entrada mais distante do refeitório, para o lado do departamento de matemática e ciências e do estacionamento dos fundos.

Três oficiais da polícia de Nova York encontram-se parados na entrada, ao lado de um cara de terno preto e gravata. Ele tem o rosto mais anguloso que já vi, e seu cabelo é aparado em estilo militar. Seu olhar feroz vasculha o refeitório com precisão sistemática, enquanto a multidão de alunos da turma C se espalha pelo recinto, ansiosa para começar a sua fuga de trinta minutos da labuta do dia. Os olhos escuros do Cabelo Escovinha prosseguem a varredura sem fazer caso dos alunos, até que se concentram em alguém parado a minha esquerda.

Meu pai.

Olho para ele e vejo que reconhece o sujeito por sua expressão de ódio indisfarçável misturado com puro medo. É uma expressão tão estranha que não consigo processá-la. Tudo o que quero fazer é ficar longe dele.

— Não — ele rosna, dando um passo para trás. Seus dedos se fecham por cima do meu ombro. — Tate, eu sei que você está com raiva de mim. Mas podemos brigar mais tarde.

Eu me solto dele.

— Fique longe de mim.

Ele está agindo de modo tão estranho... Não faz um minuto, ele quase agrediu Christina por simplesmente tentar entregar-lhe o *scanner* que *eu* deixei com ela. E, agora, ele parece tão desesperado que tudo que desejo é que ele vá embora... sem mim.

— Por que você simplesmente não...

— *Tate.* — Meu pai agarra novamente o meu braço. — É muito importante que nós fujamos. Agora, nesse instante.

Só então o Sr. Lamb aparece e diz alguma coisa para os policiais e para o Cabelo Escovinha. Meu professor de Teoria dos Jogos olha para nós com um sorrisinho familiar, que me diz que foi ele, provavelmente, quem chamou o Cabelo Escovinha, para começo de conversa. Ele aponta para mim, como se estivesse pintando um alvo invisível no meu peito. E, então, aponta para Christina, que recua e se vira para mim com um olhar tão assustado que me envia uma onda gelada de culpa. Ele obviamente pensa que ela também está metida nesse rolo.

Os policiais e o Cabelo Escovinha deslocam-se na multidão, que flui na mesma direção que eles, direto para nós.

Meu pai tenta me puxar para trás, mas eu não cedo. Não posso perder de vista um dos policiais, que tem a mão sobre a coronha da arma e seu olhar fixo em Christina. Não sei o que o Sr. Lamb disse para esses caras. Não tenho a menor ideia do que diabos está acontecendo. Mas eu sei que, se deixar Christina aqui, ela poderá estar em sérios apuros.

— Não vou a lugar nenhum a menos que possamos trazê-la também — digo, soltando-me do aperto de meu pai e pegando a mão de Christina.

Seus dedos estão gelados quando ela os entrelaça com os meus. Ela hesita enquanto olha de volta para os policiais, que ainda estão a cerca de oito mesas de distância, avançando em nossa direção lentamente, espalhando-se pelo refeitório. Ao constatar que um dos policiais a está encarando especificamente, um arrepio de terror percorre todo o seu corpo, e eu o percebo pelo estremecimento que sobe por meu braço.

Meu pai olha para ela. Por um momento, tenho certeza de que vai recusar, mas, então, ele olha para o meu rosto, e a resignação suaviza sua expressão antes que volte a endurecê-la mais uma vez.

— Tudo bem. Vamos.

Hesito, ainda lutando contra todos os meus instintos. Você não deveria correr da polícia se não fez nada errado.

— Tate, *wir müssen fliehen. Jetzt. Jetzt!* — Meu pai rosna, tirando-me do meu transe.

Temos que fugir. Agora. Palavras gritadas em alemão, tingidas de puro desespero.

Quando ele percebe por minha expressão que entendi, ele gira sobre os calcanhares e corre para a saída que nos levará de volta para o escritório central e a parte da frente da escola. Uma estudante distraída, caminhando com a cabeça baixa, entra em seu caminho e meu pai se choca contra ela, fazendo a comida, os pratos, copos e talheres de plástico voarem por toda parte. Ele cambaleia, mas logo está em movimento novamente, saltando sobre a menina atordoada com espaguete no cabelo. Agarro Christina pela cintura para não deixá-la cair quando seus pés escorregam na salada e no molho do macarrão. Fugimos em meio à bagunça, logo atrás de meu pai, dando-lhe um encontrão quando ele para de repente.

Mais dois policiais estão bloqueando a nossa rota de fuga.

Eu não hesito. Arrasto Christina para a fila do bandejão.

— Há uma porta dos fundos na cozinha — sussurro para o meu pai, enquanto passo por ele, puxando-a. Os dois grupos de policiais estão nos alcançando, por isso largo Christina e faço menção de correr para a saída do meio, e todos eles se deslocam em minha direção, o que os afasta da cozinha.

Todos os alunos estão paralisados agora, com uma expressão estupefata, seus olhares revezando entre nós e os policiais. Eu inverto a direção e passo por eles facilmente. Christina está bem atrás de mim quando eu salto em cima da mesa que contém as pilhas de bandejas e pratos, que deslizam e caem no chão quando passamos sobre eles. Pulo sobre a cobertura de vidro que protege a comida e aterrisso agachado ao lado de um funcionário do refeitório assustado. Ajudo Christina a passar sobre a cobertura de vidro e empurro-a para a porta da cozinha. Meu pai salta sobre a cobertura um segundo depois de nós e vai direto para a porta, com molho de salada escorrendo-lhe pelo rosto, devido à colisão com a estudante.

Enquanto eu o sigo, meu olhar se detém por uma fração de segundo na senhora de cabelo grisalho que serve o almoço, uma das poucas pessoas no refeitório que refletiu luz azul sob o brilho do *scanner*. Ela olha para mim como se pensasse que sou um terrorista. Eu me pergunto o que temos em comum, e se a luz azul é a razão para os cinco policiais e o assustador Cabelo Escovinha agora estarem saltando sobre a mesa de bandejas para poderem chegar até nós.

Desvio os meus olhos da senhora da cantina, passo voando por ela em direção à cozinha e bato a porta atrás de nós. Então, eu a bloqueio. Não quero pensar sobre o que acontecerá se o Cabelo Escovinha nos pegar.

SEIS

TODOS OS FUNCIONÁRIOS DA COZINHA, COM SUAS TOUCAS E SEUS aventais de plástico molhados pela condensação da umidade no ambiente sufocante, ficam nos olhando enquanto passamos. Suas expressões variam de espanto a desaprovação, como se estivessem fulos da vida por termos invadido seu território.

— Abaixem-se — eu grito, com a voz embargada com o meu próprio terror. Se eu não agir, um deles vai abrir a porta para os policiais. — Eles têm armas! Vieram vestidos como policiais, mas estão fazendo reféns!

Algumas das merendeiras gritam e comprimem-se contra as estantes metálicas, derrubando latas de molho de macarrão em escala industrial pelo piso de cerâmica. Vários outros funcionários se agacham atrás de contêineres de espaguete. Um cara moreno brande uma escumadeira gigante no ar, como se fosse dar conta dos invasores sozinho. Abaixo a cabeça e me concentro em chegar à saída, fazendo um pequeno desvio para pegar um galão de plástico de uns oito litros de uma das prateleiras.

Meu pai já está quase na porta dos fundos, com o telefone celular na orelha, dando ordens precisas para alguém do outro lado, mas falando tão rápido que eu não consigo entender nada. Christina está logo atrás dele, pálida como um fantasma. Espio por cima do ombro e vejo todos os funcionários da cozinha olhando para a porta do refeitório. Os policiais estão batendo, gritando "Polícia! Abram a porta!" vezes seguidas. Entretanto, consegui criar incerteza suficiente para mantê-los paralisados por alguns segundos.

Passo abaixado através da porta de metal pesado para o lado de fora, sentindo a brisa nas minhas costas, enquanto Christina a mantém aberta para mim. Arranco a tampa do galão em minhas mãos. Poucos segundos depois, preparo um pequeno capacho de boas-vindas de óleo vegetal para quem vier atrás de nós por esse caminho. Mais uma vez, isso vai nos dar apenas alguns segundos, mas acho que precisamos de todas as vantagens que pudermos obter.

Christina sai correndo, e eu a sigo de perto por entre um conjunto de lixeiras e recipientes de reciclagem. Ela é rápida à beça e também é ágil, correndo como um corisco atrás do meu pai, que está vários passos à frente de nós, com o telefone celular numa mão e o *scanner* na outra. Ele corre em linha reta até a calçada. Alguns rostos estão pressionados contra as janelas das salas de aula, sem dúvida, felizes pela distração. Um carro esportivo preto derrapa ao virar a esquina, vindo da rua da frente da escola, e acelera em nossa direção. Por um segundo, acho que temos outro inimigo, porém meu pai acena com os braços para o veículo.

Ele trouxe um carro de fuga?

Suas passadas poderosas não diminuem de velocidade enquanto ele olha por cima do ombro, como se para avaliar a que distância nós estamos dele. Assim que vejo a expressão no seu rosto, sei que os policiais estão nos alcançando. Eu nem sequer me viro para olhar. Em vez disso, acelero ainda mais e diminuo a distância entre mim e Christina. Estamos a alguns metros atrás do carro preto e seja quem for que está lá dentro escancara a porta do lado do passageiro. Vamos conseguir.

Entretanto meu pai não mergulha através da porta aberta, como eu esperava que fizesse. Ele se vira para trás e corre em direção a mim, enquanto Christina passa por ele e entra no carro. Antes de eu ter a chance de me perguntar por quê, ouço uma série de estalos ecoando e o para-brisa do carro próximo a mim se partindo. Uma voz ao lado das lixeiras lá atrás grita alguma coisa, mas eu não consigo entender. Meu pai está bem atrás de mim um segundo depois, protegendo-me com o seu corpo. A polícia está disparando contra nós como se fôssemos terroristas ou criminosos, como se nós fôssemos uma ameaça, e não tenho ideia do motivo. Eles não deveriam atirar em civis desarmados, certo? Especialmente ao lado de uma escola...

Meu cérebro está encoberto por uma densa névoa de perguntas e de medo quando percorremos aos trambolhões os últimos metros em direção ao carro, enquanto o mundo explode ao nosso redor. Meu pai se encolhe e cai sobre as minhas costas com todo o seu peso, quase me derrubando. O gemido que escapa de sua garganta é de pura dor animal. Ele estende a mão para mim e pressiona o *scanner* contra o meu peito.

— Tome isso — diz ele, caindo sobre um joelho.

Viro-me para ele, com o *scanner* pendendo de meu punho fechado. A parte de trás da camisa branca engomada de meu pai tem uma mancha vermelha que está aumentando.

O motorista do carro, um jovem musculoso, com um boné de beisebol com a aba puxada bem para baixo, abre a porta do lado do motorista e fica em pé sobre o estribo, apontando uma pistola para os policiais.

— Traga-o para o carro! É à prova de balas! — ele berra para nós pouco antes de disparar uma saraivada de balas contra os nossos perseguidores.

Estou vagamente consciente dos gritos dos policiais que mergulham para se abrigar, dando-nos um momento para alcançar a segurança. Mas não consigo me mover, não posso sentir minha perna doendo, não vejo o carro, a única esperança de sairmos dessa vivos. Estou ocupado demais olhando para o meu pai, o meu ilimitado, perfeito e invulnerável pai, que tateia as próprias costas com os dedos, aleatoriamente. Ele cospe sangue na calçada aos meus pés. Sinto um aperto no coração.

Christina, com determinação estampada em seu rosto pálido, salta do veículo e puxa o *scanner* da minha mão. Ela se coloca do outro lado de meu pai e me ajuda a arrastá-lo até a porta de trás do carro. O motorista ainda está atirando, colocando um novo pente de balas sempre que fica sem munição. Ele é a razão pela qual não somos atingidos.

Salto para o banco de trás depois de Christina, passo meus braços por baixo de meu pai e o ergo sobre o assento.

— Ei! — grito para o motorista. — Já entramos! Podemos ir!

Enquanto o cara dispara mais alguns tiros, eu me inclino sobre o meu pai para alcançar a maçaneta da porta do passageiro. Uma bala se crava no painel a escassos dois centímetros acima da minha mão. Eu me encolho e, em seguida, fecho a porta. Um clarão no espelho retrovisor me faz virar para trás e constatar que alguns policiais estão correndo em nossa direção. Eles vêm de ambos os lados.

— Tire-nos daqui! — grito para o nosso motorista enquanto ele começa a deslizar para dentro do carro.

Mas ele não consegue. Estremece e cai para o lado, com seu sangue espalhado no para-brisa. Pressiono meu rosto contra a janela e vejo-o estendido no asfalto. Levou um tiro bem no meio da testa.

Os olhos azuis de Christina procuram os meus, e há um momento de silêncio absoluto. Provavelmente apenas uma fração de segundo, mas que parece uma eternidade. Sua expressão chocada espelha a minha. Quero alcançá-la, porém não consigo me mover. Quero salvá-la, mas sou impotente. Uma hora atrás, estávamos brincando no refeitório, e agora estamos rodeados por sangue e morte. E é tudo culpa minha. Fiz isso conosco, atraí isso sobre nossas cabeças. Meu pai está sangrando ao meu lado, caído contra o assento, e nosso motorista está morto, tudo porque eu fui estúpido o suficiente para trazer esse maldito *scanner* para a escola. Sei que é por isso que estão atrás de nós, e nada disso teria acontecido se não fosse por mim.

Não sei o que Christina lê no meu rosto, mas seus olhos estão acesos com alguma coisa incandescente e afiada como uma faca.

Minha namorada se joga sobre o banco da frente e bate a porta do lado do motorista. Sem hesitação, coloca-se atrás do volante e mete o pé no acelerador. O carro sai cantando os pneus quando nos colocamos outra vez em movimento. Um dos policiais está agarrado na traseira, com os pés no para-choque. Christina se curva sobre o volante para espiar através do para-brisa manchado de sangue, desviando de um lado para o outro enquanto passamos pelos outros policiais, que agora estão atirando em nossos pneus, como se nem ao menos se importassem com o colega pendurado na traseira do veículo, que pode ser atingido por uma bala perdida. Estamos nos movendo tão rápido que de alguma forma conseguimos passar por eles e, quando o fazemos, dou uma última olhada no Cabelo Escovinha, cujo rosto está rígido como pedra enquanto ele agita os braços e grita para os policiais, provavelmente dizendo-lhes para correr atrás de nós. Mas, com uma virada súbita e acentuada do volante, Christina força o carro a fazer uma curva fechada. O policial na traseira solta um ganido quando é jogado na rua. Ele aterrissa todo desconjuntado ao lado da roda de um ônibus escolar. Não sei dizer se está vivo ou morto, e não tenho certeza de qual das alternativas prefiro, um pensamento tão *errado* que revira o meu estômago.

Enveredamos velozmente por uma rua lateral. Christina, com a respiração audível e ofegante, abre caminho pelas ruas movimentadas como um piloto da NASCAR, antes de alcançar a West Side Highway. Ela está reunindo todas as suas forças para manter o autocontrole e prosseguir, e está conseguindo. Por mim. Por nós.

Espio pela janela traseira. Ninguém está nos perseguindo, ao que parece.

Entretanto, não escapamos ilesos.

Meu pai geme e levanta a cabeça. Meu coração se aperta ao ver a espessa poça vermelho-escura que escorre pelo assento.

Tiro a minha camisa, embolo-a e a pressiono contra as suas costas. Ele cerra os dentes e se contorce, mas eu não diminuo a pressão. Ele está sangrando muito. Demais. Ninguém deve sangrar tanto.

— Pai, isso está ruim — digo, desejando que a minha voz não falhe. — Precisamos levá-lo a um hospital.

Ele olha para mim, com a boca meio aberta, engolindo ar como se estivesse se afogando. Balança a cabeça.

— É muito perigoso. Continue dirigindo — ele diz para Christina, cuja cabeça loura ainda está abaixada sobre o volante. Não desgruda os olhos da pista. Mas seus ombros estão tremendo, e eu sei que ela está chorando agora.

— Ouça-me, Tate — meu pai diz bruscamente, arrastando a minha atenção de volta para si. Ele soa outra vez como ele, e isso me enche de esperança. — O *scanner*. É importante. É... — Ele chia de dor e aperta a lateral do tronco. O sangue vaza em torno de seus dedos e minhas entranhas se transformam em ácido e gelo. Não sei dizer se essa é a ferida de saída da bala ou se ele foi atingido duas vezes, mas nenhuma das hipóteses é boa.

Ele expira o ar de forma vacilante pelos lábios rosa-acinzentados.

— Eu só queria lhe contar isso quando você estivesse pronto. Queria esperar até lá... mas... — Ele me olha nos olhos e ri. Realmente ri. — Esperei tanto tempo para dizer isso que eu nem sei como fazê-lo.

— Diga, simplesmente — falo, sem firmeza, mais parecendo um garotinho assustado do que um homem. Estou enterrado nisso, como se eu estivesse numa sepultura e jogassem uma pá de terra sobre a minha cabeça. Não consigo respirar.

— Eu o protegi disso por muito tempo. — Ele aperta os lábios e me olha por alguns segundos. Então, diz: — Não estamos sozinhos aqui.

— Do que você está falando? — Estou tentando traduzir, porque sei que é muito importante, mas não falo essa determinada língua.

— Nós não estamos sozinhos neste planeta. Faz muito tempo que não estamos.

Fico olhando para ele, minha boca abrindo e fechando algumas vezes em torno de uma palavra que não consigo dizer em voz alta. Ele está falando sobre...?

— Uma raça alienígena — diz o meu pai. — Nós os chamamos de H2.

O riso sai borbulhante de mim antes que eu possa reprimi-lo.

— A responsabilidade da família Archer... são alienígenas — eu digo abobalhadamente.

Ele exala um suspiro trêmulo.

— Os H2 invadiram a Terra cerca de quatrocentos anos atrás. Eles parecem humanos, por isso foram capazes de se misturar e se reproduzir com a população. Mas a elite... sua liderança... se infiltrou nos governos de todo o mundo.

Procuro em seu rosto qualquer sinal de que ele esteja fazendo uma brincadeira, mas ele não está.

— Infiltrou?

— Eles detêm posições de influência em todos os países. Em algumas das grandes empresas, mas não em todas.

— Quantos seres humanos restaram?

Ele suga a respiração borbulhante através de seus dentes.

— Um terço da população, e caindo rapidamente. — É por isso que ele e George estavam falando sobre a população mundial no café da manhã. E é isso que os números na tela em seu laboratório estavam mostrando, também, aposto. Eu...

Meu pai abruptamente tenta endireitar o corpo, mas suas mãos trêmulas deslizam no sangue acumulado debaixo dele, e ele cai de volta no assento. Ele fecha a boca e range os dentes, mas eu ouço o gemido doloroso que ele represa em sua garganta. Quando recupera o fôlego, ele diz:

— Pouquíssimas pessoas sabem a verdade. É um segredo que os H2 estão determinados a manter. E é quase impossível dizer a diferença entre um humano e um H2.

Isso não pode ser verdade. Não faz sentido. Não posso aceitar isso. Todos os meus argumentos giram em minha cabeça e saem de minha boca ainda não formados.

— Mas então... como eles podem... nós não... isso não é...

— Alguns de nós temos guardado a verdade ao longo de gerações, mesmo que o Núcleo H2 tenha suprimido ou desacreditado qualquer tentativa de revelá-la.

Seus olhos encontram os meus e, de repente, sei exatamente o que ele está me dizendo. Tal noção me atinge como um trem do metrô, deixando-me sem fôlego.

— É por isso, não é? — pergunto, sem ar, esperando que ele entenda o que quero dizer.

É por isso que eu passei anos aprendendo História. Matemática. Ciências. Autodefesa. É por isso que eu me levanto às quatro da manhã, todos os dias. É por isso que ele me estimula todos os dias para ir além do que eu acho que deveria ter de fazer. Além do que eu acho que posso conseguir. Não é porque ele quer que eu seja perfeito.

É porque ele quer que eu seja forte.

Ele balança a cabeça afirmativamente:

— Os Archer têm lutado para proteger a evidência do que aconteceu, o registro histórico verdadeiro... e nossa espécie... por quase quatrocentos anos. No entanto é mais... mais do que isso.

Gotas atingem meus antebraços, e eu olho ao redor confuso. Não está chovendo. Estamos dentro de um carro. E, então, sinto as lágrimas escorrendo pelo meu rosto. Não sei quando eu parei de rir e comecei a chorar, e não tenho certeza de que isso importa. Pego a mão de meu pai, e ele me deixa segurá-la. Pela primeira vez desde só Deus sabe quando, sou seu filho e ele é o meu pai, e eu me pergunto como nós perdemos isso. Aperto-lhe os dedos, e ele estremece, mas não se queixa.

Todos esses anos eu me ressenti dele. Desafiei-o. Fiz coisas sorrateiramente, por trás de suas costas. Até mesmo o odiei. E ele suportou tudo isso, pacientemente, impassível. Como um muro de pedra contra o qual estive batendo a minha cabeça, nunca se desviando de seu propósito, com o objetivo de me preparar para este momento.

E eu não estou pronto. Sou apenas eu. Eu não sou ele.

— Eu não sei o que devo fazer — eu sussurro. — Eu não...

— O *scanner*. — Ele tosse, pulverizando gotículas de saliva e sangue ao longo da frente de sua camisa. — Da primeira vez, quando os H2 chegaram aqui, eles se acidentaram... Um dos nossos antepassados encontrou algo... e manteve em segredo... — Ele faz uma pausa por um momento, talvez tentando reunir forças para falar, ou, talvez, tentando decidir o que era mais importante dizer. — O *scanner* foi construído a partir de tecnologia H2 e deve ser mantido em segurança. Se for usado de forma errada, muitos podem morrer...

Meus punhos se apertam com uma espécie de raiva difusa enquanto a viscosidade quente do sangue de meu pai, tendo agora empapado toda a minha camisa, escorre entre os meus dedos.

— Por que nós não os combatemos? Como permitiram que eles tomassem o controle dessa forma?

Os lábios de meu pai se contorcem.

— Não é por aí. Um conflito entre as espécies levaria a perdas devastadoras. O *scanner* deve deter isso; não causar isso.

Uma raça alienígena invadiu a Terra, está vivendo entre nós e aparentemente está comandando o *show*. E eu acabei de fazer exatamente o que o meu pai estava tentando evitar: eu expus a sua invenção.

Bem lá no fundo, dentro de mim, fendas começam a se abrir e rachar abismos de medo e de arrependimento por todo o meu coração. Fecho o punho e soco o banco do carro vezes seguidas, fazendo Christina estremecer e gritar, mas não consigo me segurar.

— É minha culpa! — eu uivo. Meu Deus, eu quero saltar para fora do carro e espatifar-me no asfalto. Quero me despedaçar com o impacto, tornar-me nada. Eu sou uma porra de um desperdício de espaço.

A mão de meu pai se fecha sobre o meu braço, mas seu aperto é fraco e ela cai instantaneamente, deixando um rastro vermelho ao longo da minha pele.

— Tate. *Tate*. Acalme-se, filho. Ouça-me — diz ele, em voz baixa.

Não tenho ideia de quantas vezes ele tem que dizer isso antes que eu preste atenção, antes que sua voz interrompa o cataclismo dentro de mim, mesmo que por apenas um momento.

— Eu escondi esse segredo de você por tempo demais — diz ele, quando meu braço cai mole sobre o meu colo e eu me afundo no assento ao lado dele. — É *minha* culpa. Se eu tivesse parado para pensar nisso, para pensar sobre *quem você é*, eu teria percebido que você é igual a mim. Você nunca poderia apenas sentar-se e aceitar as coisas. Você luta. Você luta *tão* duro, meu filho. E porque eu mantinha você no escuro, você lutou *contra mim*. Eu achava... que tinha mais tempo.

Abaixo a cabeça, desviando os olhos do corpo destruído de meu pai. Ele acha que sou parecido com ele. E percebo: quero ser. Eu quero merecer as palavras que ele acabou de dizer. Quero que elas correspondam à verdade. Olho para o rosto dele. Quero que ele continue olhando para mim da forma que está agora, e quero me sentir digno disso.

Ele toca os meus dedos com os dele, e eu endireito o corpo, respirando novamente, pronto para fazer seja lá o que ele peça para eu fazer.

— Aquele homem na escola. O de terno.

O cara com o corte de cabelo militar? — eu pergunto, lembrando-me da forma como o meu pai olhou para ele, com tanto ódio e medo ao mesmo tempo...

Meu pai balançou a cabeça confirmando:

— O nome dele é Race Lavin.

— E ele é H2.

— Mais do que isso. Ele trabalha para o Núcleo, sua liderança central. Ele é muito perigoso.

— Eles não são todos perigosos?

— Nem todos os H2 são. A maioria *nem sabe* que é H2. Quem está no poder quer mantê-los dessa maneira. Se a elite souber o que essa tecnologia pode fazer... e parece que Race suspeita... ela irá suprimi-la ou usá-la como uma ferramenta para oprimir os seres humanos. Mas é fundamental que seja usada da maneira certa...

Eu solto um palavrão, mas é mais como um gemido, escorregando da minha boca e flutuando no ar, sem peso. O rosto de meu pai está muito pálido, branco-acinzentado, e ele está lutando para continuar respirando. No fundo de minha mente, uma aterrorizante noção se instala, uma geleira deslizando no interior do meu crânio, lenta e glacial. Luto contra ela com todas as minhas forças, tentando retardá-la, antes que me esmague.

— Lavin é um executor — meu pai está dizendo. — E ele vai fazer de tudo para manter a dominação H2.

Enquanto fala sobre Race, os olhos de meu pai brilham de raiva. Se eu não o conhecesse bem, diria que o meu pai tem uma história com esse cara.

— Gostaria de poder protegê-lo agora, Tate — sua voz falha. Não por dor. Por medo. Por mim. Posso dizer pela expressão em seus olhos. — Eles virão atrás do *scanner* com tudo. Mas você também precisa ter cuidado com as cinquenta...

Seus olhos se fecham.

— Cinquenta o quê? Pai? — digo baixinho, quando ele não responde. — Ei. Fica comigo. Por favor. — Preciso manter essa conexão com ele, mas é como um floco de neve sobre a minha pele, derretendo rapidamente.

Seus olhos estão meio abertos. Ele parece muito cansado, mas dá para ver que está tentando ser forte, tentando sorrir para mim e me tranquilizar, ser meu pai, mesmo que apenas por mais alguns instantes. Ele olha para o aparelho no chão aos seus pés, a invenção que tratei como meu brinquedo pessoal.

— O *scanner* reflete azul para seres humanos — diz ele, cansado. — E vermelho para H2. Mas também... — Ele tosse; todo o seu corpo está tremendo.

Lembro-me do refeitório. Um mar de vermelho pontilhado de azul. Quando ele disse que estávamos em desvantagem em comparação aos H2, não estava exagerando.

— O que eu devo fazer com ele? — sussurro.

Seus olhos encontram os meus, e eles estão muito desesperados, gritando um milhão de instruções, me implorando para entender.

— Essa tecnologia é a chave para a nossa sobrevivência, e, quando chegar a hora, quando você... é Josephus... — Ele desmorona; algo dentro dele parece se entregar, sutilmente se desprendendo, silenciosamente desistindo de lutar. Seu olhar perde o foco, a inteligência aguda e a cruel determinação se evaporam, desaparecendo para sempre.

Perdido, exaurido, caindo aos pedaços, levanto a cabeça e olho para Christina.

Cuja pele refletiu vermelho sob a luz do *scanner*.

Por sua postura, trêmula e tensa, percebo que ela ouviu tudo o que meu pai contou.

E ela não diz uma palavra. Apenas continua dirigindo.

SETE

ESTOU SENTADO AO LADO DO MEU PAI MORTO NO BANCO DE TRÁS de um veículo esportivo crivado de balas, manchado de sangue e conduzido por minha namorada. Que é uma alienígena.

Não consigo gerar nenhum pensamento inteligente na minha cabeça, porque a completa loucura dessa situação está enroscada em torno de mim como uma anaconda faminta. *H2? Josephus? Eu preciso ter cuidado com cinquenta... alguma coisa? O que diabos isso quer dizer?* Não consigo respirar; meu peito está oprimido com o sofrimento. Não consigo parar de tremer; meus dentes estão batendo com o ritmo de uma britadeira. Não consigo olhar para qualquer lugar que não seja o distante horizonte, a estrada desaparecendo num pontinho na distância, porque não quero vê-lo, não quero olhar para o seu corpo arruinado e ser lembrado mais uma vez de que ele estaria vivo se não fosse por mim.

Quase exatamente 24 horas atrás, eu estava no laboratório do meu pai, beijando Christina. Passando minhas mãos sobre suas curvas. Meu universo inteiro era apenas ela e eu. Minha única preocupação era fazer o espaço entre nós desaparecer. E agora... há um monte de coisas que eu gostaria de fazer desaparecer, mas o espaço entre nós não é uma delas.

Não faço a mínima ideia de quanto tempo levo para me dar conta do zumbido vindo do bolso do meu pai. Ele para e, então, começa novamente. Para e começa novamente. Alguém deseja falar com ele desesperadamente. Flexiono meus dedos entorpecidos e firmo a minha mão para que possa alcançar o bolso e puxar o telefone para fora. Leio no visor: *Alexander*. É Brayton, o chefe de George na Black Box, o cara do qual estavam falando, que iriam encontrar hoje. Aperto o botão e o seguro em silêncio no ouvido. Não consigo botar minha língua para funcionar.

— Fred! O que diabos aconteceu? Qual é a sua situação? Você está indo para o norte... Para onde você está indo?

Olho para o painel do carro, lembrando o que George disse ao meu pai esta manhã: "*Vai mandar um carro para buscar você, ao meio-dia*". Este carro, obviamente, pertence à Black Box, e deve ter algum tipo de dispositivo de rastreamento GPS nele.

Brayton ainda está falando, disparando palavras mais rápido do que consigo processá-las. Então, percebo que ele está dizendo a mesma coisa, repetidas vezes, em voz alta o suficiente para que Christina o escute do banco da frente, porque ela se encolhe cada vez que ele diz *Fred*.

— Ele está morto — eu sussurro.

— Quem está falando? — Brayton pergunta sem elevar a voz, mas num tom ameaçador.

— É Tate.

Ele suspira direto no telefone, enchendo meus ouvidos com estática.

— Tate. Está certo, filho, onde está o seu pai?

Não acredito que ele vai me fazer dizer novamente. Cada palavra machuca mais fundo do que a anterior.

— Ele foi baleado. Está morto.

Há um ruído como se ele estivesse tapando o telefone com a mão, e eu ouço sua voz abafada dizendo algo a mais alguém. Então, ele volta a falar.

— Meu Deus, Tate, eu sinto muito. Eu sabia que eles pegaram Peter, mas achei que o restante de vocês havia fugido.

Peter McClaren. O cara que se formou em Yale e começou a trabalhar para a Black Box, há algumas semanas. O cara que salvou nossa vida ao custo de sua própria. Ele era humano, como eu? Assim como o meu pai? Será que sua família já sabe que o perdeu? Eu... A voz de Brayton é um zumbido constante em meu ouvido.

— Tate. Tate? Para onde você está indo?

— Eu não sei — murmuro. — Nós estamos apenas rodando.

— Nós?

Os ombros de Christina estão tremendo de novo, e eu pisco e olho para longe.

— Estou com uma amiga.

— E você tem a invenção de seu pai com você?

Está no chão do banco de trás, ao lado do sapato perfeitamente polido do meu pai. Gotas de seu sangue enfeitam a ponta do calçado.

— Sim. Espere... Como você sabe sobre isso?

— É algo que ele fez para a Black Box, e precisa ser protegido. Queremos você o mais longe possível da cidade. Consegue chegar a Princeton? Nós temos um esconderijo seguro lá. Você pode nos encontrar?

Seguro. Isso soa bem.

— Vou encontrá-lo no estádio. — Como se estivesse me vendo de fora, eu me pergunto por que esse é o primeiro lugar que me vem à mente. Então, lembro-me de que, como ex-aluno de Princeton, meu pai me levava lá uma ou duas vezes todos os anos para assistir aos jogos.

Essas são algumas das poucas boas lembranças que tenho com ele.

Esfrego a dor em meu peito e abro a boca para dizer que deveríamos nos encontrar em outro lugar, porém, antes de eu conseguir falar qualquer coisa, Brayton diz:

— Boa escolha, eu vou buscá-lo. Posso estar lá por volta das duas e meia. Parece que eles estão abafando todo o incidente em sua escola, mas seja discreto e tenha cuidado.

Olho para o telefone e não consigo acreditar que ainda não é nem uma da tarde. E este dia já parece durar uma vida inteira.

— Tudo bem. — Minha resposta sai baixa e engasgada, mas parece que ele ouviu, porque desligou.

Minha mão cai no meu colo, e eu fico olhando para o telefone, a tela lisa manchada com as minhas impressões digitais. Aperto o botão "CONTATOS" e percorro a lista, olhando para um monte de nomes que não reconheço. E, então, acho um conhecido.

Mitra Archer.

Minha mãe.

Que por acaso é professora de bioquímica na Universidade de Princeton.

Aperto "LIGAR" antes mesmo que eu saiba o que estou fazendo. Mas, quando o telefone começa a chamar, percebo quanto eu preciso ouvir a voz dela, como ela é a única pessoa que pode me fazer sentir-me seguro. Eu sei que ela nos deixou, mas o que aconteceu é ainda tão recente que eu simplesmente preciso de apoio familiar.

E minha mãe é a única família que me resta.

— Atenda — eu sussurro. — Por favor, atenda.

Ela não atende. Sua voz calma e confiante me diz que ela não está disponível no momento, que eu deveria deixar uma mensagem. Mas não posso. O que diabos eu deveria dizer? Então, desligo, e, em seguida, perco vários minutos escrevendo e reescrevendo um texto que, no final, sai assim: *Estou indo para Princeton. Por favor, ligue-me assim que receber esta mensagem.*

Só depois de enviar a mensagem de texto é que percebo que ela vai pensar que é do meu pai. Abaixo a minha testa até os joelhos e respiro fundo, tentando fazer meu coração desacelerar, tentando navegar no terreno devastado por uma bomba nuclear que há no espaço entre as minhas orelhas. Toda esta situação é tão absurdamente ferrada, que é fundamental que eu consiga recuperar o controle sobre mim mesmo. Eu preciso pensar. Preciso entender tudo isso.

— Que estádio? — pergunta Christina.

— O quê?

A resposta que sai de mim soa dura, irritada. Ouço-a exalar um longo suspiro antes de falar novamente.

— Você disse que estava indo para um estádio — diz ela, um pouco mais alto. — Qual?

— Princeton — respondo.

— Então, tenho que pegar a ponte para a autoestrada, e precisamos abastecer enquanto ainda estamos em Nova York. — O veículo reduz a velocidade. — Há... há algo com que você possa cobri-lo?

Oh, Deus.

No modo zumbi *full-on*, olho para trás e vejo que há uma lona sobre alguns equipamentos de informática. Arranco-a de lá e prendo a respiração quando cubro o rosto e o corpo do meu pai com a lona e o deposito no chão do carro. Uso a minha camisa destruída e encharcada para limpar o que consigo do sangue no assento.

Christina sai da estrada e entra num posto de gasolina perto da ponte George Washington. Fico abaixado porque estou seminu no banco de trás e já estamos propensos a chamar a atenção de alguém; o veículo pode ser à prova de bala, mas existem depressões circulares nas janelas e provavelmente em toda a lataria.

— Acho que os vidros têm *insufilm* escuro — diz ela, quando me vê abaixado. Ela para ao lado de uma bomba. Sua voz falha quando ela diz: — Acho que as pessoas não vão notar o sangue na minha blusa porque ela é preta... — Ela endireita os ombros. — Eu já volto. — Ela sai e desenrosca a tampa do tanque de gasolina. Seu rosto está pálido, com uma expressão solene. Vejo a ponta rosada de sua língua deslizar sobre o lábio inferior, esse pequeno maneirismo que conheço tão bem, que costumava me deixar louco. Mas que agora me deixa frio. Ela usa um belo disfarce, essa pele que eu anseio tocar. Todo esse tempo, isso me enganou. Eu me pergunto como ela é por dentro, o que a faz diferente de mim. Sei que o sangue dela é vermelho; tive que vê-la sair mancando do campo de futebol no início desta temporada, o joelho em carne viva sangrando, depois que ela colidiu com a chuteira de outra jogadora. Sei que seu coração bate; no meu momento de maior sorte, fiquei com o ouvido pressionado contra o seu peito enquanto seus dedos acariciavam o meu cabelo. Sei que ela respira e dorme. Que diabos, eu sei que ela faz xixi, porque ela sempre precisa ir ao banheiro nos momentos mais inconvenientes, como quando a gente chega ao cinema com dez minutos de atraso para o filme.

Apesar de todas essas coisas que a fazem parecer normal, que a fazem como eu, sei o que meu pai disse. Essa garota, essa menina linda que agora está colocando o cabelo atrás de sua delicada orelha, que está colocando os óculos escuros para cobrir o rosto manchado de lágrimas, é uma alienígena.

Assim como aqueles que mataram o meu pai.

Assim como a maioria das pessoas no *mundo*, aparentemente. Olho para as pernas do meu pai, que são um peso morto em cima de meus próprios pés. Ele não teria mentido. Não teria ferrado comigo. Ele sabia o que estava acontecendo. Sabia que estávamos em perigo. Estava me dizendo a verdade. Estava tentando me contar tudo, mas não teve tempo.

Quando levanto a cabeça, descubro que Christina desapareceu.

É como um choque elétrico no meu organismo, enviando ondas do meu cérebro para os meus membros. Olho em todas as direções e vislumbro apenas o material aleatório, o caminhoneiro com olhos injetados e cabelo ensebado e amassado pelo boné na terceira bomba, as sandálias de um vivo cor-de-rosa da garotinha segurando a mão de sua mãe enquanto elas entram na loja de conveniência, o adesivo no para-lama de um Honda detonado que diz "Nobody Likes Your Celtic Arm Tatoo".[4]

O pavor começa a me invadir enquanto giro a cabeça procurando Christina por todos os lados. Justamente quando já estou entrando em pânico, avisto-a saindo da loja, ainda usando os óculos escuros, vestindo uma camiseta nova dos Yankees e segurando um saco plástico. Mas, em vez de voltar para o carro, ela vai até um rapaz com cara de estudante de faculdade, que está parado algumas bombas adiante, e começa a conversar com ele. Um minuto depois, ele lhe entrega o celular. Lançando um olhar sobre o ombro para o nosso carro, ela começa a digitar.

E eu começo a suar.

Ela não faria isso, faria? Chamaria as autoridades? Seria capaz de me entregar?

---

[4] Ninguém gosta da tatuagem celta em seu braço. (N. R.)

Por que *não faria*? Papai disse que a maior parte dos H2 não sabe que não é humana, mas quem disse que ela não sabia o tempo todo? E se essa fosse a razão pela qual ela está comigo, para começo de conversa? Lamb é, obviamente, uma espécie de planta... e se ela for também? Ela sabe que estou de posse de algo que os H2 querem, e que nós estamos indo encontrar um dos colegas do meu pai. Essa é a sua chance de nos entregar. Ela provavelmente será recompensada por sua lealdade a eles.

Justamente quando ela desliga, devolve o celular para o cara e volta para o carro, outro Tate interrompe meu colapso mental, o meu eu desta manhã, de algumas horas atrás. Essa é *Christina*. Eu a *conheço*. Eu...

Ela retira a bomba do carro e, em seguida, abre a porta e enfia a cabeça para dentro. Sem tirar os óculos, ela entrega a sacola plástica para mim.

— Comprei uma camiseta para você.

Fixo os olhos nela por um momento, e tudo que consigo pensar é que preciso ver seus olhos. Saberia a verdade se pudesse ver seus olhos. Mas, então, forço-me a tomar uma atitude, pego a sacola e espio dentro. É uma camiseta verde-escura dos Jets. Eu odeio os Jets, mas, afinal de contas, que diabos isso importa agora? Tiro a camiseta da sacola e visto-a.

Christina senta no banco do motorista e vira para trás:

— Você... não vai se sentar no banco da frente?

Acho que deveria. Sim, eu definitivamente deveria. Deveria parar de me perguntar se ela acaba de telefonar para Race Lavin e deveria sentar-me na frente com ela.

Pulo sobre o assento e coloco o cinto de segurança, enquanto ela põe o carro em movimento. Enquanto saímos do posto de gasolina, posso jurar que cada maldita pessoa vira a cabeça para nos olhar. O caminhoneiro gordo. A garotinha. O motorista do Honda. Todos eles. Todos.

Eu me pergunto quantos deles são humanos. Poderia pegar o *scanner* no banco de trás e descobrir, mas não acho que eu queira saber.

Fecho meus olhos e esfrego as mãos sobre eles.

Christina volta para a estrada, seguindo em direção à ponte para pegar a New Jersey Turnpike no sentido sul. Seus dedos delgados estão segurando o volante com tanta força que parece que seus ossos vão atravessar a pele. Fico olhando para eles... flexionados, com os nós brancos devido à pressão, tão humanos. Tão *humanos*.

Mas ela não é humana.

— Sinto muito sobre o seu pai — ela diz.

Eu cerro os dentes e viro-me para a janela. O cenário além do vidro é um mar cinza-esverdeado nublado, e minha vista não se aguça até eu piscar algumas vezes.

— Que sentimento original... — eu disparo. — Demorou todo esse tempo para pensar nessa frase?

— Não acredito que você disse isso. — Sua voz está embargada, como se ela estivesse prestes a chorar.

Eu expiro afetadamente pelo meu nariz.

— Por quê? Pelo que você sente muito? Você ainda tem seus pais. Eles formam um feliz e despreocupado casal de alienígenas.

Ela pisa forte no freio para evitar a colisão com um caminhão-cegonha na nossa frente.

— Tate, eu sei que você passou por maus bocados, mas...

— Eu *passei por maus bocados*? Por acaso você está tirando suas falas de algum manual do tipo "Condolências Genéricas para Principiantes"? Você está com o manual aí no seu bolso? Christina, você é um deles. Pelo que sei, você deve estar feliz por ele estar morto.

— O quê? — Sua voz sai trêmula e aguda. — Eu nem sabia que eu era um deles até cerca de meia hora atrás!

— Bem, parabéns, você está do lado vencedor. — Em algum lugar, no fundo das convolutas dobras da minha mente, há uma vozinha gritando para eu calar a boca, mas eu estou me sentindo bem demais para parar. Agora eu tenho um alvo, para o qual posso apontar toda a minha raiva, toda a minha tristeza.

Christina fica em silêncio por um instante, mas suas bochechas estão assumindo um tom rosado à medida que o sangue lhe sobe à cabeça. Quando ela fala de novo, seu tom é quase um rosnado.

— Você está sendo um imbecil. É claro que eu não estou feliz pela morte de seu pai. Essa é a coisa mais idiota que eu já ouvi.

— Tente olhar a coisa a partir de uma perspectiva *humana* — eu retruco.

Ela desvia para a pista do meio e acelera.

— Oh, meu Deus, Tate! Foi você que invadiu o laboratório do seu pai. Foi você que roubou esse maldito *scanner*. E foi você que o levou para a escola!

Eu soco a moldura de plástico da janela.

— Então, é por minha culpa que ele está morto? É isso o que você está dizendo? Que um bando de alienígenas armados não tem nada a ver com isso?

— Estou dizendo que *eu não sou* sua inimiga! — ela grita.

— Você é um deles! — eu berro. Perco o controle. Totalmente. Minha cabeça lateja ferozmente, pulsando em carne viva, e eu vejo tudo vermelho de raiva. — Você acaba de ligar para eles, não é? E lhes disse para onde estamos indo, e com quem vamos nos encontrar! Era isso o que você estava fazendo, não era?

— É isso que você pensa de mim? — Christina volta para a pista lenta e pega uma rampa de saída. — Eu estava telefonando para os meus malditos *pais*, seu idiota! Você acha que eles não dariam a mínima importância ao fato de eu desaparecer da escola?

Mesmo em toda a minha loucura, sei que ela está dirigindo rápido demais. Os postes de metal da iluminação pública estão passando num borrão indistinto de aço, junto com placas de sinalização que me dizem que estamos em Secaucus. Ela derrapa para fora da rampa de saída e descamba para uma rua da cidade, e por um segundo eu realmente acho que nós vamos capotar.

Lágrimas escorrem pelo seu rosto agora.

— Eu preciso ir para casa! Fui uma idiota, vindo com você — Christina chora. Ela limpa o rosto com as costas da mão e funga, porém mal diminui a velocidade, mesmo quando faz uma curva fechada à esquerda, adentrando o minúsculo estacionamento de um *playground* esparsamente arborizado, atravessando bem na frente de um ônibus municipal.

Paramos abruptamente ao lado de uma placa indicando haver uma estação de trem no final da rua. Ela arranca as chaves da ignição e joga-as para mim. Elas batem em meu peito e caem no chão.

— Vou arranjar um jeito de voltar para casa. — Ela escancara a porta do carro, mete o braço pela alça da sua mochila e vai embora. Fico ali sentado, observando suas passadas decididas, tentando recuperar o fôlego. O vermelho está desaparecendo rapidamente de minha visão, e a vozinha em minha cabeça é mais alta agora.

E está me dizendo que eu sou um tremendo babaca.

À medida que a cortina da sanidade desce, um pouco tarde demais, como sempre, percebo tudo. Arrastei-a para isso. Ela não fez nada além de me ajudar, ficar do meu lado, acreditar em mim. Se ela estivesse metida naquilo, se soubesse quem estava atrás de mim, poderia ter se recusado a vir. Ela poderia ter me deixado naquele instante mesmo, lá. Mas ela não o fez. Em vez disso, Christina arriscou sua vida. Atirou-se para o banco do motorista quando o ocupante anterior havia acabado de ter seu cérebro explodido.

— Droga — digo alto e, então, saio do carro e corro atrás dela. — Christina!

Ela não diminui o ritmo nem um pouco. Tropeço num trecho destruído da calçada e quando recupero o equilíbrio ela já atravessou um grande cruzamento. E, claro, o sinal acabou de fechar para mim.

Nunca vou conseguir alcançá-la a pé. Corro de volta para o carro e tateio em busca das chaves. Esta região não é das mais seguras, e ela está sozinha. E, mais uma vez, a culpa é minha.

Saio do estacionamento e começo a descer a rua, meus pensamentos açoitando ininterruptamente o interior do meu crânio. *Idiota. Idiota. Encontre-a. Encontre-a.* A luz no cruzamento fica verde quando eu o alcanço: finalmente, um golpe de sorte! Eu nem chego a reduzir a velocidade quando...

Tudo ao meu redor explode.

OITO

ESTOU VAGAMENTE CONSCIENTE DE QUE O MEU MUNDO ESTÁ DESMO-ronando, do impacto que expulsa o ar dos meus pulmões, do vidro voando, da dor. Todos os outros sons desaparecem exceto este terrível *derrapa arranha rasga guincha*... silêncio.

Estou deitado de lado, com a cabeça apoiada sobre o *airbag* lateral que vai murchando, a única coisa entre mim e o asfalto. Olho para as rodas dos carros e os pés correndo em direção ao que costumava ser o para-brisa manchado de sangue, mas que agora permite uma visão clara, até onde meus olhos conseguem enxergar. O que não é muito longe.

— Tate!

— Christina? — tento dizer, mas engasgo com algo e começo a tossir. Sangue. Pingando do meu nariz, da minha boca. Engasgo e cuspo, tentando tirar o gosto de metal da minha língua.

E então seu rosto está bem ali, onde o para-brisa costumava ficar.

— Oh, Deus — ela sussurra.

— Você voltou — murmuro. Minhas mãos estão formigando. Assim como as minhas pernas. Olho para mim mesmo. Meus membros ainda estão ligados a mim, e eu pareço estar no controle deles. Mais ou menos.

O rosto dela se franze enquanto ela me olha, e ela inspira ofegante.

— Você consegue soltar o cinto de segurança?

— Sem problema. — Pareço estar bêbado. E é assim que também me sinto, só que sem o alegre entorpecimento.

Sinto meus dedos grossos como salsichas, e me atrapalho com o cinto de segurança, mas, finalmente, consigo soltá-lo. Os braços de Christina me alcançam. Ela acaricia o meu rosto e, em seguida, enfia os dedos por baixo de minhas axilas e me puxa, ao mesmo tempo que eu empurro. Eu lentamente deslizo/me arrasto sobre o vidro e o cascalho e, então, estou descansando com as costas contra o capô do carro, que está tombado de lado na borda de um cruzamento, metade na calçada, a traseira na rua.

Christina usa sua manga para limpar o sangue do meu rosto.

— Onde você está ferido? — ela pergunta.

— Em lugar nenhum. — Tudo em mim está frio, mas nada dói, não de fato.

— Você tem um corte sobre o olho, e seu nariz está sangrando.

Com um toque suave como uma pluma, ela passa os dedos ao longo do meu nariz. Estremeço, pois a sensibilidade retorna e ela retira a mão rapidamente. Corro eu mesmo os dedos sobre os machucados, com menos suavidade, e nada parece quebrado ou fora do lugar. Meus dedos estão escorregadios com o sangue, e eu os limpo na minha camisa.

Alguém grita qualquer coisa sobre uma ambulância. Christina aperta minha mão e se levanta para olhar sobre o capô e, então, dá um passo rápido para trás. Ela se joga de bruços, e tudo o que posso ver são seus tênis se projetando para fora do para-brisa quebrado. Ela sai do meio dos destroços um segundo depois e se arrasta até mim.

— Você consegue se levantar? — ela pergunta em voz baixa.

Um cara com um rabo de cavalo louro desgrenhado brande seu telefone celular enquanto ele se inclina ao lado de Christina.

— Ei, cara, você está bem? Chamamos uma ambulância para você e para o outro motorista. Eles estão a caminho.

Há algo no azul tempestuoso dos olhos de Christina, algo que ela está tentando me dizer. Mas minha cabeça está tão enevoada e tudo ao meu redor é tão barulhento que quase não distingo as coisas. Uma sirene. Um choro. Um grito. Uma buzina. Pneus derrapando no asfalto.

Christina segura o meu rosto em suas mãos, forçando-me a olhar para ela.

— Levante-se. Acho que eles estão vindo.

Eu pisco, focado em sua boca, traduzindo as palavras.

— A ambulância?

Ela sacode a cabeça e, em seguida, corre para o meu lado e apoia o meu braço sobre os seus ombros. Ela envolve o braço em torno da minha cintura.

— Sinto muito. Sei que você está sofrendo. Mas eles vão nos pegar se você não se levantar. Por favor, querido. Levante-se.

— O *scanner*.

— Eu peguei.

— E o meu pai? — digo meio atordoado, enquanto ela luta sob o meu peso.

— Quando a ambulância chegar, eles vão cuidar dele — diz ela. A pressão de seu braço se intensifica, seus dedos estão comprimindo as minhas costelas e apertando o meu antebraço. — Ele iria querer que você ficasse em segurança, Tate. Você sabe disso.

Não consigo encontrar palavras para argumentar. Ela me ajuda a me pôr de pé e me abraça apertado enquanto eu me equilibro. Ela me conduz por trás dos destroços do carro, em direção à calçada. Sirenes soam nas proximidades, e três veículos grandes estão parados bem no meio do cruzamento, bloqueando o tráfego de todos os lados. Ao longe, a uma centena de metros ou mais, vejo as luzes piscando sobre o que é, provavelmente, uma ambulância.

No meio do cruzamento, uma multidão se reúne em torno de um sedã azul com a extremidade dianteira amassada. O para-brisa tem uma rachadura em formato de teia de aranha. No ponto onde a cabeça do motorista bateu.

— O cara avançou o sinal vermelho — diz o homem louro, sacudindo a cabeça. — Eu vi tudo. Ele nem ao menos diminuiu a velocidade.

Os lábios de Christina estão contra a minha orelha.

— Olhe para o final da rua. Naquela direção.

Ela inclina a cabeça. Eu aperto os olhos e vejo três carros esportivos pretos parados no engarrafamento, a um quarteirão de distância. A porta do lado do passageiro do que está na frente se abre. Um homem sai e coloca a mão sobre os olhos como se fosse uma viseira, enquanto espia em nossa direção. É Race Lavin.

— Como é que eles nos encontraram? — Christina pergunta, toda respiração e nenhum ruído. E, então, ela olha para mim. — Eu não fiz isso, Tate. Eu juro.

Acho que ela está sendo sincera, embora eu não esteja exatamente no meu momento mais lúcido. Entretanto, enquanto Christina me guia em direção à parte traseira do carro, bato os olhos no para-choque. Não maior do que um rato, agarrando-se ao painel traseiro, brilhando fracamente na luz.

— Poderia ser um dispositivo de rastreamento — eu digo. — Você se lembra do policial que pulou na traseira?

Christina passa os dedos de leve no objeto, enquanto me leva para longe.

— Deve ser isso.

Race agita os braços e aponta para nós, e todas as portas dos carros pretos se abrem ao mesmo tempo.

Meus pensamentos entram em foco novamente quando uma descarga de adrenalina desperta todo o meu organismo.

— Vamos! — Puxo a mão de Christina e cambaleio para longe dos destroços do carro quando a coisa começa a soltar fumaça e faíscas. Uma mulher que estava na calçada grita algo sobre fogo, e todo mundo se dispersa quando estalos sinistros começam a soar sob o capô. Estamos presos no meio da multidão, deixando-a nos afastar do cruzamento e do grupo que nos persegue. Christina me arrasta para a dianteira das pessoas em pânico, que estão pensando mais em sua própria segurança do que no fato de estarmos prestes a deixar a cena de um acidente.

— A estação de trem — ela fala ofegante, quando conseguimos sair do tumulto e viramos numa rua lateral. Seus olhos estão fixos na placa azul e branca à nossa frente, que nos diz que é perto.

E corremos. Eu não faço nada a não ser seguir Christina enquanto ela lidera o caminho com passadas firmes e assustadoramente rápidas, que me fornecem o ritmo. Ela olha por cima do ombro algumas vezes, seu cabelo chicoteando em torno do rosto, mas mantém a corrida, com a mochila chacoalhando para cima e para baixo em seus ombros. Eu nem me dou ao trabalho de checar se estão atrás de nós, pois estou tão fora de equilíbrio agora que, se eu tentar, irei cair.

Umas poucas quadras depois, ela pula uma cerca que separa a zona de armazéns da área da estação de trem, e eu a sigo, porém escorrego e me esborracho no asfalto. Ela grita e se vira, mas já estou usando a cerca para me ajudar a levantar. Isso me dá a chance de verificar se estamos sendo perseguidos, entretanto não há ninguém lá. Sei que eles estão vindo, mas, talvez, nós os tenhamos despistado. Talvez tenhamos algum alívio.

No entanto, não tomo nada como certo. Não mais.

Viro-me e ultrapasso a cerca.

— Não desacelere por causa de mim — grito, limpando o sangue e o suor do meu rosto.

Ela dispara outra vez, correndo direto em direção ao enorme estacionamento destinado aos que deixam ali o carro para irem de trem ao trabalho. Ela se desloca agachada por entre os carros estacionados e, então, vira-se para mim e me empurra para baixo, entre dois monstruosos veículos esportivos.

— Como eu estou? — ela pergunta, respirando com dificuldade.

Eu pisco.

— O quê?

— Como. Eu. Estou? — ela diz mais lentamente, como se estivesse com medo de eu estar com danos cerebrais.

Então, concentro-me em seu rosto, que está afogueado pelo esforço físico.

— Incrível, considerando todas as coisas.

Ela enfia o cabelo atrás das orelhas e puxa um tubo de brilho labial do bolso e o aplica, enquanto eu assisto em silêncio estupefato.

— Eu já volto. — Ela contorna o carro e some de vista. Um segundo depois, ouço sua voz, sua risada alta e cristalina. Depois, ouço um cara. Ele está rindo, também. Espreito por trás do para-choque traseiro do carro e vejo-a em pé, a algumas fileiras de distância, numa pose sensual, com a cabeça inclinada, um sorriso ofuscante, recebendo algo de um homem de negócios de meia-idade trajando um terno. Ele está segurando a alça da sua pequena mala com rodinhas e balançando a cabeça. E está com aquele sorrisinho de merda que faz meu estômago revirar.

Eu me escondo atrás do carro quando ela se vira e olha na minha direção.

Poucos segundos depois, ela está de volta:

— Foi moleza passar a conversa nesse cara — ela sussurra. E então ela me entrega uma camisa de abotoar listrada de roxo e um boné de beisebol, ficando com uma segunda camisa para si mesma. — Vamos.

Ela corre para o espaço aberto com a cabeça enterrada nos ombros, como se achasse que alguém iria começar a atirar nela a qualquer momento. Não estou convencido de que esteja errada. Corremos por baixo do viaduto em direção à autoestrada e, em seguida, passamos pelas portas automáticas da estação New Jersey Transit.

— Posso saber o que rolou? — pergunto, entre as respirações.

Ela revira os olhos e levanta a carteira.

— Dez dólares.

— Por tudo isso? — Gesticulo em direção à camisa que ela está segurando.

— Pode ser que eu também tenha dado a ele alguns algarismos...

— Você deu o seu número de telefone a um completo estranho? — Considerando que ela salvou a minha vida, pelo menos duas vezes nas últimas poucas horas, eu realmente deveria tentar *não* soar como um cretino desconfiado... ou ciumento... mas, fala sério... O dia de hoje me deixou um tanto abalado.

Christina me olha como se eu realmente estivesse com o cérebro danificado.

— Claro que não. Dei o seu.

Ela pisca para mim e se dirige ao banheiro feminino.

Vou até o dos homens e tiro a minha camiseta arruinada dos Jets. Eu me lavo na pia, jogando água gelada no meu rosto e deixando-a trazer de volta os meus sentidos. O corte no meu supercílio não está muito ruim, e meu nariz parou de sangrar. Com uma dor incômoda no coração, limpo o sangue do meu pai do meu peito e de meus braços. Estou me secando quando ouço o barulho da descarga de um dos cubículos e um careca sai dali com um iPad debaixo do braço. Seus olhos encontram os meus no espelho enquanto ele lava as mãos. Ele as sacode e, em seguida, enfia a mão no bolso, tira um cartão de visita e algumas notas e deposita-os na prateleira de metal abaixo do espelho. Eu me preparo, porque estou certo de que aquele cara está prestes a pedir-me um boquete ou algo assim, mas ele simplesmente diz:

— Espero que as coisas melhorem para você, cara — e vai embora.

Eu me inclino para a frente. Ele me deu o número de telefone de uma clínica local qualquer de desintoxicação.

Se ao menos a minha vida agora fosse assim tão simples...

Coloco o boné, abotoo minha bacana camisa de listras roxas e volto para a estação. Christina está esperando por mim. Ela usou um lenço de tecido fino para amarrar o cabelo bem no alto da cabeça e vestiu a outra camisa do cara do terno, também. Essa é rosa com listras azuis. Christina não a abotoou até o alto, e deu um nó nas pontas, deixando um pouco da barriga à mostra.

— Estou disfarçada de Miranda Hopkins, líder de torcida — diz ela, colocando o indicador nos lábios. — Shh.

— Seu segredo está seguro comigo. Venha.

Olhando para todos os lados, à procura de qualquer sinal de Lavin ou de seus agentes, consultamos um folheto com os horários e os itinerários dos trens.

— Temos que chegar a Princeton — digo a ela. — Linha Corredor Nordeste.

Ela se inclina contra mim com a cabeça abaixada sobre o mapa e, então, olha para o relógio na parede.

— Haverá um trem saindo em dez minutos.

Nossos olhos se encontram.

— Precisamos estar nele. — Puxo minha carteira do bolso e olho para o meu cartão de débito. — Se eu usar isso, eles podem nos rastrear. — Entrego-lhe os vinte dólares que o cara no banheiro me deu.

— Deve ser o suficiente — diz ela, e bate no meu braço com sua bolsinha de moedas. — Eu descontei o cheque pelo serviço de babá esta manhã. Foi assim que também consegui pagar a gasolina.

— Quando sairmos desta, eu vou lhe dever pra caramba.

Ela me lança um olhar sombrio.

— Sim.

Estou parado bem atrás dela, enquanto esperamos na fila de um pequeno quiosque para comprar nossas passagens. Christina parece relaxada, mas posso sentir a tensão vibrando em seu corpo. É como um fio esticado ao extremo, pronto a arrebentar. Ela compra nossos bilhetes, com apenas um discreto tremor nas mãos quando desliza as notas para dentro da máquina.

— Não vai sobrar muita coisa depois disso.

— Vamos dar um jeito — digo. Pegamos a escada rolante principal, com nossas cabeças baixas. Nosso trem está na plataforma 5. Christina vai direto para ele, porém uma figura familiar abaixo de nós chama minha atenção.

Sr. Lamb está em pé na base da escada rolante. Está de costas para mim. Suas mãos estão apoiadas nos quadris. Sua careca brilha sob as luzes. Ele está girando no mesmo lugar, olhando para as pessoas ao seu redor.

Procurando por mim.

Salto para trás no topo da escada rolante enquanto seu olhar se desvia para cima; com o coração sobressaltado e as costelas doloridas, corro em direção aos trilhos. Christina já está a bordo. Foi por pouco, mas conseguimos, e tudo o que posso pensar é que preciso desesperadamente que essa coisa se coloque logo em movimento, que nos leve para bem longe deste lugar. Estamos na junção entre os vagões, encostados um no outro, prendendo a respiração, ela vigiando um lado das janelas e eu o outro. Não quero contar-lhe que Lamb está aqui. Não quero que ela fique com mais medo do que já está.

Finalmente, depois de um milhão de anos, o trem balança para a frente. Deslizo meu braço em volta da cintura de Christina e seguro-a firme, e ela deixa. De nossa posição escondida, vejo a plataforma começar a retroceder. Enquanto aceleramos, o próprio Lavin chega à plataforma, abaixando-se para olhar pelas janelas dos últimos vagões, enquanto o trem se afasta. Sua mandíbula está contraída de tensão e os lábios apertados formam uma linha reta.

Mantenho meus olhos sobre ele até que irrompemos na brilhante luz do sol e nos afastamos velozmente.

NOVE

CONSEGUIMOS. NÃO LEVAMOS TIROS DE NOVO, E ESTAMOS A CAMINHO de Princeton, para encontrar com Brayton e descobrir que diabos está acontecendo. O alívio quase me derruba, ou talvez seja a exaustão combinada com as consequências de ter sofrido um grave acidente de carro. De qualquer forma, sinto-me muito bem por um segundo ou dois... até Christina soltar os braços de minha cintura e ir se sentar com ar desanimado, e eu me dou conta de uma coisa.

Não estamos bem.

Eu a sigo, revendo tudo o que ela fez ao longo dos últimos trinta minutos. Tirou-me de um acidente de carro, levou-me à estação New Jersey Transit, usou o seu charme para nos arranjar umas roupas novas, fez tudo o que foi preciso para me tirar de lá, para me manter seguro. Mas agora que estou seguro, agora que um pouco da urgência se foi, ela está se afastando. Provavelmente, lembrando-se do motivo de ela ter fugido de mim, para começo de conversa.

Desabo no assento ao lado dela. Ela desata o nó na camisa rosa e a abotoa até o final. A camisa é grande demais para ela. Puxa o lenço que mantém seus cabelos presos no alto da cabeça e os deixa cair livremente sobre os ombros. Em seguida, coloca-os atrás das orelhas e fica olhando para fora da janela, com a mochila no colo.

— Ei — falo suavemente.

Ela continua a olhar pela janela.

— Eu sou um idiota — digo. Passo delicadamente os meus dedos ao longo de seu braço, para que ela saiba que estou lá, mas que não vou forçar a barra. Ela não tira o braço, mas também não se aproxima. Algo se quebrou entre nós, e eu não sei como consertar, ou se tem mesmo conserto. Cruzo os braços sobre o peito e olho para a frente.

Não posso acreditar que isso está acontecendo. Que tudo isso está acontecendo. Fecho os olhos e deixo a dor latejante na minha cabeça esmagar meus pensamentos. De qualquer forma, todos eles são muito explosivos e feios para eu examinar agora.

Cerca de vinte minutos antes de chegar à estação de Princeton, eu me arrasto para o "modo planejamento" e puxo do bolso o celular do meu pai. O meu próprio estava na mochila que ele jogou fora naqueles minutos finais antes de tudo virar uma merda. Não que eu fosse usá-lo, de qualquer modo, pois tenho certeza de que pode ser rastreado. Com o telefone de meu pai a história é diferente. É um dos seus próprios projetos, e nadinha do que ele fez pode ser rastreado. Eu sei porque tentei.

Envio a Brayton uma mensagem dizendo-lhe que vamos nos atrasar. Ele responde instantaneamente.

Você ainda está em Secaucus?

Eu esqueci o rastreador GPS no carro da Black Box.

Deixei o carro e tomei o trem. Posso estar no estádio às 16 h.

Inteligente. Vejo você depois.

Inteligente. Não tenho tanta certeza. Como vivi a minha vida inteira sem conhecer a nossa pequena responsabilidade familiar? Claro, meu pai fazia segredo, mas eu entrei em seu laboratório. Que inferno, eu até entrei em seus arquivos criptografados... aqueles que consegui craquear, claro. Descobri como funcionavam as suas armas, dando um jeito de não morrer no processo. Fiz tudo isso sem que ele soubesse, uma grande façanha. Então, como perdi qualquer indício de que o mundo é dirigido por alienígenas? Foi por isso que ele criou todas aquelas armas, para começo de conversa? Ele disse que não queria que suas invenções fossem usadas num conflito entre espécies, contra os H2... Então, para que ele queria usá-las?

Fico inquieto no assento enquanto a voz do meu pai ecoa na minha cabeça. *Quando chegar a hora... é Josephus.* Quem diabos é Josephus? Eu deveria estar tentando achá-lo, em vez de me encontrar com Brayton? Meu pai parecia não confiar totalmente em Brayton, e eu também não tenho certeza de que confio. Mas, por outro lado, eu não sei absolutamente nada sobre o tal Josephus. Papai estava tentando explicar tudo direitinho antes de morrer, sobre Josephus, as cinquenta coisas com as quais eu deveria ter cuidado, e o *scanner*. Ele disse que esse dispositivo refletia azul para humanos e vermelho para os H2. Porém havia mais, e ele não conseguiu dizer, ele não conseguiu sequer terminar a frase. Essa informação que falta pode fazer toda a diferença, e eu não tenho a menor ideia de como descobrir do que ele estava falando. Espero que Brayton tenha algumas respostas para mim.

As perguntas continuam a girar na minha cabeça até que Christina cutuca meu braço para me informar que já chegamos à estação. Ela me deixa segurar sua mão quando saímos do trem, mas dá para ver que ela está fazendo isso por questão de segurança e não porque deseje proximidade. Ela olha para mim, com uma pequena ruga de preocupação entre os olhos.

— Para onde vamos agora?

— Para o estádio. Mas, antes, preciso pegar algumas coisas.

Mantenho a minha cabeça baixa enquanto saímos da pequena estação ferroviária para o dia claro e ensolarado de *quase verão* lá fora. Seguimos as indicações para o estádio, apesar de eu não precisar delas. Conheço o caminho. Já fiz esta viagem outras vezes, quando visitava a minha mãe. Isso não acontece com muita frequência, talvez tenha acontecido duas ou três vezes por ano nos últimos quatro anos. E, em tais ocasiões, meu pai se despedia de mim com algo do tipo:

Diga à sua mãe que espero que ela consiga a bolsa de estudo.

Dê-lhe meus parabéns por obter estabilidade na universidade.

Diga-lhe que mando lembranças.

Como se ele estivesse cumprimentando um colega. Um conhecido. Não a pessoa ao lado de quem ele havia acordado durante quinze anos, não alguém que ele amara.

Ainda assim, ele não podia me enganar. Meu pai é exímio na arte de esconder seus sentimentos, se é que ele tem algum, porém, quando ele fala da minha mãe, eu vejo a tristeza em seus olhos.

Não, espere. Eu *via* a tristeza em seus olhos.

De repente, me ocorre que terei de dizer à minha mãe que ele está morto. Isso me faz desejar me enrolar em posição fetal e morrer aqui mesmo. Porque já vi isso nela também, a tristeza, e eu não sei por que eles não ficaram juntos. Os dois eram bons juntos; pelo menos era o que eu pensava. Fiquei chocado quando ela nos deixou. Não que meu pai fosse de fácil convivência, mas, quando estava com ela, ele demonstrava seu lado mais terno. Às vezes, eu me perguntava se ele teria sido mais gentil comigo se eu me parecesse mais com ela, com sua pele azeitonada, seus olhos castanho-claros, seu rosto arredondado. Mamãe é iraniana, mas eu puxei mais ao meu pai, com olhos cinzentos e pele mais propensa a queimar do que bronzear. E talvez a razão pela qual ela e eu tenhamos um relacionamento difícil é por eu ser tão parecido com ele, um Archer completo. Passei um ano inteiro me perguntando se eu era a razão de eles terem se separado. Se tivesse sido eu o causador do término do casamento, talvez fosse porque ela não tivesse aguentado nos ver sempre em conflito, e, então, ela simplesmente me deixou com ele e foi embora.

A dor em sua expressão quando finalmente tomei coragem e perguntei foi esmagadora.

Então não, não fui eu. Mas não tenho a mínima ideia do que motivou isso. E, tenho que admitir, é uma coisa que me chateia bastante. Quando eu finalmente parei de culpar a mim mesmo, comecei a culpá-la por me deixar com ele, por não lutar por mim.

Eu me pergunto se ela sabe por que ele me tratou como um experimento científico, como um recruta, em vez de um filho. Eu me pergunto se ela sabe sobre os H2 e sobre Race Lavin, em particular. Eu me pergunto se deveria ficar longe dela, não arrastá-la para tudo isso.

Mas eu preciso dela. Sei que ela se importa comigo, pelo menos um pouco, e não sei se este é o caso com Brayton. Isso e a possibilidade muito real de Race e Lamb poderem aparecer a qualquer momento são a razão de passarmos antes neste supermercado a caminho do estádio. Não vou tomar nada como certo.

— Sobraram treze dólares e algumas moedas no fundo da mochila. Está com fome? — Christina pergunta, enquanto atravessamos a porta do supermercado.

— Não. — Estou entorpecido, na verdade, como se meu interior estivesse oco, fosse apenas um buraco vazio. Espero que essa sensação, ou a falta dela, dure todo este dia. — Mas eu tomaria um pouco de suco.

Pego um carrinho e vou direto para o corredor dos sucos. Christina fica me observando pegar as garrafas, espremê-las, virá-las de cabeça para baixo e colocá-las de volta na prateleira.

— Posso perguntar o que está fazendo?

— Preciso da espessura certa.

Ela suspira. — Tenho um mau pressentimento em relação a isso.

Escolho o Gatorade. É uma boa garrafa de plástico grosso, com a boca larga. Tem o tamanho certo, também. Coloco três garrafas no carrinho.

— Você deve estar com muita sede.

Ela me segue em direção ao corredor de utilidades. Pego papel-alumínio, dois frascos de fluido de isqueiro e alguns limpadores de vaso sanitário, lendo cada rótulo antes de colocá-los no carrinho, com as palavras de Sun Tzu ecoando do fundo da minha memória: *Um guerreiro vitorioso vence primeiro e depois vai para a guerra, enquanto um guerreiro derrotado vai para a guerra em primeiro lugar e, em seguida, procura vencer.*

Christina se aproxima de mim.

— O que você está fazendo?

— Eu quero estar preparado para tudo — digo. — Você pode pegar um acendedor de fogão?

Ela empalidece um pouco, mas vai fazer o que eu pedi. Pego alguns outros itens aleatórios, como um saco de pães de hambúrguer, batata frita e um saco de laranjas, porque é melhor que a pessoa do caixa ache que estamos planejando um churrasco. Além disso, eu realmente não sei quando faremos a próxima refeição e, por isso, não faz mal termos alguns suprimentos.

Christina larga o acendedor no carrinho e olha o que eu selecionei.

— Tate, não sei se temos o suficiente para isso tudo...

Ela tem razão. As compras somam mais de treze dólares, e não podemos usar um cartão de débito rastreável.

— Você acha que conseguiria, talvez... distrair o caixa?

Christina levanta as sobrancelhas.

— Eu nunca... — Ela suspira. — Tudo bem — diz ela em voz baixa.

Enquanto cruzo o corredor empurrando o carrinho, bato os olhos no expositor de brinquedos de praia e piscina, anunciando as tentadoras promoções para o fim de semana do Memorial Day.

Num impulso, pego uma pistola d'água compacta e largo-a no carrinho. Eu me sinto mais seguro imediatamente, porque essas coisas têm sido minhas fiéis companheiras em muitas das peças que costumava pregar. Christina deixa escapar uma pequena bufada de riso quando ela vê a pistola d'água.

— Você foi tão desagradável com essa coisa na praia, no verão passado...

Na verdade, fui mesmo, e com razão.

— Por acaso eu já lhe disse como você fica ótima numa camiseta molhada?

— Eu gostaria de permanecer seca hoje, obrigada. — Seu sorriso desaparece instantaneamente. Como uma gota de água numa chapa quente, nosso momento de conexão evaporou.

Enquanto caminhamos pela loja, faço alguns cálculos e transfiro alguns itens para a prateleira inferior do carrinho, deixando na parte de cima produtos equivalentes no total a cerca de doze dólares.

Seleciono estrategicamente a fila nos caixas, e Christina fica na minha frente, de bate-papo com o caixa corpulento e devastado pela acne, mostrando seu sorriso adorável e, provavelmente, fazendo o cara se sentir como se houvesse acertado na loteria. Eu recuo e dou a volta para encontrá-la do outro lado, quando deixar o caixa, mas fico por perto para o caso de ela se ver em apuros.

Isso não acontece, no entanto. O caixa está tão alucinado por ela que mal cobra os itens da parte superior, e está tão focado em sua bunda quando ela se afasta que não percebe os itens na parte inferior. Não sei se quero agradecê-lo ou socá-lo.

Quando ela sai com as sacolas, deslizo de seu ombro a alça da mochila.

Ela me deixa tirá-la, e eu abro o zíper para que possamos guardar as compras nela. Paro quando vejo o *scanner*.

— Obrigado por tê-lo pegado após o acidente. Eu estava tão aéreo.

Ela acena com a cabeça.

— Eu sabia que você não ia querer deixá-lo para trás. Seu pai não queria que eles pusessem as mãos nisso. — Ela levanta os olhos para mim e ergue o queixo, e eu quase posso ler seus pensamentos: *Eu não sou um deles.*

Eu gostaria tanto de largar a mochila e resolver essa questão com ela. Preciso saber se Christina está realmente do meu lado ou se quer cair fora agora. Se for isso, vou deixá-la ir. Ao mesmo tempo, não quero perguntar, porque não estou pronto para deixá-la ir, por mil razões. E... não temos tempo para isso agora, pois já passa das três, e precisamos chegar ao estádio antes de Brayton.

Só por precaução.

DEZ

ENQUANTO CHRISTINA COLOCA NOSSAS COMPRAS EM SUA MOCHILA, pego uma das garrafas de Gatorade e bebo-a. Mas, em vez de jogá-la na lixeira, guardo-a na mochila.

— Você deveria beber também — eu digo.

Ela me lança um olhar estranho e, então, bebe cerca de um quarto de uma das garrafas e a devolve para mim. Despejo o resto na grama e, em seguida, faço o mesmo com a terceira garrafa. Enfio as garrafas vazias na mochila e passo meus braços pelas alças.

— O estádio fica a uns cinco quilômetros daqui. Você está pronta para andar tudo isso?

Ela revira os olhos.

— Não me trate como uma menina, Tate Archer.

Iniciamos a caminhada, passando o congestionado emaranhado de Princeton Junction e seguindo pela estrada arborizada que leva a Princeton, propriamente dita. Enquanto caminhamos ao longo do acostamento, corredores e ciclistas passam por nós, e o vento refresca a nossa fronte e agita o cabelo de Christina em torno de seu rosto; ela pega a minha mão. Eu me esforço para não apertar seus dedos com muita força, para não agarrá-los tão firmemente como desejo agora.

— Então — ela diz —, sei que nós vamos encontrar alguém que conhece o seu pai. Suponho que esse alguém saiba sobre o *scanner*...

— O nome dele é Brayton. Meu pai trabalhou com ele. E, na verdade, eu não tenho certeza de que ele sabe sobre o *scanner*. Não exatamente. — Esse detalhe havia permanecido em segundo plano em minha mente desde a minha breve conversa com ele. Brayton não perguntou sobre o *scanner*. Ele perguntou sobre *a invenção*. Puxo do bolso o celular do meu pai e percorro seus contatos novamente. Nada de Josephus. Nem mesmo um Joseph. Mas há alguém que pode ser capaz de me dar respostas. Não posso acreditar que eu não tenha tentado falar com ele antes, mas eu estava tão confuso... não estava pensando direito.

A ligação para George cai direto na caixa postal. Eu me pergunto se ele sabe que meu pai está morto, se Brayton disse a ele. Eu me pergunto se ele vai estar no estádio, também. Isso tornaria as coisas muito melhores. Envio-lhe uma mensagem:

É Tate. Assim que receber isso, liga para mim?

Mal aperto a tecla ENVIAR, o telefone acusa o recebimento de uma mensagem de texto.

Quando você vai chegar?

Não é de George, é de minha mãe. Eu a imagino: cabelo preto puxado para longe do rosto num sempre presente rabo de cavalo, os olhos cor de âmbar intensos e penetrantes enquanto ela digita a mensagem no celular. Ela parece tão próxima, apenas do outro lado dessa conexão eletrônica, mas eu não sei como alcançá-la. Porque, assim que eu fizer, terei que contar a ela sobre a morte do meu pai. E eu não quero, porque isso vai tornar a morte dele real, fará com que seja impossível negá-la ou esquecê-la. Eu não posso suportar lidar com a sua dor somada à minha própria neste momento, por isso, digito em resposta:

Vou me encontrar com sócios no estádio às 16 h. Entro em contato com você depois.

Silencio o telefone e guardo-o no bolso.

Olho para Christina e vejo-a me observando.

— Minha mãe — eu explico.

— Será que ela sabe... sobre tudo isso? — Christina faz um gesto circular com a mão, abrangendo o mundo todo, essa loucura toda.

Dou de ombros.

— Vamos descobrir mais tarde. Vou ter que falar com ela em breve, mas eu quero acabar com isso antes. Preciso saber o que Brayton quer, e se ele realmente pode nos manter a salvo.

Não pela primeira vez hoje, eu me pergunto se trazer Christina junto foi a coisa mais inteligente a fazer. Obviamente, é melhor para mim, porque, se não fosse por ela, eu provavelmente estaria no necrotério agora. Mas ela... ela teria terminado o dia escolar, e a pior coisa que teria para se preocupar seria compreender as reações exotérmicas a tempo para a prova final de química na sexta-feira.

— É lindo aqui — diz ela, olhando para o rio enquanto caminhamos sobre a ponte. O sol incide obliquamente sobre a água, raios amarelos sobre azul-marinho, fazendo cintilar a esteira de espuma deixada pelos barcos a remo ao longo da superfície do rio. E, por um segundo, eu finjo.

Imagino que estamos caminhando pelo Central Park num sábado à tarde, cruzando a Bow Bridge, buscando as trilhas laterais próximas à Belvedere Tower, caminhos que oferecem muitos locais escondidinhos ideais para namorar. Por um instante, esqueço que minha namorada é membro de uma raça alienígena que está infiltrada em todos os governos do mundo. Ela é apenas Christina, e estar com ela faz tudo ficar bem. Mas a minha pequena fantasia dura apenas até os primeiros edifícios universitários serem avistados, e se evapora no calor da minha tensão.

Caminhamos pela cidade, parecendo um par de estudantes de Princeton com um gosto muito estranho para se vestir. A mão de Christina está suando na minha, e eu a aperto firmemente.

— Vamos entrar pela lateral, está bem?

Ela me dá uma olhada.

— Você não confia nesse cara...

— Não, eu não *sei* se posso confiar nele. Ainda. E, até eu saber se posso, você vai ficar fora de vista.

Christina vai direto ao ponto:

— Ok, e enquanto eu me escondo, você irá...?

— Conversar.

Ela puxa a mão da minha.

— Então, é isso? Você não quer que eu ouça a conversa? — diz ela, indignada.

Christina não me perguntaria isso se eu não a tivesse acusado, basicamente, de ser uma traidora.

— Não. Não é nada disso. É só que... Eu não conheço o cara muito bem.

Ela fica quieta enquanto atravessamos os campos de atletismo, mas é um silêncio carregado, que pesa sobre mim. Não posso lidar com isso agora, porque preciso manter o foco. Brayton pode ser o meu maior aliado, o salvador da pátria, o cara que vai explicar tudo. Espero que seja. Mas se ele não for...

Atravessamos a ponte Streicker, que leva ao Powers Field, lar dos Princeton Tigers. Há uma reunião acontecendo na pista de atletismo contígua, a da extremidade sul do estádio vazio. Estou supondo que Brayton chegará aqui pela entrada norte, porque ele virá de carro e porque ela está deserta agora. Estamos chegando pelo lado oeste, e o sol bate quente em minhas costas enquanto nos aproximamos da gigantesca estrutura de concreto, com grandes aberturas retangulares a cada cinco metros mais ou menos, permitindo o acesso à área sombreada abaixo do estádio.

Quando estamos perto da entrada norte, talvez a uma dúzia de metros de distância, puxo Christina entre duas enormes colunas e tiro a mochila dos meus ombros. Eu me inclino ao redor e espio um amplo lance de degraus de concreto onde se encontram as duas esculturas em metal dos tigres de Princeton, de frente para a rua. Ninguém lá. Ainda não.

Eu me ajoelho e tiro da mochila o papel-alumínio junto com as garrafas de Gatorade vazias. Christina se agacha ao meu lado enquanto eu começo a rasgar tiras do papel-alumínio e as amasso no formato de grandes bolas de gude. Deixo cair cerca de uma dúzia dentro de uma das garrafas, coloco-a de lado e, em seguida, repito o processo com outra garrafa. Christina faz o mesmo com a terceira garrafa.

— Eu sei que você tem algo planejado, mas estou com medo de perguntar o quê.

— Lembra que eu disse que iria ajudá-la a estudar química?

Ela olha para as garrafas, os restos azuis e vermelhos de Gatorade e as pequenas bolas de papel-alumínio e, então, volta a olhar para mim.

— Sim, e daí?

— Bem, pense nisso como uma demonstração real de reações exotérmicas.

Ela me olha sem expressão. Puxo o limpador de vaso sanitário da mochila.

— Olha, eu só vou falar com esses caras. Mas, caso as coisas saiam do controle, eu preciso que você faça exatamente o que eu digo.

Ela morde o lábio, e um arrepio de medo sobe pela minha espinha. Estou contando com ela completamente para me dar cobertura, mas, se ela não der... Meus olhos permanecem em seu rosto, e quando Christina percebe o meu escrutínio, sua expressão se suaviza novamente.

— Eu vou tentar — diz ela.

Passo alguns minutos explicando o meu plano para Christina, certificando-me de que ela sabe como fazer tudo sem se machucar. Quando termino, olho para o relógio. Brayton deve estar chegando em breve. Fico em pé, ajudo-a a se levantar e, em seguida, tirando partido do impulso, aproveito para puxá-la para os meus braços.

— Eu confio em você — digo baixinho e, então, abaixo a cabeça e a beijo. No início, não tenho certeza de que quero mesmo isso, só preciso que ela fique do meu lado agora. Entretanto, no momento em que eu a provo, sei que nunca será o suficiente para mim, nunca vai durar tanto quanto eu quero que dure. Christina cruza os braços ao redor do meu pescoço e me dá a sensação de seus lábios, de sua língua, de seu corpo. A cada respiração compartilhada, tento dizer a ela que sinto muito por todas as minhas palavras cruéis, por tudo o que aconteceu. Não sei como interpretar o calor de suas mãos ou o som suave e vulnerável que vem de sua garganta. Espero que isso signifique que ela me ouve. Qualquer que seja a tradução, isso me deixa desesperado por ela, desesperado por receber qualquer coisa que ela possa me oferecer agora, porque não faço a menor ideia do que está prestes a acontecer.

Quando finalmente me afasto, nós dois estamos com as faces em brasa.

— Eu confio em você — digo novamente, e entrego-lhe a mochila... e o *scanner*. Ela a segura e acena com a cabeça, com a respiração ainda instável.

Eu a deixo lá com nosso patético arsenal e me dirijo para a frente do estádio, para ficar no topo da escada, entre as duas enormes esculturas de tigre. À minha frente está a Ivy Lane, por onde espero que Brayton vá chegar. Atrás de mim, na base desses degraus, há uma via de acesso menor, que contorna o estádio, e, depois dela, está o prédio em si, onde Christina se esconde nas sombras, abaixo da linha de visão da rua.

Sobre mim, o sol ainda vai alto, aquecendo meu rosto e meu pescoço, secando o suor frio que brota da minha pele. Meu coração está disparado, aos pulos contra as minhas costelas. Eu me sinto tão exposto, quase nu, como se eu estivesse pedindo para ser um alvo. Toda vez que alguém passa, os meus músculos se retesam até a pessoa se afastar. Espero e espero; meus pensamentos caminham lentamente no interior do meu crânio como besouros de carapaça dura, *tlec-tlec-tlec*, levando-me da perfeita sanidade à ansiedade desenfreada em questão de minutos. Estou muito tentado a olhar por cima do ombro, para ver se Christina ainda está lá, se ela está me observando, ou se fugiu. Parado aqui com apenas esses tigres de metal para me fazer companhia, é quase impossível manter minha mente controlada.

Dois sedãs cinzentos deslocam-se lentamente pela Ivy Lane e estacionam nas vagas demarcadas na rua. Aperto os olhos para enxergá-los melhor, pois a luz do sol é refletida pelas janelas dos carros. Entretanto, assim que o cabelo louro platinado de Brayton aparece, tudo em mim entra nos eixos novamente. Ele está aqui, e na hora marcada. Ele e outros quatro caras, todos vestindo roupas casuais, camisas polo, *blazers* e calças cáqui, saem dos carros e vêm em minha direção. Dá para ver, pelas protuberâncias em suas cinturas e em seus tornozelos, que estão armados, mas isso não é necessariamente motivo para alarme. Meu pai nunca saiu de casa sem algumas armas escondidas. O que me incomoda mais do que as armas são os seus óculos escuros, impedindo-me de ver os seus olhos; porém Brayton tira os dele quando se aproxima de mim. Seus gélidos olhos azuis estão úmidos, emocionados. Ele estende os braços em minha direção.

— Tate — diz ele, em voz baixa. — Eu sinto muito.

Cruzo os braços sobre o peito.

— Obrigado, Sr. Alexander.

Os braços dele pendem para os lados, quando percebe que não vou participar de uma sessão de abraços másculos.

— Pode me chamar de Brayton. Seu pai e eu éramos bons amigos, e espero que você e eu possamos ser amigos, também. — Ele baixa a cabeça, tentando espiar por baixo da viseira de meu boné, enterrado fundo na cabeça. — Meu Deus, Tate! Que diabos aconteceu com você? Você está bem? — Ele dá um passo para a frente, os contornos arredondados e mal definidos de seu rosto dobram-se sobre si mesmos à medida que sua expressão adquire vincos e rugas de preocupação.

Enfio as mãos nos bolsos.

— Tivemos um acidente em Secaucus. É só o nariz sangrando, na verdade. Mas havia... Alguém estava nos perseguindo.

Todos os caras de camisa polo ficam tensos, assim como Brayton.

— Race Lavin — ele rosna.

— Foi ele que matou meu pai — falo. Na verdade, não tenho ideia de quem disparou os tiros que atingiram o meu pai. Nem me lembro se Race tinha uma arma nas mãos, mas é a ele que atribuo a responsabilidade pela morte do meu pai.

As narinas de Brayton dilatam-se enquanto ele dá um suspiro lento. Acho que está cerrando os dentes, mas é difícil dizer, porque a camada de gordura em seu rosto é tão espessa...

— Ele deve ter descoberto que a invenção de seu pai é importante, pois foi buscá-la pessoalmente. Mas como ele sabia onde estava?

— Acho que o meu professor de Teoria dos Jogos trabalha para ele.

Brayton recua.

— O quê? Eles tinham um agente na sua *escola*?

— Eles têm agentes em todo lugar, não é? Como posso ter certeza de que você não é um deles? — É por isso que o meu pai não confiava nele?

Os olhos de Brayton arregalam-se por um instante, e, em seguida, ele ri.

— Seu pai não lhe disse nada sobre as nossas famílias, não é?

Não, mas meu pai não me disse nada sobre *coisa alguma*, então isso não me surpreende.

— Me esclareça — eu digo.

Brayton passa a mão pelo cabelo e, então, ajeita e acomoda cuidadosamente os fios dispersos de volta no lugar. É um movimento meticuloso, preciso, e eu aposto que ele o repete cerca de uma centena de vezes por dia, um desses tiques pessoais programados diretamente em nossos cerebelos.

— Somos aparentados, Tate. Primos em terceiro grau, creio eu, pelo lado de seu pai. A maioria dos membros das Cinquenta é constituída por parentes entre si, ainda que distantes.

— As Cinquenta? — Oh... *Mas você também tem que ter cuidado com as cinquenta...*

Brayton sorri.

— Acho que ele ainda não tinha lhe contado. Os Archer são uma das poucas famílias do planeta com uma linhagem puramente humana, que pode ser rastreada até antes da invasão dos H2. Os Alexander também. Nós cuidamos uns dos outros, ajudamos uns aos outros. Irei cuidar de você como se fosse meu próprio filho. A primeira coisa que precisamos fazer é voltar a esconder a invenção de seu pai. É óbvio que Race a quer; o que significa que deve ser estrategicamente importante para os H2, de alguma forma.

— Percebi isso quando ele chegou atirando na minha escola.

Brayton franze os lábios e balança a cabeça, concordando.

— Pouquíssimas pessoas sabem a verdade, Tate. A maioria dos H2 acha que eles são humanos. Eles não têm ideia de que são parte de uma espécie híbrida. Não têm ideia de que estão contribuindo para a lenta extinção da raça humana, tirando-nos da existência gradualmente, por meio da miscigenação. — Seus olhos encontram os meus. — E todas as vezes que alguém tenta ir a público explicar isso, os H2 no poder tratam de silenciá-lo. Esta invenção tem o potencial de expor o segredo de uma forma tão ampla que até mesmo Race Lavin não teria meios de controlar. É por isso que a invenção é tão perigosa. Onde ela está agora?

Há algo na maneira como ele está olhando para mim, algo glacial e calculista, e isso corre pelas minhas costas como um fio de água gelada.

— Eu não estou com ela aqui.

Ele dá um passo rápido em direção a mim, e eu desço um dos degraus para manter a distância entre nós. As mãos de toda a gangue de camisas polo deslocam-se para a cintura.

— Espere — diz Brayton. — Tate, pense sobre isso. É fundamental que essa coisa não caia em mãos erradas. E eu tenho os recursos para mantê-la segura. Se você a entregar para mim, eu...

— Você não se importa nem um pouco com o meu pai — digo em voz baixa.

— O quê? Filho, nós estamos...

— Não me chame assim. Você não me perguntou uma única vez onde ele está nem o que aconteceu com seu corpo.

Os dedos de Brayton estão se contraindo.

— Talvez porque eu conhecesse bem Fred, e saiba com o que ele se preocupava. Ele se preocupava com o seu trabalho. E ele se preocupava com *você*. Era disso que ele desejaria que eu cuidasse agora.

Relaxo um pouco. Ele tem razão, e eu já nem sei mais o que pensar, estou me sentindo um trapo; e, para ser sincero, minha vontade é entregar tudo para um adulto agora, porque não posso controlar a situação.

— Olha, eu a guardei num lugar seguro. Assim que estivermos no esconderijo, vou buscá-la para você.

As bochechas de Brayton tremem, como se um pequeno terremoto estivesse acontecendo dentro dele.

— É portátil, não é? Está com a sua amiga? Ela está aqui?

— Meu pai sequer lhe disse se é portátil ou não? Tem certeza de que ele queria que você ficasse com ela?

Ele desce um dos degraus, e eu recuo novamente em direção ao estádio. Ele franze a testa.

— Nós iríamos negociar esta tarde. Por que não me entrega a invenção agora? Você ainda nem se deu conta do tamanho do perigo em que se meteu, não é?

Uma risada afiada parte de mim, cortando-me por dentro como uma navalha.

— Você está falando sério? Será que você realmente está me pedindo isso? — Depois de eu segurar a mão do meu pai enquanto ele morria? Meus punhos se fecham.

— Você é uma criança. Não tem ideia de quanto tempo da própria vida seu pai investiu nessa tecnologia. Ele me contou tudo sobre isso,

Tate. — Justamente quando estou prestes a dizer que aquilo é mentira, ele continua: — Os Archer descobriram pedaços de destroços depois que testemunharam uma nave H2 se acidentar no Mar da Irlanda, há quatrocentos anos. Eles não faziam ideia do que fosse aquilo, mas sabiam que era uma prova de que os H2 não eram deste planeta. Eles mantiveram o segredo por gerações... A maioria dos membros das Cinquenta ainda não sabe de sua existência. Seu pai só o revelou a alguns de nós depois que descobriu o que a tecnologia H2 poderia fazer. — Espasmos agitam sua boca. — Ou, pelo menos, o que *essa* parte poderia fazer e como usá-la.

— E como *você* iria usá-la? — Brayton faz parte das Cinquenta, e meu pai me disse para ter cuidado com eles. Mas, se Brayton está dizendo a verdade, meu pai fazia parte das Cinquenta, também. Não sei em quem confiar, mas Brayton não está ganhando a minha confiança. Ele obviamente sabe muito sobre o trabalho do meu pai, mas não está agindo exatamente como meu amigo. Enquanto estivemos conversando, ele foi me induzindo a descer os degraus, de modo a ficar abaixo da linha de visão da Ivy Lane. A quadrilha das camisas polo se espalhou numa formação alinhada diante de mim. Eu desço os degraus inteiramente, para a pista de acesso restrito e para a sombra da enorme construção.

Brayton sacode a cabeça, e há uma estranha espécie de sorriso em seu rosto. No qual não há um pingo de humor, entretanto.

— Você é tão parecido com o seu pai, sabia disso?

— Obrigado. — Eu quase cedo à tentação de olhar para trás, mas não o faço.

— A sua linhagem se estende por séculos. Não faça nada que a comprometa, Tate. Seu pai não gostaria que você se colocasse em perigo.

— Meu pai queria que eu mantivesse o seu trabalho longe das mãos de pessoas que o usariam de forma errada. — Não estou convencido de que aquele troço não faz mais do que diferenciar os H2 dos humanos. Era isso, entre tantas coisas, que meu pai estava tentando me dizer naqueles momentos finais... Mas, também, não posso deixar de pensar naqueles números em seu laboratório. Os que indicavam a contagem de população de cada grupo, com exceção, aparentemente, de quatorze anomalias que meu pai estava trabalhando para resolver. Mesmo se a tecnologia da invenção não fizesse mais do que distinguir os H2 dos humanos... se alguém tivesse o poder de diferenciar as espécies numa escala mundial, poderia alvejar seletivamente uma ou outra. Talvez até mesmo desenvolver armamentos que afetassem apenas um grupo... *que é* justamente o tipo de coisa em que o CEO da Black Box poderia estar interessado.

— Usá-la de forma errada? Isso é muito paranoico — diz Brayton, com voz divertida. — Essa tecnologia pode nos ajudar a fazer grandes coisas. Construir grandes coisas. E a Black Box tem os recursos para fazer isso acontecer. — Ele se inclina para a frente ansioso. — Você pode se beneficiar disso também, Tate. Seu pai certamente teria participação majoritária e você a herdaria.

Ele deve pensar que eu sou *muito* ingênuo, ou, talvez, apenas ganancioso.

— Construir grandes coisas... como armas, talvez? Isso é o que a Black Box faz, certo?

A expressão ansiosa torna-se rígida.

— Também poderia ser usada para salvar uma espécie inteira, Tate.

O que tem o poder de salvar também tem o poder de destruir. Meu pai me ensinou isso.

— Por que é tão importante ser capaz de diferenciar os H2 dos humanos? Eu posso realmente compreender por que Race Lavin não quer que a coisa toda seja revelada, ele não quer que as pessoas enlouqueçam quando perceberem que os professores de seus filhos, seus vizinhos e, talvez, até mesmo seus senadores são alienígenas ou algo assim. E, talvez, ele até mesmo queira usar a invenção para rastrear os seres humanos e nos matar um por um. Mas você é humano, certo? Para que *você* a quer? E com todo o devido respeito, por favor, não me venha mais com essa conversa fiada de *fazer grandes coisas*.

E é isso. Num piscar de olhos, o rosto de Brayton muda. A carne gorda de suas bochechas vai de pálida a rubra em menos de um segundo. Seus olhos vão de frios a dardejantes.

— Pare de fazer hora com a minha cara e me dê logo a invenção — ele grita.

Toda a quadrilha de camisas polo saca suas armas de uma vez, mas os caras estão mantendo os canos para baixo e não os apontam diretamente para mim. Ainda.

Ergo as minhas mãos no ar.

A explosão, quando vem, é ensurdecedora.

ONZE

NÃO SÃO TIROS.

A quadrilha das camisas polo não sabe disso, no entanto, e todos eles se jogam atrás dos tigres de metal enquanto a segunda explosão acontece. Aproveito a chance para fugir; o alívio corre em minhas veias. Christina não me abandonou. E ela seguiu minhas instruções perfeitamente.

O clique revelador me congela no lugar antes que eu possa alcançar a segurança dos pilares de concreto logo depois da pista de acesso restrito.

— Belo truque — diz Brayton atrás de mim. — Muito bonitinho.

Eu me viro lentamente. Ele tem sua arma apontada para o meu peito. Suas mãos são firmes.

— Diga à sua amiga para sair. Agora. Sua brincadeira estúpida vai atrair as autoridades para nós, e acho que você entende que eles não estão exatamente interessados em proteger os seus direitos. Ou os meus. Estamos do mesmo lado, Tate — ele sibila.

— O que explica por que você está apontando uma arma para mim.

— Eu vou matar o Tate se você não sair de onde está escondida — ele grita.

Antes que eu possa gritar para ela se manter fora da vista, Christina sai de trás de um dos pilares, direto na linha de fogo. Está escondendo alguma coisa atrás das costas, e seus olhos estão arregalados.

— Estou com ela bem aqui — ela fala, com voz alta e clara. — Não o machuque.

Brayton estende a mão.

— Dê-me aqui, então.

— Pegue!

Christina atira a garrafa de Gatorade para cima, bem alto. Ela está inflando como um balão devido à pressão da reação química que acontece em seu interior e está do tamanho de uma bola de futebol, enquanto percorre sua trajetória no ar, sobre nós. Brayton a segue, apertando os olhos quando a perde nos raios oblíquos do sol de fim de tarde. Eu me abaixo e mergulho em direção a Christina, é nós dois nos chocamos contra o pilar mais próximo, enquanto seguro a cabeça dela em meu peito.

Bem na hora em que a garrafa explode sobre a cabeça de Brayton.

Com meus ouvidos zunindo, puxo Christina para trás da coluna, enquanto Brayton grita e sua gangue das camisas polo abre fogo. Ela chora baixinho e cola o corpo ao concreto. Seus músculos estão paralisados, cimentados no lugar, de tanto medo. Como um cervo na estrada, apanhado pelos faróis de um carro. E eu não posso culpá-la. Esta é a segunda vez hoje que atiram em Christina, e chegou a um ponto em que ela já não aguenta mais.

Estou tentando decidir se vou arrastá-la, calculando as probabilidades de nós sermos perfurados no meio segundo que levaríamos para correr desta coluna para a seguinte, quando ouço o barulho de pneus.

Espreito em torno do pilar de concreto e vejo uma minivan preta parando de repente na pista de acesso, entre nós e a turma das camisas polo. A porta do lado do passageiro desliza, abrindo-se, e minha boca também se abre.

É a minha mãe.

— Entrem! — ela grita, enquanto os homens de Brayton começam a atirar novamente.

Eu meio que carrego Christina para o carro enquanto várias balas atingem o lado do motorista. Mas elas não atravessam. Nem o vidro nem o metal.

É à prova de balas.

— Feche a porta, Tate. E coloque o cinto de segurança — minha mãe fala calmamente.

Faço o que ela diz e ajusto o cinto de segurança de Christina também, porque ela está olhando com os olhos arregalados para Brayton, que ergue a arma e atira... diretamente na direção do rosto dela, embora eu saiba que ele não pode vê-la através dos vidros escuros das janelas. A bala atinge o vidro com violento estrondo, e Christina grita; um som de puro terror.

Algum dia, Brayton vai me pagar por isso.

Dois caras da gangue das camisas polo sobem no capô. Minha mãe engata a marcha, acelera e saímos em disparada, mas eles continuam sobre o carro. Vejo um *flash* vermelho no retrovisor e olho para trás.

— Mãe, os policiais...

— Segurem-se.

Ela abre uma pequena aba de plástico no painel e mete o dedo no botão escondido por baixo. O resultado é imediato.

Os dois bandidos de camisa polo tapam os ouvidos com as mãos, e minha mãe gira o volante para a esquerda, depois para a direita, atirando-os longe. Fico olhando para eles enquanto vão ficando para trás, com sangue jorrando por entre os dedos.

— Algo que seu pai instalou para mim alguns anos atrás — diz ela. — Ondas sonoras de alta potência para perturbar o equilíbrio e destruir o tímpano. Eles não terão condições de nos perseguir.

Olho para fora da janela e vejo os policiais lá atrás, desacelerando até parar ao lado das estátuas de tigre, onde Brayton e alguns de seus asseclas estão espalhados pelos degraus e no gramado. Minha mãe acelera suavemente e, em seguida, dobra uma esquina. Seu olhar se desloca para o espelho retrovisor.

— Você está bem?

Ela não está olhando para mim. Está olhando para Christina.

— Sim — responde Christina, quase sem voz. Seus braços envolvem a própria cintura de tal forma que me parte o coração.

Minha mãe vira em outra rua arborizada, uma via de duas faixas pontilhadas com placas que indicam que estamos perto de um parque estadual. Este não é o caminho para a casa dela.

— Tate, por favor, me conte o que está acontecendo. Onde está o seu pai?

Não posso lhe dizer isso agora. Olho para fora da janela.

— Para onde estamos indo?

— Para um esconderijo.

— Para a Black Box?

Ela ri baixinho e misteriosamente.

— Isso não seria muito inteligente, agora, não é? Seu pai e eu mantemos alguns lugares seguros, só para nós.

— Como você sabia que era para vir?

Ela arqueia as sobrancelhas bem cuidadas.

— Seu pai não se encontra com *sócios* em *estádios*. Como você ficou com o celular dele? Você andou brigando com ele de novo? E, enquanto está metido nisso, por favor, aproveite para me dizer por que Brayton Alexander estava atirando em você. Essa é uma grande violação... Ela se interrompe e para de falar.

Apoio os cotovelos sobre os joelhos e deixo minha cabeça pender.

— Brayton estava atrás de uma das invenções do papai.

Ela fica em silêncio por vários segundos.

— Seu pai sabe que você roubou o *scanner*? — ela finalmente pergunta.

Estou boquiaberto.

— Como *você* sabe disso?

— Apenas me diga.

Olho para baixo, para a mochila entre mim e Christina, e luto contra a vontade de jogar o *scanner* pela janela para vê-lo se espatifar num milhão de pedaços no asfalto. E poderia tê-lo feito, também, se aquilo não fosse a coisa que meu pai morrera tentando salvar, a única coisa que, segundo ele, era a chave para a nossa sobrevivência. E Brayton provavelmente não estava falando *apenas* bobagens, pois eu acredito que essa tecnologia poderia ser usada para fazer grandes coisas. Sem meu pai, em quem eu posso confiar para me ajudar a descobrir isso? Fico olhando para a parte de trás da cabeça da minha mãe. Ela é quase uma estranha para mim. Mas, obviamente, o meu pai ainda confiava nela o suficiente para lhe falar sobre o *scanner*.

E agora eu tenho que contar a ela sobre *ele*. Não adianta ficar adiando isso mais tempo.

— Ele está morto, mãe — digo, com a voz embargada. Enquanto explico como aconteceu, a expressão da minha mãe não muda. Ela não faz perguntas. Ela quase não diz nada.

Ela finalmente vira numa estrada de cascalho. Os bosques são tão densos aqui que as árvores bloqueiam o sol, e não há nenhum indício de habitação humana. Depois de alguns quilômetros, ela faz um desvio e começa a descer uma ladeira acentuadamente inclinada, que me faz sentir como se estivéssemos mergulhando nas árvores e nos afogando nas folhas.

A cabana fica numa pequena clareira, mas, antes de alcançá-la, minha mãe abaixa o vidro e coloca a mão no tronco de uma árvore esguia, de casca lisa, que cresce ao lado da estrada. Uma aba se abre sob a palma de sua mão, revelando um pequeno teclado, e ela digita um código.

C21H22N2O2

Claro, não é o nome do meio de um ente querido, nem o nome de solteira, nem o aniversário ou qualquer outra coisa assim.

É a fórmula química da estricnina.

Fico bastante contente que Química não seja o forte de Christina, porque não tenho certeza de que quero que ela saiba que minha mãe é o tipo de mulher que escolhe suas senhas pela letalidade, não pelo valor sentimental.

Minha mãe conduz a minivan adiante. Não estou certo do que a digitação daquele código fez por nós, mas, se há o dedo do meu pai nisso, a segurança em torno da cabana é provavelmente perfeita, eficiente e totalmente letal.

Enquanto nos aproximamos, ela aperta um botão no controle remoto e a porta de um decrépito barracão ao lado da cabana se abre, revelando um interior iluminado e moderno. Saltamos do carro e a seguimos pelos fundos do barracão, através de um corredor de aço reforçado estreito, em direção à cabana. Christina parece que está prestes a desmaiar e, quando minha mãe puxa uma cadeira para ela na mesa da cozinha, Christina praticamente desaba nela.

Minha mãe estende a mão para mim.

— Deixe-me vê-lo — diz ela, apontando para a mochila no meu ombro.

Eu a entrego para ela, e minha mãe abre o zíper, puxa o *scanner* e o liga. Sem hesitação, ela o agita na direção de Christina. Christina estremece quando a luz vermelha reflete em seu rosto, e, então, ela se encolhe diante dos meus olhos, enrolando-se em si mesma, obviamente, com medo do que minha mãe vá fazer a seguir.

Entretanto tudo que minha mãe faz é desligar o *scanner* e sentar-se à mesa com Christina.

— Você sabe o que isso significa, não é?

Christina dá de ombros. Minha mãe olha para mim.

— Papai nos disse — murmuro.

Ela se vira para Christina, que está tremendo.

— Você não sabia até hoje, não é?

Christina sacode a cabeça querendo dizer que não.

— Quase ninguém sabe — minha mãe diz, com uma voz desanimada. Ela inspira fortemente. — Você ligou para os seus pais? Eles sabem onde você está?

Christina confirma com a cabeça.

— Eu liguei e deixei uma mensagem dizendo que estava bem, mas só isso. E eu não usei o meu próprio telefone. Estávamos num posto de gasolina logo depois que tudo aconteceu, e eu...

— Ligou de um telefone público? — minha mãe perguntou. — Isso não foi muito inteligente. Tenho certeza de que as linhas de seus pais estão sendo monitoradas e, provavelmente, isso indicou às autoridades exatamente onde você estava.

— Eu liguei do celular de um estranho, ao acaso — Christina responde com uma súbita clareza que rivaliza com a de minha mãe. — Porque eu já havia pensado nisso.

— Isso é apenas um pouco melhor.

Os olhos de Christina relampejam.

— Achei que era muito melhor do que um alerta AMBER.[5]

Minha mãe estica a mão para a mochila e pega o telefone de Christina.

— Quantos anos você tem? — ela pergunta para Christina enquanto abre o celular e confirma que está desligado.

— Dezoito.

— Alertas AMBER só são emitidos para pessoas de até 17 anos. E você provavelmente entrará em contato com seus pais de novo e vai lembrá-los de que, se você optar por se ausentar durante alguns dias, está no seu direito de fazê-lo, como adulta que é.

Christina pisca, esmaecendo um pouco.

— Mas eu não... Eu não sou...

— Ela tem um bom relacionamento com os pais — interfiro, odiando o rumo condescendente que a conversa tomou. — Ela nunca fez nada parecido com isso antes, e eu tenho certeza de que seus pais não vão acreditar...

— Eu posso falar por mim, Tate — Christina diz calmamente, fazendo minha boca fechar. Ela enfrenta o olhar de minha mãe. — Se eu puder convencê-los, isso irá fazer esses agentes deixarem minha família em paz?

— Somente se a sua família não fizer absolutamente ideia de para onde você tenha ido — minha mãe diz com dureza na voz.

---

[5] Acrônimo para "America's Missing Broadcasting Emergency Response". Sinais eletrônicos nas estradas com alertas sobre crianças raptadas. (N. R.)

— Mãe, eu... — eu começo, mas, aparentemente, não me querem nessa conversa, porque desta vez é a minha mãe que interrompe.

— Ela poderia contar a eles onde estamos, Tate.

— Estou sentada bem aqui — revida Christina. — E eu não vou fazer isso. Quero dizer, se eu realmente quisesse fazê-lo, você não acha que a essa altura eu já teria feito?

Minha mãe olha para ela por um longo minuto, e é fácil ver que está rolando uma avaliação mútua. Christina tem medo da minha mãe, mas não está disposta a deixar qualquer um passar por cima dela. E minha mãe... Acho que ela decidiu que gosta de Christina, mesmo que não confie nela ainda. Há um brilho de admiração em seus olhos quando ela pega a própria bolsa e tira dali um celular preto, parecido com o do meu pai, provavelmente também não rastreável.

— Use este — diz ela, entregando-o para Christina. — Diga a eles que você está com Tate. — Ela faz uma pausa por um momento, com os lábios apertados, e, em seguida, acrescenta: — Diga-lhes que o pai dele morreu num acidente, e que você vai viajar com ele para comparecer ao funeral no norte do estado. Prometa-lhes que estará em casa em breve. Vamos lidar com planos de longo prazo mais tarde.

Christina pega o telefone. Ela olha para a superfície lisa e compõe uma mensagem de texto. Não preciso perguntar a ela por que não faz uma ligação para os pais. Eu sei. Até agora ela se fez de forte, mas está no limite, e, se ouvir a voz deles, não será capaz de segurar a própria onda. Eu me inclino para a frente, querendo colocar meus braços em torno dela, dizer a ela que sinto muito, qualquer coisa, *qualquer coisa* para apagar aquela expressão vulnerável de seu rosto, mas Christina se afasta, dando-me as costas.

Eu me levanto rapidamente.

— Onde é o banheiro?

Minha mãe balança a cabeça em direção ao corredor.

— Segunda porta à direita.

Eu me esforço para não sair correndo para lá, de tão desesperado que estou para escapar do diminuto e terrível som das lágrimas de Christina caindo na tela do telefone preto não rastreável da minha mãe.

Sento-me na borda da banheira e conto cada respiração, inspirando pelo nariz, expirando pela boca. Fico em pé e olho para o reluzente espelho de moldura em aço inoxidável. Tiro o boné de beisebol e examino o meu rosto, o corte sobre a sobrancelha, os hematomas nas faces, o luto em meus olhos.

Minha mãe não reagiu à morte de meu pai como pensei que faria.

Ela está agindo como se eu lhe houvesse dito que ele saiu em uma viagem de negócios. Sem lágrimas. Nem mesmo uma careta ou um gemido. Somente ação. Racionalidade.

Isso dói mais do que consigo explicar. Minha mãe é uma cientista, então, racionalidade faz parte de sua personalidade, mas o que aconteceu é muito grave e importante. E eu pensava que eles ainda pudessem sentir algo um pelo outro; que, apesar de não estarem mais juntos, compartilhavam algo especial. Meu pai nunca iria admitir isso, mas, pelo amor de Deus! Por mais inteligente e cauteloso que ele fosse, por mais friamente lógico, ele não pôde deixar de usar o nome do meio de minha mãe como a sua maldita senha. E, quanto à minha mãe, eu estava certo de que ela sentia o mesmo. Caramba... a última vez em que eu estive na casa dela, estava bisbilhotando e encontrei uma foto dos dois na gaveta de sua escrivaninha, tirada há cerca de cinco anos, a julgar pelo corte de cabelo curto da minha mãe na época. Parecia que alguém tinha batido a foto numa festa, num momento em que eles não perceberam que estavam sendo observados. A intimidade que transpirava daquela imagem, um de frente para o outro, a forma como a cabeça dele estava inclinada em direção a ela, enquanto ela sorria para ele... o sentimento de estar invadindo a privacidade deles foi tão esmagador que eu enfiei a fotografia de volta na gaveta e fechei-a com força. Pensava que isso significasse alguma coisa para ela, e que, por causa disso, guardava a foto ali. Que ela ainda o amava. Mas acho que não.

Não tenho a mínima ideia de quanto tempo passo no banheiro, porém, quando saio de lá, torno-me instantaneamente consciente do cheiro de alho e de cebola, o som de alguma coisa fritando na panela... e da risada quente de minha mãe. E da minha namorada.

— Ele realmente achou que daria certo? — minha mãe pergunta.

Christina suspira.

— Claro que achou — ambas dizem ao mesmo tempo.

Acho que elas se acertaram. Considero a hipótese de ficar ali parado no corredor, espionando, mas, depois, percebo como estou faminto e deixo o cheiro de comida me levar de volta para a cozinha. Christina está de pé diante do fogão, refogando os temperos.

Há um copo de vinho no balcão ao lado dela, o que é um pouco estranho, porque Christina não costuma beber e minha mãe nunca me ofereceu bebida antes.

Minha mãe tira um frasco de molho do armário. Ela sorri e o ergue quando me vê.

— Não venho aqui com muita frequência, por isso, a maior parte da comida vem em frascos ou caixas, com algumas exceções.

— Com a fome que estou, não me importo nem um pouco com isso. Como qualquer coisa — digo.

Abro e fecho algumas portas do armário e, finalmente, encontro um copo.

— Quer vinho? — minha mãe pergunta.

Eu a encaro.

— Sério, mãe?

Ela olha para o copo em sua mão.

— Você e Christina passaram por muita coisa. Isso pode ajudá-lo a relaxar.

— Não, obrigado. — Não quero relaxar. Quero descobrir o que está acontecendo... e o que fazer a seguir.

O olhar dela se aguça por um momento, mas, então, sua expressão se suaviza novamente.

— Há água de poço, então.

Encho meu copo na torneira e sento-me à mesa.

— Onde está o *scanner*?

Ela despeja o molho sobre as cebolas e o alho e assume o fogão, enquanto Christina se senta à mesa.

— Eu o coloquei na minha bolsa. — Ela aponta com a colher.

— Há quanto tempo você sabe sobre ele?

— Eu conheço a tecnologia há anos. Trabalhei nela com Fred enquanto ele tentava entendê-la, mas foi ele quem criou o *scanner*... depois que nos separamos.

Corro minha língua sobre os dentes, observando-a com cuidado. Estou morrendo de vontade de perguntar a ela sobre Josephus, se ela o conhece, quem ele é, mas algo me impede. Talvez seja porque as mãos dela estejam muito firmes, seu sorriso está fácil demais. Se ela era próxima o bastante de meu pai a ponto de conhecer os seus segredos, como ela pode estar tão calma? Não tenho certeza de que posso confiar nela... mas, a esta altura, já não tenho certeza de que posso confiar em quem quer que seja. Decido me ater a coisas mais óbvias.

— Eu entendo por que esse tal de Race deseja colocar as mãos no *scanner*. Ele não quer que a humanidade saiba que está sendo governada por alienígenas, certo?

Christina estremece e bebe um gole de vinho.

Minha mãe escorre o espaguete com movimentos fluidos e relaxados.

— Algo assim. Ele provavelmente está preocupado com o fato de que poderia haver uma comoção social em todo o mundo se as pessoas de repente soubessem que há alienígenas vivendo entre nós, mesmo que mais de sessenta por cento da população mundial já *seja*, de fato, constituída de alienígenas. Todo mundo iria supor ser humano e, provavelmente, iria se voltar contra qualquer pessoa suspeita de ser diferente. Imaginem como a coisa poderia ficar feia. Pessoas inocentes morreriam. E, claro, é impossível descartar que os H2 queiram usar a tecnologia para seus próprios fins. Eles têm um histórico de discretamente e, às vezes, não tão discretamente eliminar aqueles que os desafiam. O *scanner* pode tornar mais fácil um ataque... preventivo. Ou possibilitar que eles se certifiquem de que já não há seres humanos no poder em nenhum lugar do mundo.

— Mas por que fariam isso? Que diferença isso faria? O papai falou que eles já têm muito poder. O que mais eles querem?

— Estou tentando descobrir isso, Tate. Confie em mim.

Tenho certeza de que minha expressão lhe diz exatamente quanto eu não confio nela, mas, em vez de confrontá-la, tomo um rumo diferente.

— Então, eles invadiram tudo de uma vez? Como mantiveram a existência deles em segredo?

— Eles chegaram há quatro séculos. A maior parte do que temos é a tradição oral. Houve alguns locais de pouso ou de acidente, quase todos em águas profundas perto de terra, o que parece ter sido intencional. Quando os H2 desembarcaram, foram tomados como sobreviventes de naufrágios.

— Brayton disse que um dos Archer retirou destroços verdadeiros do Mar da Irlanda.

Ela se inclina contra o balcão.

— Um dos antepassados de Fred estava coletando moluscos na maré baixa na baía de Morecambe, e ele testemunhou um acidente. Eles podem ter saído do curso, ou não ter levado em conta os ciclos de marés, mas o impacto foi devastador, não houve sobreviventes, ao contrário de muitos dos acidentes relatados. Um dia depois, ele encontrou vários pequenos pedaços de destroços, as partes que não tinham sido arrastadas para o mar pela maré alta. Foram esses artefatos H2 que seu pai usou para fazer o *scanner*.

— O quê? Havia um manual de instruções?

O canto de sua boca se contorce para cima.

— Claro que não. Seu pai fez vários experimentos até que concluiu que essa parte da tecnologia alienígena era capaz de ler a estrutura molecular da pele num nível incrivelmente preciso. Da última vez que falei com ele, ainda que *ele* não soubesse ao certo como a coisa funcionava, havia feito testes suficientes para ter certeza de que era um mecanismo básico para diferenciar as duas espécies. Foi uma descoberta surpreendente... Não sabíamos por que razão os H2 teriam essa tecnologia ao chegarem aqui e qual era o seu propósito original.

— Espere um pouco... Você disse "essa parte da tecnologia". Havia outras partes? Quanto mais ele tinha, exatamente? De que tipo de destroços nós estamos falando?

Ela deu de ombros.

— Isso é algo que seu pai nunca revelou a ninguém, nem mesmo a mim. Presumo que ele guardasse os artefatos em algum lugar em seu laboratório, mas você sabe como ele protegia as suas descobertas. — Uma sombra de pesar atravessa o seu rosto. — Eu sei que ele teria compartilhado tudo com você se tivesse vivido o suficiente. Estava esperando o momento certo.

Por um instante, a morte de meu pai é um peso sufocante que nos pressiona em silêncio, mas minha mãe afasta-o rapidamente.

— Nós não temos outra prova concreta do desembarque dos H2. Muito embora a maioria dos sobreviventes dos H2 tenha se misturado com a população humana, mantendo suas origens tão secretas que elas foram esquecidas no espaço de uma geração, a sua liderança, uma organização chamada "Núcleo", tomou um rumo um pouco diferente. Eles imediatamente começaram a se infiltrar na política humana e nas bases de poder, enquanto o restante procriou com os seres humanos, muito provavelmente com o intuito de ajudar seus descendentes a resistirem ao ambiente microbial da Terra. Acho que o *scanner* revela o resultado disso. — Ela olha para Christina, cujo olhar está fixo no líquido cor de rubi em seu copo. — Não há gradação nem "híbridos", apenas humanos ou H2.

O que explica por que há mais deles do que de nós a essa altura.

— Mas ninguém notou as *naves espaciais*, mãe? Parece que elas dificultariam uma mistura com os habitantes locais.

Ela sacode a cabeça negativamente.

— Uma vez que eles desembarcaram na água, todas as naves se perderam, e, embora a tecnologia moderna torne possível a recuperação delas... e, creia-me, nós tentamos... o Núcleo deve ter chegado lá primeiro, porque nada foi encontrado. E apenas um punhado de pessoas realmente testemunhou os acidentes, Tate. O restante do mundo não tinha ideia, e na época não havia celulares com câmera nem YouTube para espalhar a verdade. Como você pode imaginar, qualquer um que tentasse avisar os outros era eliminado pelo Núcleo. Agricultores e pescadores não eram páreo para um grupo tão sofisticado e organizado, de modo que a maior parte de suas histórias acabou virando mito e lenda. Além disso, nem todas as famílias transmitiram o segredo para as gerações seguintes, somente uma pequena minoria. Durante os últimos cem anos, entretanto, à medida que a tecnologia nos foi conectando lentamente, o grupo das Cinquenta foi estabelecido e tem trabalhado em conjunto para garantir que não nos tornemos extintos.

— Mas meu pai confiava neles? — Olhei-a nos olhos. — Ele disse que eu deveria ter cuidado com as Cinquenta.

Seus dedos tamborilam em cima do balcão, uma espécie de movimentação nervosa.

— É um grupo diversificado, e seu pai não confiava em todos os membros. Mas temos um objetivo comum, e que nos mantém unidos.

— Recuperar o controle? Revelar os H2 pelo que são?

Minha mãe volta sua atenção para o molho de macarrão que está fervendo. Mantenho meus olhos sobre ela, não posso olhar para Christina agora. Se for uma questão de humanos contra alienígenas, seria eu contra a minha namorada? Minha família contra a dela? Meu estômago se revira com algo mais do que fome.

— Mesmo que essa fosse a estratégia, tem sido impossível até agora. Esses alienígenas parecem com seres humanos — diz minha mãe. — Aqueles que tentaram tornar os outros conscientes do que realmente estava acontecendo foram tachados de lunáticos, radicais, membros de seitas. Sem o *scanner*, *ainda* é impossível provar que a Terra é governada por uma espécie alienígena...

— É impossível provar isso *com* o *scanner*... então, se não há nenhuma evidência que corrobore... — interrompo-a bruscamente — o que iria impedir que essas pessoas do Núcleo desacreditassem quem tentasse usá-lo dessa forma?

Minha mãe me fulmina com um olhar intenso.

— O *scanner* é construído com base em tecnologia *alienígena*, e, atualmente, a tecnologia humana é com certeza avançada o suficiente para determinar que ele é, na verdade, extraterrestre. O próprio *scanner*, além da informação que fornece, serviria como evidência corroborante se alguém decidir ir a público com ele.

— Isso é tudo? — pergunto.

Mamãe fecha a cara.

— O que você quer dizer?

Dou de ombros.

— O jeito como eles estão doidos para colocar as mãos no *scanner* me faz pensar... Você disse que eles recuperaram todas as suas espaçonaves, exceto aquela que foi encontrada pelo ancestral do papai. E se houvesse algo a bordo que eles estivessem procurando por todos esses anos, algo que não havia em todas as outras naves que recuperaram? Porque entrar atirando numa escola pública no meio do Upper West Side não é exatamente o que se pode chamar de ação discreta. Eles estavam desesperados para obter o *scanner*.

Ela olha para mim por uns longos segundos.

— Você pode estar certo. Se o Núcleo dos H2 não achasse o *scanner* importante, ou ameaçador, Race Lavin não teria ido atrás dele. Especialmente do jeito que fez. — Sua voz se torna um sussurro tenso e, por um momento, acho que ela vai chorar e finalmente mostrar que a morte de meu pai a está machucando. Lembranças de seus últimos momentos desabam sobre mim. A expressão em seus olhos dizia que ele tinha tantas coisas a contar e fazer, tantas coisas para me ensinar... Pensar nisso tira o oxigênio dos meus pulmões, fecha a minha garganta. Por isso, quando a minha mãe, de novo fria e controlada, habilmente muda o rumo da conversa, eu a deixo fazer isso. Ela faz um monte de perguntas para Christina, sobre coisas cotidianas, comuns, e posso ver que minha mãe está tentando deixá-la à vontade. E isso parece estar funcionando surpreendentemente bem, porque a cor voltou às bochechas de Christina e seus movimentos estão mais soltos. Ela até sorri algumas vezes, embora sua expressão vacile quando ela olha para mim. Eu realmente não posso culpá-la.

Como mecanicamente, metendo garfadas de espaguete em minha boca, porque, neste exato momento, isso é mais fácil do que falar. Mantenho os olhos em minha mãe. Se ela pelo menos me desse um sinal de que posso confiar nela, de que se preocupava com o meu pai, que os desejos dele são importantes para ela... Por um instante, pensei que tivesse visto isso, mas, agora, foi embora de novo. Eu deveria ser capaz de dizer em que pé estou com minha mãe e se posso mesmo confiar nela, dentre todas as pessoas no mundo. Meu pai escondeu a verdade de mim durante anos, e eu o conhecia muito melhor do que a conheço. Estou contando com mamãe agora, tanto por minha própria vida como pela vida de Christina, e eu gostaria que ela fosse meu porto seguro. Deus sabe que eu preciso de um. Enquanto terminamos o jantar, pergunto-lhe qual o próximo passo. Ela me diz que precisa telefonar para algumas pessoas e que saberá mais pela manhã e, em seguida, muda de assunto novamente. Enquanto ela fala, continuo a inspecionar cada piscada, cada sorriso, cada movimento de seu rosto, procurando por tristeza ou nostalgia.

Nada.

Estamos tirando os pratos e, a essa altura, quero dar um soco em alguma coisa. Então, percebo quanto sinto falta da Christina de ontem, porque ela era a única com quem eu poderia falar sobre isso. Sinto falta do jeito com que ela tocaria meu rosto e me diria que ela está bem, e que eu estou bem, que, juntos, nós vamos sair dessa. Preciso que ela me deixe segurá-la nos meus braços agora. Preciso que ela me deixe pressionar o ouvido contra o seu peito e ouvir seu coração bater. Mas, depois de tudo o que aconteceu, duvido que ela deixasse, e nem tenho certeza de que isso ajudaria do jeito como costumava ajudar, quando eu não sabia a verdade sobre quem somos. Isso não me impede de querer estar perto dela, no entanto, um desejo que está crescendo a cada segundo.

Lavo meu prato e meu copo e coloco-os no escorredor. Christina se levanta da mesa com seu prato, mas rapidamente se senta outra vez, piscando.

— Oops! — diz ela, baixinho.

— Você deve estar exausta. Pode vestir algo meu para dormir — minha mãe diz e sai caminhando rapidamente pelo corredor.

Sento-me ao lado de Christina e, hesitante, afasto o seu cabelo do rosto. Sua pele está tão quente... quase febril.

— Como você está?

— Tudo bem — diz ela, com os olhos ligeiramente vidrados. Sua aparência demonstra que o dia a esgotou por completo, como se não lhe restassem forças.

Minha mãe retorna, oferecendo-lhe um par de calças de yoga e uma camiseta. Christina pega a muda de roupa e, lentamente, vai cambaleando em direção a um dos quartos. Irei dar-lhe apenas alguns minutos, e depois vou ver como ela está. Parece tão instável...

O olhar de minha mãe segue Christina até que ela entra num quarto.

— Ela se preocupa muito com você — diz. — E parece ser uma boa pessoa. Mas você não deveria tê-la metido nisso, Tate. Ela não deveria estar envolvida.

— Aconteceu tudo muito rápido — retruco. — Eles já tinham visto Christina comigo, mãe. Eles a teriam matado.

Como eu preciso de alguma coisa para fazer, recolho o prato e o copo de Christina da mesa e levo-os para a pia. Despejo a borra do vinho na cuba.

Há um resíduo branco granular no fundo do copo.

Algo me atinge violentamente por dentro, muito doloroso para rotular, grande demais para ser colocado em palavras. Levanto o copo para a luz e me viro. Percebo o olhar castanho-âmbar de minha mãe através do cristal transparente.

— O que você fez? — sussurro. Ela é química, afinal de contas. Deve conhecer umas duas dúzias de maneiras fáceis de envenenar alguém.

Minha mãe dá um passo à frente rapidamente. Suas mãos firmes e frias me seguram e, então, ela começa a soltar meus dedos do copo.

— Ele vai quebrar na sua mão — diz ela. — Você não precisa de outra lesão esta noite.

— Você colocou alguma coisa no vinho dela. — Estou me controlando a todo custo para não sacudi-la.

Minha mãe balança a cabeça confirmando, sem demonstrar nenhuma emoção, novamente.

— Diazepam. Uma cápsula.

— Você a sedou com um Valium? — Parte de mim está aliviada por não ter sido ricina ou conicina, porque, agora, não duvido nada de que ela fosse capaz disso. No entanto o restante de mim ainda está chateado. — Christina não é uma criança, mãe. E ela não é nossa inimiga! — Enquanto digo essas palavras, percebo quão profundamente acredito nelas.

— Não seja ingênuo. Qualquer um pode ser nosso inimigo agora, Tate. Com Race atrás de nós, com Brayton disposto a matar para conseguir o dispositivo para si mesmo, é só você e eu, no momento, e precisamos imaginar um meio de sairmos dessa, sem um par extra de olhos e ouvidos.

Ela coloca a mão no meu braço, mas eu me afasto.

— Eu e você? O que é isso? Você nos deixou. Você *me* deixou. Quantas vezes eu a vi nos últimos quatro anos?

Minha mãe sacode a cabeça.

— Seu pai mantinha você muito preso...

— Na coleira?

Ela recua.

— Claro que não. Num programa de treinamento muito rígido. Sua preparação era muito importante para ele, e nós concordamos que seria dessa forma, quando decidimos ter filhos. Nem sempre aplaudi, mas eu respeitei isso.

— Não quero ouvir isso agora — digo, agitando as mãos diante de mim. — Pare.

— Eu queria vê-lo mais vezes — diz ela, dando um passo cauteloso em minha direção. — Queria que você passasse o verão comigo. Queria levá-lo em viagens, para visitar a minha família. Ele não permitia isso.

— E você não o contrariava, tampouco.

— Não podia, não mesmo. — Ela respira fundo. — Eu acreditava no que ele estava fazendo. Sabia que você tinha de estar preparado. E, obviamente, eu estava certa. Assim como ele. E eu sabia que ele, Chicão e seus outros professores, que são todos das Cinquenta, seriam capazes de fazer isso.

— Você está me dizendo que todas essas malditas pessoas ao meu redor sabiam sobre tudo isso, enquanto eu era intencionalmente mantido na ignorância?

Ela levanta as mãos.

— Era temporário e necessário, Tate. E pense sobre o que você passou hoje. Você realmente acha que poderia ter sobrevivido se o seu pai e os outros não o tivessem treinado como eles fizeram?

— Talvez não, mas eis o que mais eu sei — eu disse, apontando o dedo para o rosto dela. — Eu não teria conseguido sobreviver hoje sem a Christina. Ela salvou minha vida três vezes. E eu não estou exagerando, mãe. Três. Malditas. Vezes. Sendo assim, do jeito que eu vejo as coisas, sou eu e *ela*, e se você machucá-la... — Puxo a minha mão para trás e deixo-a cair ao meu lado como um punho, pesado e furioso, envergonhado por eu ter duvidado tanto de Christina, culpando-a por algo sobre o qual ela não tem controle, algo que ela nem mesmo sabia.

— Eu não a machucaria. Isso nunca foi minha intenção.

— Qual foi a sua intenção?

Ela levanta os braços.

— Sinceramente? Em primeiro lugar, queria ter certeza de que ela dormiria profundamente esta noite. Queria ajudá-la a descansar. Ela estava praticamente catatônica quando eu fui resgatá-los. Parecia traumatizada.

Ela está certa sobre essa parte.

— Mas você não pediu a permissão dela. Você ia tentar me drogar também?

Pela expressão em seu rosto, dá para ver que é *exatamente* o que ela estava planejando. Queria sedar as criancinhas para que pudesse fazer seus planos sem a nossa interferência.

Balanço a cabeça afirmativamente para mim mesmo.

— Está certo. Uma ova que era para ser só *eu e você*. Parece que é, de fato, apenas *você*. Então, muito obrigado, doutora Archer, pelo resgate — rosno. — E por drogar a minha namorada. Espero que você se divirta bastante esta noite planejando as coisas sozinha. Vou vestir o pijama. Mas, não se preocupe, não espero que você vá me colocar para dormir.

Giro nos calcanhares e me dirijo ao corredor, e minha mãe não tenta me parar. Encontro Christina no terceiro cômodo à direita, enrolada num dos lados da cama de casal, encolhida debaixo de um edredom, ainda que esteja muito quente aqui. As roupas que ela usava hoje estão espalhadas no chão, e eu as dobro e coloco em cima da cômoda. Então, eu me ajoelho ao lado da cama e, cuidadosamente, afasto seu cabelo do rosto. Ela está respirando de forma estável, mole como um pano de prato. Sonhando sonhos bons, espero, livre de balas e sangue e garrafas de Gatorade explodindo.

Por um momento, considero a ideia de me deitar ao lado dela, mas acho que isso não está certo. Minha mãe privou Christina do direito de escolha esta noite, e eu não farei o mesmo, não quando temos tanta coisa para resolver. Eu a beijo na testa, apago o abajur e volto para o corredor. O quarto do outro lado está vazio. Como o quarto de Christina, este também é simples, sem enfeites, apenas uma cama de casal, uma cômoda, uma cadeira e um abajur. Abro as gavetas e encontro para mim uma calça de moletom e uma camiseta limpa. Tomo um longo — bem *longo* — banho quente, desejando que o dia todo se desprenda de mim e deslize pelo ralo, apenas um sonho, uma invenção da minha imaginação.

Quando finalmente saio do banheiro, o corredor está escuro, e não há luz alguma por baixo de qualquer das portas. Entretanto, ouço um som bem fraquinho, e sigo-o por todo o corredor acarpetado até a última porta à esquerda, pensando que talvez eu deva escutar para ter certeza de que minha mãe não está planejando largar Christina em alguma esquina amanhã.

Encosto meu ouvido na porta.

Não é uma conversa o que ouço, mas o som *está* vindo de minha mãe.

Os soluços são abafados, como se ela estivesse com o rosto enterrado no travesseiro. Soam silenciosamente desesperados. Angustiantes. Dor autêntica, represada até agora, quando ela poderia desabar em particular, quando ela poderia extravasá-la.

Ela está chorando por meu pai. Ouço-a dizer o seu nome.

Afasto-me da porta, mais uma vez sentindo-me como se tivesse me intrometido em algo íntimo, algo muito doloroso para compartilhar. Rastejo de volta para o meu quarto, para a minha própria cama.

Demoro muito tempo para parar de tremer.

DOZE

A BATIDA SUAVE, PORÉM INSISTENTE, ME PUXA DE UM SONO PESADO, nebuloso, muito antes de eu estar preparado para acordar.

— Tate? Acorde, por favor — minha mãe diz do outro lado da porta.

Sento-me tonto, meus olhos correndo do tapete marrom para as paredes de lambris e dali para a cômoda genérica. Levo vários segundos para me lembrar de quem eu sou. E que meu pai se foi. E que estou num esconderijo em algum lugar na maldita floresta de Jersey, com a minha mãe, que, aparentemente, tem uma quedinha por largar um Valium nas bebidas das pessoas. Incrível.

— Tate! — Suas batidas ficam mais altas.

— O que é?

Ela abre a porta e enfia a cabeça, parecendo que está com medo de que eu comece a gritar se ela entrar:

— Precisamos ir. Logo.

Giro as pernas para a lateral da cama.

— O que aconteceu?

Ela já está vestida, e seu cabelo está molhado, deixando estrias escuras nos ombros de sua camisa azul-clara.

— Há agentes em Princeton.

— Agentes.

— Agentes do *Núcleo*. Eu monitoro as comunicações dos policiais locais. Eles mencionaram Race.

Meu estômago se contrai com a menção desse nome.

— Parece que a segurança em torno desta cabana é muito eficiente.

Minha mãe me olha com tristeza. Seus olhos estão um pouco inchados, uma lembrança de sua dor.

— É, sim. E sua localização é secreta... seu pai é... era muito bom nesse tipo de coisa. Mas, se eles montarem bloqueios nas estradas e postos de controle, teremos dificuldade para passar. Temos que sair antes disso.

— Está certo — respondo, levantando-me da cama, já indo em direção à cômoda.

— Tudo bem. — Ela hesita por um momento. — Christina já se levantou. Ela parece estar melhor. — Então, ela me deixa lá, olhando para as gavetas de roupas que um dia pertenceram a meu pai.

Puxo uma camisa henley e um jeans e, em seguida, começo a procurar um cinto. Tenho que ser capaz de me mover rapidamente, correr se for necessário, e não preciso de minhas calças deslizando até os joelhos no pior momento.

Saio para o corredor no *melhor* momento, no entanto, e espero que isso seja algum tipo de presságio. Christina está saindo do banheiro com uma toalha bem apertada ao redor de seu corpo e outra enrolada em volta da cabeça. Ela estremece de susto quando me vê, e seu turbante de toalha cai no chão, esparramando mechas úmidas de cabelo sobre os ombros nus.

É dessa maneira que eu gostaria de começar todas as manhãs. Meu Deus.

— Oi — diz ela.

— Oi. Dormiu bem? — Porra, minha voz falhou.

Ela sorri, e é a coisa mais deliciosa essa doce curvatura de seus lábios. Será que ela me perdoou, ou isso é apenas uma trégua temporária?

— Na verdade, sim. Eu precisava disso. E você?

Eu mal dormi. Fiquei ali deitado, acordado, com os punhos cerrados e os músculos tensos, lutando contra as lágrimas.

— Sim, o sono dos mortos. Quanto tempo você acha que leva para se aprontar?

Ela me lança um olhar que me diz que enxergou através da minha mentira, mais uma vez.

— Não muito.

Este é o momento em que eu deveria dizer algo legal, algo engraçado, algo que interrompesse o lento descambar para o constrangimento, algo que tornasse as coisas melhores. Mas... perco a minha deixa, como se chegasse atrasado na estação apenas uns segundos, a tempo de ver o trem partir sem mim. O sorriso de Christina se desvanece, e seus dedos enrolam com mais força a sua toalha, segurando-a firmemente no lugar sobre os seios.

Quando ouvimos a voz da minha mãe vindo do quarto ao lado da cozinha, é como se alguém houvesse nos jogado um colete salva-vidas. Ambos entramos em sintonia ao mesmo tempo, na ânsia de nos concentrar em qualquer coisa que não o desconcerto da situação.

— Entendo. Não lhes diga nada — diz minha mãe.

Olhamos um para o outro, com os olhos arregalados.

Christina morde o lábio.

— Você sabe com quem ela está falando?

— Não. — Odeio esse sentimento, como se eu não pudesse confiar nem na minha própria mãe. Faz com que eu me sinta encurralado. Sozinho e preso. Ela não está me deixando por dentro das providências porque parece pensar que eu ainda sou o garoto de 12 anos de idade que ela deixou para trás, há quatro anos. Esperava que ela fosse deixar de lado essa atitude depois da conversa que tivemos ontem à noite, mas, agora, não tenho tanta certeza.

— Ela... ela não vai... me machucar, não é? — Christina pergunta, interrompendo meus pensamentos. — Porque eu sou... — Ela estremece. — Porque eu não sou como vocês?

Toco o ombro dela.

— Eu não iria deixá-la fazer isso. — Já deixei. Mas não vou tornar as coisas mais complicadas dizendo-lhe isso. Christina me lança um olhar nervoso e corre direto para a porta do quarto, deixando-me ali, esforçando-me para entender o restante da conversa da minha mãe. Pesco algumas palavras aqui e ali... e acho que ela está falando com alguém sobre quando iremos chegar.

Ouço-a desligando o telefone e decido que já basta. Puxo o telefone do meu pai do bolso e aperto a tecla LIGAR no número de George.

Ele atende imediatamente.

— Tate. Estava prestes a ligar.

— Oi — eu digo. — Você... já sabe sobre o papai, né? — Claro que sim, pois ele sabia quc seria eu falando neste telefone. Aperto meus olhos e afundo na cama.

— Eu sei — disse ele, baixinho. — Sinto muito, Tate. Sinto muito mesmo. Eu sei que as coisas eram difíceis entre vocês dois, mas seu pai o amava...

— Eu sei disso — sussurro. — Você não precisa me dizer.

Sua voz está carregada de dor quando ele diz:

— Ele estava tão orgulhoso de você... Não falava muito sobre isso, mas era tão óbvio, cada vez que ele mencionava você.

— É minha culpa que ele se foi.

— Tate, você não tinha como saber o que iria acontecer. Você não pode culpar a si mesmo.

No entanto eu me culpo. E acho que sempre irei me culpar. Mas isso é apenas mais uma razão para eu proteger o *scanner*.

— Você sabe por que eles vieram atrás de nós?

Sua respiração está ofegante pelo telefone.

— Eu sabia sobre o *scanner*, se é isso que você está perguntando. Eu ajudei a negociar o encontro entre seu pai e Brayton. Ele está sob custódia, por falar nisso, mas estamos trabalhando para soltá-lo.

— O quê? Ele atirou em mim!

— Mas ele é um de nós. Ele não terá permissão para fazer isso de novo, entretanto. Foi um ato desesperado e uma enorme violação de nossas regras.

— Tentativa de homicídio geralmente é — retruco.

— E nós vamos lidar com ele, confie em mim. As Cinquenta estão convocando uma reunião de emergência. Entretanto a maioria dos membros não sabe sobre a invenção de seu pai, Tate. Estamos tentando decidir o que dizer a eles.

— Onde será a reunião?

— Cada uma das Cinquenta tem um representante. Iremos nos encontrar em Chicago.

— Estou com a minha mãe. Devemos tentar ir para lá?

— Não, já existem relatos de aumento da vigilância do Núcleo sobre os membros das Cinquenta. Eles estarão esperando que você venha para cá, por isso, aqui é o último lugar em que você deveria estar agora. Sua mãe tem um bom plano, Tate. Fiquei tão aliviado ao ouvir dela que...

— Ela ligou para você?

— Ligou. Ela... Espere, espere um segundo... — Há um barulho abafado no fundo, e George pragueja. — Ei, preciso desligar, mas vou vê-lo muito em breve, tudo bem?

Baixo minha cabeça.

— Claro. — Desligo e consigo chegar à cozinha antes de minha mãe sair do escritório com sua bolsa no ombro. Saber que ela conversou com George aliviou um pouco da tensão em meus músculos.

— Eu já acondicionei para você e Christina alguns produtos de higiene e roupas — ela me diz. — Vamos carregar o carro.

Meu estômago ronca. Nunca pensei que um dia eu me pegaria desejando uma Refeição número 5, mas aconteceu.

Ela me vê colocar a mão sobre a barriga e sorri para mim. Parece-me um tipo especial de olhar, carinhoso, *maternal*. Algo que me é totalmente estranho.

— Vou comprar algo no caminho para vocês comerem — diz ela.

— Legal. — Espero que "no caminho" signifique "muito em breve".

Christina é fiel à sua palavra e fica pronta rapidamente. Ela fez um daqueles rabos de cavalo a toda prova que as garotas sempre fazem e vestiu uma calça de yoga preta e uma camisa de microfibra cor de telha, larga, com uma gola ampla. Por mais estranho que pareça, estou intensamente atraído por suas clavículas.

— Para onde vamos? — pergunto à minha mãe.

— Virgínia. Charlottesville. Para a casa de um colega. Eles não suspeitariam de que iríamos para lá.

— Por que não?

Ela olha com impaciência para o relógio.

— Podemos falar sobre isso no caminho? Quanto mais tempo ficarmos, mais correremos o risco de eles nos encurralarem.

Mais uma vez, ela está me tratando como criança. Cerro os dentes enquanto a seguimos até a minivan. Eu meio que desejo que tivéssemos um veículo mais veloz, mas, então, lembro-me de que este é à prova de balas. Existem algumas pequenas marcas arredondadas nas janelas de vidro escuro e na pintura preta, mas esses são os únicos vestígios de que esta coisa sobreviveu a um tiroteio ontem. Ao entrarmos, minha mãe me entrega o *scanner*. Faz um sinal com a cabeça para que eu o coloque na mochila de Christina e acomoda-se no banco do motorista sem dizer uma palavra. Ela me deixar guardar a invenção de meu pai parece ser uma oferta de paz... embora eu me pergunte o que ela estava fazendo com o *scanner* esta manhã, enquanto eu dormia.

Hoje, as nuvens estão como um cobertor cinza metálico, não permitindo que um só raio de sol as atravesse. É quase como se ainda fosse noite, enquanto cruzamos a estreita estrada de cascalho, em meio aos bosques e de volta à civilização. Meu desejo é me agarrar à proteção da floresta. Não quero voltar lá para fora e ser alvo de balas. Sei que é covardia, e isso é uma das coisas que me faz diferente de meu pai. Isso queima no meu peito, deixando-me chamuscado com a minha própria inadequação.

Num surpreendentemente curto espaço de tempo, chegamos à 95 South. Minha mãe fica com pena de mim, para num McDonalds e compra café da manhã para todos nós, antes de pegar a rodovia. Jogo pra dentro três Egg McMuffins e não posso deixar de imaginar a expressão no rosto do meu pai se ele pudesse me ver agora. No momento em que alcançamos a rampa de entrada para a estrada, estou me sentindo meio nauseado. E assustado. Meus dedos engordurados agarram o assento. Examino cada carro pelo qual passamos, à espera de que alguns olhos pousem em mim, antes de me lembrar de que nossas janelas têm filme escuro.

— Você nunca me contou como de fato se apossou do *scanner* — minha mãe diz, depois de um tempo. — Estou surpresa por Fred ter... — ela se cala, pressionando os lábios um contra o outro.

Cruzo os braços com força sobre o peito.

— Não, você está certa. Ele não me disse muita coisa, até que foi... — Esfrego a mão sobre o meu rosto. — Entrei em seu laboratório e o roubei. A culpa disso tudo é minha. — Eu mal consigo pronunciar as palavras, porque tenho um grande nó na garganta.

Christina se curva do banco de trás e toca meu braço, fazendo-me um afago com seus dedos macios. Mas não posso olhar para ela. Se eu o fizer, provavelmente vou perder o carinho. Olhar para os meus pés parece ser a melhor estratégia no momento.

— Você sabe o que dizem sobre "entender em retrospecto" — minha mãe fala com voz suave. — Não seja tão duro consigo mesmo.

Enquanto minha mãe conduz a minivan em direção ao sul, meu olhar se fixa em sua testa franzida, nas bolsas sob os seus olhos. Ela parece cansada. E prestes a se revelar. Como se ainda não tivesse sido totalmente capaz de fazer a sua dor de ontem à noite voltar para sua pequena caixinha. Embora eu não goste de vê-la infeliz, é estranhamente reconfortante saber que a morte dele a tocou, que ele ainda era importante para ela.

Rodamos em silêncio ao longo de Jersey e, em seguida, entramos na Pensilvânia. Christina tira seu iPod da mochila e coloca seus fones de ouvido. Ela se enrosca ao lado da janela, olhando para a paisagem que passa. Parte de mim está desesperada para saber o que ela está pensando, mas a maior parte de mim é muito covarde para perguntar, por medo de que ela realmente me diga a verdade.

Na Filadélfia, ficamos presos no tráfego, enrolado por causa de um trecho em obras. A rodovia se estreita neste ponto para duas pistas, e a tensão na minivan cresce até atingir um grau doloroso. Estamos presos aqui no tráfego que se arrasta, encaixotados de todos os lados. Mais uma vez, ponho-me a examinar os carros ao meu redor: de uma mulher usando o espelho de viseira de sol para aplicar rímel a um cara gritando no seu *headset Bluetooth*; da garota cantando junto com o rádio a um cara que estou bastante certo de que está tentando se masturbar de uma maneira que ele acha que é sutil, mas que na verdade não é. Seus olhos desfocados estão sobre a garota cantando, mas a mulher do rímel parece ter flagrado sua expressão "boca aberta e olhos vidrados" no espelho de viseira e está olhando para ele com uma expressão enojada.

Cada um deles está fazendo suas próprias coisas. Sem saber se são H2 ou humanos. Apenas... pessoas, vivendo a vida. Ontem de manhã, eu era assim, completamente inconsciente de que os humanos não são a espécie dominante no planeta.

Minha mãe não está observando as pessoas ao nosso redor. Seus olhos estão voltados para os operários e os carros de polícia agrupados no acostamento da estrada, mais à frente. É uma espécie de *blitz*. Esferas minúsculas de suor brilham nas têmporas de mamãe. Olho para a mochila no colo de Christina e meu estômago se contrai. O medo é contagioso. Estou tentado a pedir para a minha mãe um daqueles Valium. Ou, talvez, oferecer-lhe um.

Christina tira os fones de ouvido.

— Você está bem, doutora Archer?

— Vou ficar melhor assim que passarmos por este engarrafamento. — A voz da minha mãe soa inalterada, porém seus ombros estão tensos.

Há um policial estadual parado diante de seu carro-patrulha, observando os carros, caminhões, os SUVs e as motos passarem, ocasionalmente sinalizando para alguns deles se aproximarem ou baixarem suas janelas para que ele possa verificar os documentos. Seu chapéu de abas largas me impede de ver os seus olhos, o que é suficiente para encher-me de uma espécie de agitação nervosa e doentia.

— Você está inquieto, Tate — diz minha mãe. — Vá para a parte de trás, por favor.

Eu obedeço – feliz por deixá-la ficar no comando naquele momento.

— Papai disse que Race trabalha para o governo — eu comento. — Mas, quando ele apareceu na escola, tinha a NYPD com ele. Como se ele estivesse trabalhando com eles.

Minha mãe concorda.

— Race faz parte do Núcleo, e sua base é em Nova York. Oficialmente, ele é membro da CIA, mas opera sua própria unidade especial, pelo que conseguimos apurar. Ele e seu pai se enfrentaram algumas vezes, ao longo dos anos.

— Será que ele sabia sobre o *scanner*? Ele apareceu na escola tão rapidamente.

Minha mãe sacode a cabeça negando.

— Não, mas, a julgar pela forma como ele lidou com as coisas, acho que o Núcleo, ou Race, pelo menos, percebe o que o *scanner* pode fazer e que ele foi construído a partir de sua tecnologia. A família de seu pai guardou os artefatos H2 em segredo durante séculos, mas eu me pergunto se o Núcleo já não estava à procura do *scanner* antes, pois reagiram muito rapidamente. E acho que, talvez, Fred soubesse disso, também, e que por essa razão era tão cuidadoso em mantê-lo em segredo.

E eu estraguei tudo expondo o segredo e o levei à morte. Fecho os olhos e apoio os cotovelos sobre os joelhos. Minha mãe parece perceber o que está acontecendo comigo, porque ela diz:

— Tate, eu não estava falando sobre o que aconteceu ontem. Com uma exceção, George, as poucas pessoas a quem Fred falou sobre o *scanner* o fizeram sentir-se traído. Todos nós tínhamos as nossas próprias ideias sobre o que deveria ser feito com a tecnologia. — Ela suspira, e sua expressão é cheia de dor e arrependimento. — Ele tinha um enorme senso de responsabilidade. Se algumas pessoas poderiam morrer por causa do que ele descobriu... Ele estava determinado a impedir que isso acontecesse.

Mas, como se vê, ele foi a primeira vítima.

Estou reunindo coragem para perguntar o que *ela* fez para deixar meu pai se sentindo traído quando Christina diz:

— E se os policiais à frente estiverem procurando por nós, especificamente?

Meu Deus, ela parece tão assustada... Como se estivesse revivendo o dia de ontem. Outra onda de culpa me invade.

Mamãe olha para o policial no posto de controle.

— É possível. Mas Race não quer que outras pessoas, tanto H2 como humanos, fiquem sabendo disso. Ele provavelmente está usando todos os recursos de que dispõe para abafar o que aconteceu na escola de vocês, ontem. Se vocês forem pegos por alguém que não seja ele, Race corre o risco de perder o controle do *scanner*.

— Talvez devêssemos ir a público — sugiro. — Não há problema em gritar "fogo" num cinema se houver realmente um incêndio, certo?

Minha mãe franze a testa.

— Não é uma boa analogia. O que Race está fazendo agora o Núcleo vem fazendo há séculos. Ele quer eliminar a ameaça ao *status quo* e recuperar sua tecnologia. Precisamos pensar com cuidado antes de decidir o nosso curso de ação. — Ela olha por cima do ombro para mim. — Quando chegarmos a Charlottesville, eu vou descobrir isso.

— *Nós* vamos descobrir isso — digo, de forma quase inaudível.

Seu olhar se demora no meu por um segundo antes de ela se virar para o volante.

— Se a coisa ficar feia, por favor, deixe que eu fale com os policiais.

— Tudo bem. — De qualquer forma, não tenho mesmo ideia do que eu diria.

Uns cinco veículos nos separam do policial, agora. O tráfego está convergindo para uma única pista. Temos que seguir em fila. Estou realmente torcendo para que o policial não preste muita atenção nas marcas na lateral do carro. Talvez ele pense que foi apanhado por uma tempestade de granizo. Ou, talvez, estejamos ferrados. Puxo a mochila das mãos de Christina, deslizo-a para o chão e empurro-a para baixo do banco da frente, do lado do passageiro.

— Tome — diz Christina, oferecendo o adaptador para carro de seu iPod para minha mãe. Minha mãe olha para ela achando estranho, mas, então, aceita-o e o liga. Christina dá umas batidinhas no iPod e, alguns segundos depois, somos brindados com seu pop saltitante de garota. — Parece que temos de evitar *parecer* que somos fugitivos. — Ela dá um tapinha no ombro de minha mãe de uma forma consideravelmente corajosa: — Cante junto, doutora Archer.

— Ah, no momento eu não sou a doutora Archer — diz a minha mãe, remexendo em sua bolsa. — Sou Andrea Parande, moradora de Garden City. — Ela puxa uma carteira de motorista. Obviamente, minha mãe estava preparada para essa eventualidade.

— Se o policial perguntar, digam apenas que vocês estão sem a identidade. — Ela arqueia uma sobrancelha. — Acho que o seu nome deve ser...

— Will — sugiro. — Bem simples, não precisamos pirar.

— E eu serei Miranda Hopkins — Christina diz, enquanto se desloca para a extremidade oposta do assento. Ela coloca o braço sobre os meus ombros e bagunça o meu cabelo, escovando-o casualmente para baixo, para tapar o corte acima da minha sobrancelha. — Relaxe, Will. Parece que você está prestes a explodir — ela sussurra. Em seguida, cantarola baixinho no meu ouvido, e suas palavras sussurradas provocam calafrios na minha espinha. Parece que faz uma eternidade desde a última vez que ela me tocou desse jeito, embora só se tenham passado 24 horas, e é um choque para o meu organismo. Do tipo bom.

Olho para a frente e, apesar de tudo, eu rio. Minha mãe está acompanhando o ritmo da música com a cabeça, batendo com os dedos no volante. Ela baixa a janela do lado do motorista, da forma mais despreocupada do mundo. Christina aninha o rosto em meu pescoço, escondendo-o do policial. Curvo a cabeça e aspiro o seu perfume, sabendo que ela está só fazendo um teatrinho, mas disposto a receber qualquer coisa que ela possa me oferecer agora. Além do mais, preciso disso, também, para esconder meu rosto, rezando para não sermos presos. Coloco o meu braço em volta de Christina e envolvo os meus dedos nos dela, trazendo-a para perto de mim, enquanto a minivan roda um pouquinho mais para a frente.

E, então, é a nossa vez. Passamos lentamente pelo policial. Minha mãe olha bem na cara dele, mostrando-lhe a identidade, caso ele queira dar uma olhada. O rosto de Christina está enterrado em meu pescoço. Minha mão está em seu cabelo, segurando-a ali, deixando-a transformar o meu sangue numa confusão de sinais conflitantes, inundado por cascatas de endorfinas e adrenalina, de cortisol e dopamina.

O policial nos espia através da janela aberta de mamãe. Agora dá para ver por baixo da aba do chapéu. Posso ver os seus olhos.

Eles estão em Christina. Em seguida, desvia os olhos para mim e dá um sorriso safado. Ele me faz um aceno de cabeça bastante eloquente e gesticula para seguirmos em frente.

Puta merda.

Tudo dentro de mim extravasa ao mesmo tempo, e eu inclino o queixo de Christina e a beijo com força, mais intensamente do que deveria, porque não tenho a mínima ideia do que fazer com toda essa energia que se acumulou dentro de mim ao longo da última meia hora. E ela corresponde, como se também precisasse disso, como se estivesse me usando pelo mesmo motivo.

Mas, então, ambos nos afastamos ao mesmo tempo, porque, de alguma forma, nós dois sabemos que há questões que ainda precisam ser resolvidas entre nós, e não é isso que vai consertar as coisas. Christina me lança um olhar que é ao mesmo tempo um pedido de desculpas, beija minha bochecha e então foge para o outro lado do banco. Olho para o espelho retrovisor e vejo os olhos da minha mãe colados à estrada com uma intensidade de raio *laser* que me diz que ela viu a coisa toda. Limpo os meus lábios, desejando ter me lembrado de que ela estava ali *antes* de enfiar a língua na boca da minha namorada.

Minha mãe acelera suavemente quando as pistas se abrem. Ela desliga a música e devolve o adaptador para Christina, com as mãos tremendo ligeiramente quando se vira outra vez para o volante. Pela primeira vez me dou conta de que minha mãe provavelmente tinha o Valium por uma razão. Que ela não o carrega por aí como uma arma de ocasião, para sedar seus inimigos quando precisar. Ela leva consigo o medicamento porque precisa dele para si mesma, para quando as coisas começam a se tornar pesadas demais, para quando ela não consegue lidar com elas. E isso faz eu me sentir como um idiota, porque tenho sido muito duro com ela, não apenas no dia anterior, mas ao longo dos últimos quatro anos. Ela se vira tão bem nas situações difíceis... Bem o suficiente para que eu sempre a tenha considerado meio que super-humana. O que ela é, de certa forma, mas ela também é uma mulher que perdeu o homem que amava e que tem um idiota de um filho ferrado que está metido numa porrada de problemas. Eu me inclino para a frente e aperto o seu ombro, e ela coloca a mão sobre a minha e a aperta de volta.

Largo o corpo para trás, recostando-me no assento, coloco a cabeça no apoio e fecho os olhos. Só mais algumas horas até chegarmos a Virginia, ao que, espero, seja outro esconderijo onde possamos sumir de vista e decidir o que diabos fazer com esse *scanner*, esse pedaço de plástico e circuitos alienígenas que todo mundo quer, pelo qual alguns estão dispostos a matar. Mais uma vez, parte de mim quer destruí-lo, porém foi o meu pai que o construiu — aparentemente, trabalhou nele durante anos —, e ele disse que era algo muito importante. Estou convencido de que a coisa faz mais do que apenas dizer a diferença entre humanos e H2. Não só por causa do que o meu pai me disse: afinal de contas, o troço é feito de uma maldita nave espacial alienígena, e eu realmente acho que é algo único que os H2 ainda não têm, uma vez que eles aparentemente recuperaram todos os outros destroços. A nave espacial que caiu na baía de Morecambe pode ter sido especial, de alguma forma. Preciso resolver isso... parece que há alguma coisa bem na minha cara, mas sobre a qual não estou atinando. Só que, neste momento, minha cabeça está doendo, e eu não estou conseguindo ter a concentração nem o raciocínio lógico de que preciso. Por um instante, deixo-me ficar à deriva. Finjo que estou apenas numa viagem de carro. É algo bastante fácil de acreditar no momento. O policial parecia mais interessado em cobiçar Christina do que procurar fugitivos, e eu estou começando a sentir fome novamente. Já faz bem umas dezoito horas que ninguém atira em mim. Este poderia ser um dia normal. Eu poderia ser um garoto normal, com uma vida normal, embora eu nem ao menos saiba direito com o que a normalidade se parece.

Estou tão ocupado com meus devaneios que sequer percebo que a minha mãe tem acelerado e que estamos indo agora a mais de 120 quilômetros por hora, até que ela diz, com uma voz terrivelmente calma:

— Eles estão nos seguindo.

TREZE

CHRISTINA E EU NOS VIRAMOS PARA TRÁS IMEDIATAMENTE, APERTANDO os olhos para avistar ao longe, pela janela traseira. Não tenho a menor ideia de como minha mãe os percebeu, mas ela está certa: há três carros esportivos pretos correndo tanto que os demais carros que integram o escasso tráfego parecem estar parados. Mamãe pega a autoestrada Wilmington; seus olhos consultam rapidamente o retrovisor a cada instante.

— Talvez não sejam deles — Christina sussurra quase para si mesma. Não digo nada, porque dá para ver que é um desejo, mais do que qualquer outra coisa.

Minha mãe tem que pisar no freio para não bater num carro indo a 80 quilômetros por hora na pista de ultrapassagem. Ela começa a mudar de pista sem parar, tentando colocar alguma distância entre nós e os carros, mas eles estão se aproximando rapidamente.

— Nós não podemos chamar a polícia, podemos? Não podemos — diz Christina. Ela soa quase tão desesperada quanto eu me sinto, e algo se apodera de mim, incandescido como um pedaço de ferro fundido, cauterizando todas as partes moles e sangrentas em mim, escorando meu interior. Não importa o que tenha que fazer: vou tirá-la disto custe o que custar. Minha mãe estava certa; ela não deveria estar aqui. Mas, já que está, cabe a mim cuidar para que seus pais voltem a vê-la, que Livia receba a irmã mais velha de volta.

Olho em volta do interior do veículo.

— Suponho que você não tem uma arma.

Minha mãe sacode a cabeça e me dá um sorriso triste.

— Não sou um arsenal ambulante como seu pai era.

Eu me sentiria tão melhor se ele estivesse aqui, se ele estivesse no comando... Justamente quando estou imaginando que minha mãe, provavelmente, também está pensando o mesmo, ela ordena:

— Coloquem os cintos de segurança.

Nós obedecemos. Os carros estão vindo pra cima de nós, pretos e ameaçadores, os três costurando agressivamente entre os outros veículos, e agora estão a apenas alguns carros de distância de nós. Um deles toma a direita e pisa fundo no acelerador, pelo acostamento. Volta abruptamente para a pista lenta, para se desviar de uma metade de pneu arruinado, dando uma cortada num Cadillac conduzido por uma idosa de cabelos brancos. A senhora se desvia com exagero, e faíscas alaranjadas voam da mureta de proteção, enquanto ela bate nela algumas vezes lateralmente, derrapa, mas consegue parar o carro.

Qualquer que seja o medo que minha mãe sentia antes, ele foi empurrado para algum lugar profundo dentro dela, ao lado de seu sofrimento e tudo o que ela não quer compartilhar. Ela parece totalmente calma, e eu lhe sou grato por isso, quando um dos carros quase encosta em nós, perto o suficiente para eu distinguir as feições pétreas de Race Lavin. Ele está ao volante e olha diretamente para a nossa janela traseira, como se pudesse ver através do vidro escuro, mesmo que eu saiba que isso é impossível. Sua mandíbula se destaca com determinação enquanto ele parte para cima e encosta em nosso para-choque. Christina berra.

Minha mãe pisa nos freios.

A colisão nos joga para a frente, porém o cinto de segurança me detém antes que meu rosto bata no assento da frente. Minha mãe acelera de novo, ganhando velocidade enquanto continuamos na rodovia seguindo pela faixa da extrema esquerda. Race fica um pouquinho para trás, mas não parece que a colisão tenha feito qualquer estrago em seu veículo. Deve ser blindado, também. Os outros dois carros seguem na faixa do meio, e um deles está tentando cortar a frente da nossa minivan, enquanto o outro se mantém estável ao nosso lado.

— Eles estão tentando nos encurralar — digo.

O carro ao nosso lado desliza para mais perto, deixando-nos sem espaço. No entanto o motorista tem que desviar constantemente para a pista lenta a fim de ultrapassar o tráfego na pista central. Finalmente, entretanto, ele passa por alguns carros à direita e, em seguida, vem rugindo em nossa direção.

Dessa vez, o impacto arranca um grito de Christina, que é jogada contra a janela.

— Foda-se — murmuro, desafivelando meu cinto de segurança. Se eles nos forçarem para fora da estrada, estamos ferrados. Se o final disso for qualquer outra coisa diferente de eles desistindo, Nós. Estamos. Ferrados.

Então, vou fazê-los desistir.

Abaixo-me e puxo a mochila de Christina que está debaixo do banco da frente. Tiro os pãezinhos, as batatas fritas, as laranjas, o fluido de isqueiro... e a pistola d'água. Leva apenas alguns segundos para eu bolar o meu plano. Rasgo o saco de laranjas, retiro três e, então, entrego o saco para Christina.

— Você pode me ajudar? Está pronta para isso?

Ela empalidece quando olha para as laranjas.

— Hum. Claro...?

— Preciso que você jogue as laranjas neles.

Falta *apenas* um tantinho só para a sua risada soar histérica.

— O quê?

— Jogue-as. Faça-me ganhar um tempinho.

— Tate — minha mãe diz —, não sei o que você está pensando em fazer, mas...

— Deixe o sermão para mais tarde, ok? Agora, deixe-me fazer o que meu pai me treinou para fazer.

Minha mãe comprime os lábios com força, porém não discute enquanto aperta o botão para liberar o controle das janelas traseiras.

— Eles provavelmente já adivinharam que somos blindados — diz ela —, o que é a única coisa que os está impedindo de atirar em nós agora. Isso e o risco de atingir civis, que eles vão evitar se puderem. Mas, se eles perceberem uma oportunidade, vão aproveitá-la.

Puxo o saco de laranjas para fora do alcance de Christina.

— Esqueça. Segure-se firme.

— Você está louco? — diz Christina com voz aguda. Ela puxa as laranjas de volta e aperta o botão para abrir o teto solar.

— Tenha cuidado — diz minha mãe. — Quando voltarmos para a 95, o tráfego vai ser mais pesado. Se você puder fazer com que eles nos deem um pouco de espaço, eu talvez conseguisse despistá-los.

Começo a trabalhar enquanto Christina espia para fora da abertura. Race ainda está na nossa traseira, e os outros dois estão disputando posição na pista central. Com os dentes, faço um buraco em cada laranja, cuspindo as cascas no chão. Então, arranco-lhes o interior suculento com o sumo escorrendo entre meus dedos. Encho os centros com os pães e as batatas fritas e qualquer papel que consigo encontrar no interior da minivan, o que não é fácil, porque continuo sendo jogado de um lado para o outro enquanto minha mãe muda continuamente de pista, freando de vez em quando e pisando fundo no instante seguinte.

Olho para cima e vejo Christina enfiar o corpo através da abertura do teto, arremessar uma laranja e mergulhar de volta para dentro da minivan, apenas para atirar mais duas laranjas, uma após a outra, um segundo depois. Seus dois primeiros arremessos não acertam o carro ao nosso lado por apenas alguns centímetros, mas a terceira laranja atinge o para-brisa de Race.

E, pela janela traseira, vejo exatamente o que estava esperando.

Sua boca se curva num ângulo estranho. Uma pitada de divertimento em seu rosto duro.

Ele pensa que somos inofensivos e estúpidos.

Com as minhas laranjas preparadas, abro a tampa de um dos frascos de fluido de isqueiro e abasteço a pistola d'água. Tenho dois frascos. Quase setecentos mililitros para brincar.

— Troque de lugar comigo — digo para Christina e, em seguida, subo no banco e ponho meio corpo para fora da abertura. O vento nas minhas costas me joga para a frente, pressionando minha barriga contra a borda do teto solar. Race diminui um pouco quando percebe que tenho alguma coisa em minhas mãos. Miro e esguicho em seu para-brisa, cobrindo-o o mais rapidamente que posso antes de me virar e atingir o carro bem ao nosso lado. Ele se desvia um pouco e, depois, aciona seus limpadores de para-brisa. O motorista ri de forma desdenhosa, provavelmente pensando que nós somos idiotas, tentando repeli-los com laranjas e uma pistola d'água.

Deixo-me cair através do teto solar quando os primeiros tiros são disparados. Merda.

Dois dos carros têm passageiros. Um deles está mirando nossos pneus.

Minha mãe solta um palavrão e desvia de volta para a pista do meio, bem em direção a esse carro, porém o motorista freia e fica atrás dela, cortando a frente de Race. Christina aparece de volta na abertura e atira outra laranja, que salta para fora do para-brisa do carro. O motorista revira os olhos.

Hora de atirar as *minhas* laranjas.

Pego o acendedor de fogão, aciono-o e coloco fogo no interior de uma das laranjas. Meio lentamente a princípio, depois o fogo pega pra valer.

— Christina, eu preciso que você arremesse isso no carro atrás de nós quando eu lhe disser para fazer. Aí, você volta aqui para baixo o mais rápido que puder. — Passo a laranja para ela. Christina concorda com um aceno de cabeça.

— Agora!

Nós passamos através do teto juntos, ofegando contra a violência do vento e lutando para nos equilibrar, enquanto somos empurrados para a frente, sobre o teto da minivan. Ela lança a laranja... e, depois, é como tiro ao alvo. Só que, quando o jato de fluido de isqueiro da minha pistola acerta a laranja em chamas, ela não estilhaça.

Ela se transforma numa bola de fogo.

E quando essa bola de fogo atinge o para-brisa já encharcado do carro preto atrás de nós, ela explode. As chamas cobrem completamente a parte dianteira do veículo, a capota, o vidro.

O suficiente para apavorar o condutor. Ele atola o pé no freio e, antes de cairmos dentro da minivan outra vez, ouvimos o terrível estrondo metálico enquanto ele se inclina para fora da estrada. O carro preto rola por um barranco e desaparece.

Um a menos. Ainda não acabou.

Damos um solavanco para a frente quando Race encosta novamente em nossa traseira e, depois, outro para o lado, quando o outro carro nos abalroa lateralmente. Bato a cabeça contra a janela antes de conseguir me segurar.

Fazendo uma careta de dor, acendo outra laranja.

— Quer tentar mais uma?

— Lógico! — Christina aperta mais seu rabo de cavalo e pega a laranja ardente da minha mão. — Diga quando.

— Quando!

Nós saltamos para cima de novo, mirando o carro ao nosso lado. Christina joga o braço para trás, para arremessar.

O barulho do tiro me faz estremecer.

Christina despenca do meu lado, como se suas pernas houvessem sido cortadas. Pego a laranja ardente enquanto ela desaparece através do teto solar e vejo-me olhando para três gotas perfeitamente redondas de sangue em sua casca. É um momento completamente desconectado de tudo, mil anos de agonia envoltos numa fração de segundo. Minha mãe começa a ziguezaguear com o carro, arrancando-me do meu transe, e percebo que ela está tentando impedi-los de me atingir, também. Preciso voltar para baixo, colocar-me em segurança.

Foda-se isso.

Foda-se mesmo.

Lanço a laranja diretamente pela janela aberta do carro ao nosso lado, aquele em que um agente de cabelo grisalho está novamente mirando a arma, dessa vez, em mim. Enquanto a laranja ainda está no ar, posiciono a minha pistola d'água e acerto-a em cheio. O fluido envolve a laranja, criando uma espiral de gotas de fogo, que se transformam num fluxo de chamas que incendeiam o espaço entre nós, atravessando a janela aberta. O prazer selvagem que sinto quando os ocupantes do carro começam a gritar quase me assusta. Quase. Mas, nesse instante, a maior parte de mim se foi, e tudo o que o restante de mim quer fazer é machucá-los.

Deixo-me cair de volta dentro da minivan. Christina está esparramada no assento, há sangue em seu cabelo, e eu não tenho coragem de olhar mais de perto. Se eu fizer isso, vou implodir, desintegrar-me de dentro para fora, e minha mãe precisa de mim, também, então, vou ter que desmoronar depois.

Acendo a terceira laranja e encho a minha pistola d'água com o segundo frasco de fluido de isqueiro. Há apenas um carro atrás de nós agora, e é o de Race. Curiosamente, ainda não há policiais no local, e me pergunto se ele lhes disse para ficarem longe, para que pudesse nos massacrar em paz.

Eu me pergunto se agora ele se arrepende disso.

Só que... lá estão eles, coroando uma colina a um quilômetro e meio mais ou menos atrás de nós, suas luzes vermelhas piscando ao longe. Ele chamou reforços.

— Mãe...

— Já os vi.

No piloto automático, eu me ergo através do teto solar. Race ainda está atrás de nós, e ele está baixando a sua janela. Tem uma arma na mão. Eu arremesso a laranja no para-brisa e aponto a minha pistola d'água.

E erro.

Ele desvia para o lado bem a tempo, e a bola de fogo laranja bate no espelho lateral antes de cair na estrada, deixando um rastro de chamas patético atrás dela.

Dessa vez, sou eu quem desaba dentro da minivan como uma marionete da qual cortaram os fios. *Puta que pariu.*

— Não se preocupe com isso — grita minha mãe. — Agora, coloque o cinto de segurança e certifique-se de que Christina está bem presa. Vamos pegar a próxima saída.

Eu me ajoelho e passo o cinto de segurança pelo tronco de Christina, clicando-o no lugar e ajustando-o bem apertado. Mas, agora que cheguei tão perto dela, não consigo me afastar. Tenho que saber.

Com as mãos trêmulas, meus dedos deslizam para o seu pulso, e eu prendo a respiração. E a solto num silvo de alívio quando sinto seu pulso, rápido, mas constante. Inclino-me para baixo quando a minha mãe vira para a direita e bate de raspão em alguma coisa. Eu mal percebo, apenas registro o impacto. Porque Christina acaba de gemer, ela está viva, e eu não vou deixá-la ir. Minhas mãos estão em sua cabeça, procurando a origem do sangue que encharca os seus cabelos louros. E, graças a Deus, não é um buraco: é um corte profundo. A bala deve ter lhe roçado o crânio, deixando um longo e profundo corte. Mas ela está sangrando. Muito. Rasgo uma tira da parte inferior de sua blusa e pressiono-a na ferida.

Sento-me, olhando ao redor, e avisto uma placa na estrada. Estamos em algum lugar perto da fronteira Delaware-Maryland. Os policiais estão tão distantes de nós como estavam antes, mas Race não sai da nossa cola.

— Você está com o cinto? — minha mãe grita para mim.

Coloco rapidamente o cinto de segurança.

— Sim.

— Então, segure firme!

Ela gira o volante para a direita e corta um enorme ônibus na pista lenta, que freia de repente. Com os pneus cantando e fumegando, ele rabeia e patina, indo parar atravessado entre duas pistas. Minha mãe diminui a velocidade enquanto Race contorna em disparada a frente do ônibus e passa voando por nós na pista de ultrapassagem. E, então, ela pisa no acelerador e arremete em direção a ele através de três faixas de tráfego.

Lanço-me sobre Christina quando nós nos chocamos perpendicularmente contra a lateral do SUV de Race. Ouço minha mãe grunhir com o impacto e percebo que os *air bags* devem ter sido desativados. Nem tenho tempo para saber se ela está bem, no entanto, porque, logo após batermos, estamos em movimento novamente, primeiro para trás e depois para a frente. Com meus ouvidos zumbindo e a cabeça latejando, esforço-me para me erguer e vejo que estamos rodando pela estrada em alta velocidade novamente, com a parte frontal toda amassada e fumegante. No canteiro central gramado atrás de nós, o carro de Race está tombado de lado, com as rodas ainda girando.

O motor começa a gemer quando minha mãe arremete em direção à próxima saída. Ela pega a rampa em alta velocidade e diminui apenas ligeiramente, enquanto faz curvas após curvas nas estradas locais. Eu me arrasto para o banco, todo dolorido, e amparo Christina enquanto a minha mãe faz uma curva fechada repentinamente à direita e pega uma estrada de duas pistas. A estrutura da minivan estremece, e há um som de *bleng-bleng-bleng* que me diz que não resta muito tempo de vida ao nosso veículo.

Minha mãe esfrega rapidamente um galo na testa, que, felizmente, parece ser a única lesão que sofreu na batida com o Race. Ela pega o celular e coloca-o no ouvido.

— Chamar Bishop — diz ela.

Depois de alguns segundos, ouço uma voz masculina abafada respondendo.

— Preciso de uma passagem segura e refúgio para membros das linhagens Archer, Shirazi e... — ela olha para Christina com olhos semicerrados — Alexander. Sim. Apenas três. Atendimento médico é necessário. Sim, as autoridades estão engajadas. — Ela olha nos espelhos retrovisor e lateral. — Não, não estamos sendo seguidos.

A pessoa do outro lado responde enquanto eu me esforço para ouvir o que ele está dizendo. Então, minha mãe diz:

— Nós estaremos lá. Provavelmente a pé. Trinta minutos. — Ela desliga o telefone. — Pegue o telefone do seu pai, por favor — ela me diz.

Eu o tiro do bolso e fico segurando.

— Use o GPS. Dê-me as coordenadas para ir para William Penn State Forest.

Faço o que ela pede.

— O que iremos fazer exatamente?

— Voar abaixo do radar.

QUATORZE

— FIQUE NESTA ESTRADA PELOS PRÓXIMOS ONZE QUILÔMETROS — DIGO.

Então, coloco o telefone no assento e cuidadosamente seguro Christina em meus braços. Mantenho o pedaço de blusa pressionado na lateral de sua cabeça, mas ele está quase encharcado. Seu cabelo está pegajoso, emaranhado, e tinge meus braços com listras vermelhas finas.

— Ei — sussurro para ela, segurando-a firme. — Acorde. Volte.

Ela não se move, não se retesa, não se contorce. Um calafrio me percorre. Vinte e quatro horas atrás, eu estava tentando estancar o sangramento do meu pai, tentando convencê-lo a ficar comigo. Sinto-me tão impotente agora como ontem.

— Ela precisa de um médico, mae. — Sequer tento controlar o tremor em minha voz. Não tenho certeza de que foi devido ao impacto da bala ou por ela ter batido a cabeça no teto da minivan quando caiu, mas o fato é que ela está profundamente inconsciente. Seu pulso é constante, ela está respirando, mas isso é tudo que posso dizer. Pelo que sei, ela está com hemorragia e as partes que fazem dela Christina estão irremediavelmente quebradas. Pelo que sei, ela está morrendo silenciosamente em meus braços. — Em menos de trinta minutos — acrescento eu.

— É o melhor que posso fazer.

— Não podemos levá-la a um hospital?

— Podemos, mas vamos ter que deixá-la lá, e eu garanto a você: o Núcleo vai encontrá-la rapidamente, e eles vão tentar usá-la para chegar até nós. E não vão ser gentis.

Engulo em seco.

— Então, para onde nós vamos?

— O complexo familiar de uma das Cinquenta. Um lugar onde podemos conseguir atendimento médico para ela e ajuda para irmos aonde precisamos ir.

— Já não passamos do ponto dessa baboseira enigmática? — retruco. — Quem são essas pessoas?

— Sinto muito. Gostaria que o seu pai tivesse explicado tudo isso para você antes.

— Eu também. — Eu sei muito pouco sobre o meu pai e desse mundo do qual faço parte, e isso está me deixando louco. Mas... — Ele não imaginava que nada disso iria acontecer. — Como ele poderia prever que tremendo cretino eu viria a ser?

Mamãe suspira.

— Seu pai acreditava que ainda existem cerca de três bilhões de seres humanos.

— Não, ele disse que havia menos do que isso. E que o número está caindo rapidamente. — Isso me faz lembrar da tela de monitor no laboratório de meu pai, com um número aumentando alucinadamente, enquanto o segundo encolhia numa progressão irregular.

Minha mãe me dá um sorriso muito triste.

— A maioria dessas pessoas não sabe que são membros de uma espécie em extinção, assim como a maioria dos H2 não sabe que são alienígenas. E talvez isso nem tivesse importância para alguns, mas o fato de o Núcleo ter sido tão impiedoso secretamente ao longo dos anos mostra que isso é claramente importante para eles. E As Cinquenta estão bem conscientes de sua humanidade e protegem-na zelosamente. Como você sabe, os Archer são membros. Os Shirazi, minha família, também são; os únicos membros no sudoeste da Ásia. Há pelo menos cinco famílias na China, três na Índia, e algumas espalhadas por toda a Europa, África e América do Sul. Não existem membros das Cinquenta na Austrália. Existem várias famílias com base aqui nos Estados Unidos, sendo que as maiores e mais poderosas são os Alexander, os Fisher, os McClaren, e os Bishop.

Reconheço vários dos sobrenomes... O sobrenome de George é Fisher, e o motorista que morreu ontem... Peter McClaren.

— E quanto aos Archer? — Os pais de meu pai morreram quando eu era pequeno, e ele era filho único. — Eu tenho uma família que não conheço?

Os olhos cor de âmbar de minha mãe encontram os meus no espelho retrovisor.

— Não. Você é o último dos Archer.

Levo um ou dois minutos para lembrar-me de respirar. As palavras de Brayton ecoam na minha cabeça: *A sua linhagem se estende por séculos... Não faça nada que a comprometa.*

— Espere um instante, Brayton disse que era aparentado comigo — eu finalmente gaguejo. Não que eu quisesse tê-lo em minha família. Muito pelo contrário.

Ela confirma com a cabeça.

— A maioria de nossas famílias está inter-relacionada, mas Brayton é um Alexander, e não um Archer. Como você pode imaginar, em mais de quatrocentos anos, muitas das linhagens simplesmente... terminaram. Mas as que permanecem... sua pureza foi conservada, o que significou casamentos arranjados. Essa é uma das razões pelas quais as famílias ficam em contato umas com as outras.

— O quê?

Ela mantém os olhos na estrada.

— Eu sei que deve soar primitivo para você, mas você tem que entender que somos essencialmente uma espécie em extinção, e foi somente por meio de um cruzamento cuidadoso que sobrevivemos.

— *Cruzamento*? — Oh, meu Deus. — Então, você e papai...

— Tivemos sorte — ela responde rapidamente, e seu sorriso contém milhares de memórias. — Quando vim para cá para estudar, os Archer me acolheram, e conheci Fred quando ele foi passar as férias de Natal em casa, naquele ano. A atração foi instantânea.

Sinto uma espécie de alívio. Por alguma razão, eu precisava ouvir isso, que os meus pais realmente se amavam, que eu não sou o produto de um *cruzamento* frio e analítico.

— Então, as Cinquenta têm algum tipo de... o quê? Governo ou algo assim?

Minha mãe balança a cabeça.

— De modo algum. A união das Cinquenta foi formalmente estabelecida cerca de 150 anos atrás, apesar de muitas das famílias terem forjado alianças séculos antes disso. Como o Núcleo é tão profundamente envolvido com os governos de todo o mundo, as famílias humanas granjearam todo poder que puderam no setor privado. A Black Box existe com um nome ou outro desde então. É uma fachada, acho que se poderia chamá-la assim, uma maneira de acumular capital e recursos para nos defender do Núcleo, que, ao longo dos séculos, liquidou um grande número de nós por meio de métodos oficiais e não oficiais.

— Como o quê, assassinatos?

— Eles sempre fazem parecer acidentes — diz ela sombriamente. — Mas eles também sabotaram maliciosamente, processaram e aprisionaram qualquer um que ameaçou revelar os seus segredos. Atualmente, porém, por meio da Black Box, temos armas, contatos e influência. Tem sido quase um impasse há quase cinquenta anos, com nenhum dos lados atacando a menos que o outro ultrapasse a linha.

— Como eu fiz ontem — digo, com voz desanimada.

— Não se preocupe. Vou lidar com isso. Nós vamos ficar bem. Mas... quando estivermos com os Bishop, siga o meu exemplo e diga-lhes que Christina é humana.

— Por quê?

Ela sacode a cabeça.

— É mais fácil assim.

Dá para ver que ela não está me contando algo, e isso me tira do sério.

— Corte a conversa fiada e comece a me tratar como um adulto. Agora. Mesmo. Porra.

Seus olhos se arregalam.

— Como é que é?

Eu me inclino para a frente.

— Eu não tenho 12 anos. E vivi dez anos nas últimas 24 horas.

Seus ombros se curvam.

— Eu sei, Tate, eu também estou tentando fazer o melhor que posso...

— Eu entendi! Você é minha mãe e quer me proteger. Assim como o papai. — Minha garganta parece que está sendo apertada por uma mão invisível. — Mas eu não sou indefeso. E preciso que você entenda algo que ele nunca entendeu: está vendo esta garota, aqui? Ela é importante. Eu preciso ter certeza de que você reconhece isso, e quero que me prometa que vai me ajudar a salvá-la. — Minha voz falha e eu cerro os dentes.

— Estou fazendo tudo que posso, Tate, eu...

— Mas você precisa me deixar fazer tudo o que *eu* posso, mãe. É a única maneira de nós conseguirmos passar por isso. E se alguma coisa acontecer com Christina... — Eu limpo a garganta. — Quero saber que você entende isso.

— Tudo bem — diz ela num tom suave. — Eu sei que você não é indefeso. Você foi incrível agora há pouco. Estou muito orgulhosa de você. É... é muito difícil expor voluntariamente o seu próprio filho ao perigo. Portanto, seja paciente comigo, por favor — ela termina num sussurro cansado.

Minhas narinas se dilatam enquanto respiro fundo.

— Estou tentando. E agradeço por tudo que você me contou até agora. Mas eu preciso saber tudo. Tudo. Pare de tentar me proteger. Eu sou parte disso, e eu posso ajudar.

Ela fica calada por quase um minuto inteiro antes de dizer:

— As Cinquenta têm diferentes opiniões sobre como proceder com os H2. Alguns preferem a paz e a negociação, ao passo que outros preferem uma estratégia mais agressiva. Essas diferenças significam desavenças ocasionais. No entanto nós sempre ajudamos uns aos outros quando necessário.

— E agora estamos indo obter ajuda dos Bishop. Fale-me sobre eles. Os nós de seus dedos estão brancos sobre o volante.

— Eles têm um complexo nesta área. Seu patriarca, Rufus, conhecia o seu pai. Os Bishop são originários da mesma região da Grã-Bretanha que os Archer, e há laços estreitos entre as famílias desde então. Mas, em geral, mantêm-se isolados e desconfiam muito de estranhos.

— Você disse que havia três de nós. Um Archer, um Shirazi e um Alexander.

— É *preciso* que eles pensem que Christina é humana, Tate. Não vai ser bom se eles souberem que ela é H2.

— Não vai ser bom como?

— Não vai ser bom *fatalmente*. Eles perderam membros de sua família para o Núcleo e não são afeitos a perdoar. Nós vamos lhes dizer que ela é sobrinha de Brayton.

Meu coração bate contra minhas costelas enquanto olho para o rosto pálido de Christina.

— O que vai impedi-los de confirmar os fatos?

Minha mãe arqueia as sobrancelhas.

— Quando disse que algumas das famílias têm desavenças, era sobre isso que eu estava falando. Rufus e Brayton se odeiam. Rufus até mantém certa comunicação com as outras famílias, mas os Bishop e os Alexander são basicamente inimigos. É uma longa história, para ser contada em outra ocasião, porém o que importa é que os Bishop não vão saber ou necessariamente questionar para tentar descobrir se ela é um membro dos Alexander, porque essas famílias não têm contato entre si há anos. Ela é loura como os Alexander, então, isso ajuda.

Christina e Brayton não são *nada* parecidos, mas acho que não podemos nos dar ao luxo de sermos exigentes agora.

— Tem mais alguma coisa que eu deveria saber?

— Ouça mais do que fale e deixe-me lidar com a política. — Ela levanta a mão quando sente que estou prestes a interromper. — É muito complicado para explicar todos os detalhes agora. Você é inteligente, basta seguir o meu exemplo lá e fazer como eu disser.

Minha boca se fecha e eu balanço a cabeça concordando.

As pálpebras de Christina vibram, e um gemido baixo sai de sua garganta. Ela abre os olhos e olha para mim por um momento, mas não há nada lá, só um olhar vidrado, confuso, que faz meu estômago se apertar. Seus olhos se fecham de novo, deixando-me agoniado.

O telefone de minha mãe vibra, e ela o leva ao ouvido.

— Pronto. — Ela olha para a estrada enquanto escuta. — Entendido. — Em seguida, ela repete um conjunto de coordenadas. — Estaremos lá daqui a pouco. Obrigada.

Programo as coordenadas no telefone do meu pai. É um ponto dentro da floresta estadual. Estamos a cerca de um quilômetro e meio apenas de lá agora.

— Você disse que nós iríamos a pé.

Ela deixa a estrada de duas pistas e pega uma estrada de cascalho de pista única.

— Eu vou abandonar o carro. Não que ele fosse durar muito mais tempo, de qualquer modo. Você pode carregá-la?

— Sim, mas estou preocupado, não sei se a movimentação poderá afetá-la ainda mais.

— Sinto muito, Tate. Eles terão condições de cuidar dela assim que nos encontrarmos. Estão trazendo o médico deles.

— Eles têm o seu próprio médico?

— Eles são bastante autossuficientes — diz ela enquanto sai da estrada, num ponto que nos permite adentrar a floresta. Não vi uma casa em pelo menos oitocentos metros.

— E o Race sabe que eles vivem aqui? Ele pode aparecer na porta deles, se achar que fugimos para lá.

— Os Bishop sempre se mantiveram fora do circuito. E seu pai uma vez me disse que havia ajudado Rufus a montar complexos chamarizes por todo o país. Basicamente, há uma grande quantidade de evidências de que os Bishop estão em outro lugar, porém pouca evidência de que estão aqui.

— Esse tal de Rufus me parece completamente paranoico.

Minha mãe dá de ombros.

— Por enquanto, devemos considerar a paranoia dele um golpe de sorte.

Ela estaciona cerca de uns dez metros fora da estrada, atrás de um carvalho caído. Quando ela desliga o motor, ele produz um som trepidante de engasgo, que me diz que é seu derradeiro suspiro.

— Vou ligar para Angus McClaren e informá-lo que estamos aqui. Ele é o diretor financeiro da Black Box e o patriarca dos McClaren.

— E você confia nele?

Ela gira no banco e me olha nos olhos.

— Confio. Ele foi uma das primeiras pessoas para as quais telefonei ontem à noite. É um bom amigo, um membro poderoso das Cinquenta, e não é um grande fã de Rufus Bishop. Pense nisso como um seguro.

Concordo com a cabeça, embora não tenha certeza do que Angus McClaren, que, provavelmente, está em Chicago, para a reunião do conselho de emergência que George mencionou, pode fazer por nós se Rufus Bishop decidir machucar Christina.

Enquanto mamãe salta para fora da minivan com seu telefone já no ouvido, coloco a mochila nos ombros, tranquilizado pelo peso do *scanner* lá dentro, e levanto Christina em meus braços. Sua cabeça recosta-se na curva do meu pescoço, e ela geme novamente.

Minha mãe está desligando o telefone quando eu saio do carro.

— Deixei uma mensagem de voz. — Ela coloca o telefone de volta no bolso e sente o pulso de Christina; em seguida, puxa uma pequena lanterna de sua bolsa a tiracolo e levanta as duas pálpebras de Christina, apontando o facho de luz para os seus olhos. — As pupilas estão iguais, redondas, e reativas à luz. É um bom sinal. — Ela coloca a lanterna de volta em sua bolsa e, então, faz uma pausa e olha para mim. Sua mão se fecha sobre o meu antebraço. — Eu farei tudo o que puder por vocês dois. — Seus olhos encontram os meus. — E vou pedir a sua ajuda quando precisar dela.

— Tudo bem. — Acredito nela. Ela poderia ter tentado largar Christina em qualquer lugar, mas, em vez disso, parece determinada a salvá-la. Por mim. É a única coisa boa em meio a tudo de ruim que aconteceu. — E eu vou fazer tudo o que puder, se isso significar que Christina receberá o que ela precisa.

Ela me dá um pequeno sorriso.

— Às vezes, você me lembra tanto o seu pai... — Ela dá um tapinha no meu braço, pega o telefone do meu pai da minha mão e então se vira e começa a caminhar para a floresta.

Eu a sigo, segurando Christina apertado, prestando muita atenção onde piso e fazendo o possível para não sacudi-la. Ela parece tão leve em meus braços, como se uma parte dela houvesse voado para longe e tudo que eu estivesse levando fosse uma casca. Então, murmuro baixinho para ela enquanto caminho, tentando atraí-la de volta para mim.

— Outono do meu primeiro ano, Will me convence a ir a um jogo de futebol feminino. Eu não queria ir. Sabia que isso significaria horas de aulas de recuperação em meus estudos de idiomas, mas você conhece Will. Ele pode ser bastante persuasivo.

Eu a ergo um pouco mais alto. Seu cabelo faz cócegas no meu pescoço.

— Eu fui porque ele disse que a atacante era uma supergata, mas eu saí foi com uma paixão louca pela lateral-esquerda. Havia algo no brilho brincalhão, porém desafiador de seus olhos que mexeu profundamente comigo, sua impetuosa e incontrita tenacidade, a risada tão alta e vibrante, essas pernas incríveis, o sorriso estonteante... A cada segundo que passava, mais cativado eu ficava.

Encosto a minha bochecha contra a testa dela.

— Você se lembra de olhar para as arquibancadas? Acho que prendi a respiração por um minuto inteiro, esperando que os seus olhos pousassem em mim. — Tiro proveito de um desnível do terreno e olho para ela. — E eles pousaram, por cerca de um nanossegundo. Então, você viu o cara que realmente estava procurando e acenou para *ele*. Jurei, então, que um dia eu seria o cara. Eu queria ser o cara que você procuraria na arquibancada.

Deus, isso soa tão idiota. Embora seja a mais absoluta verdade. Demorou alguns anos. E não foi do jeito que eu queria. Só que... foi melhor. Porque eu me tornei seu amigo, não o namorado do mês. No momento em que nós, finalmente, saímos, há alguns meses, eu a conhecia bem o suficiente para saber que isso era algo com o qual eu deveria ser cuidadoso, algo que não deveria ser apressado, algo para segurar firme e cultivar.

— Não sei como tive essa sorte — murmuro.

Christina se mexe em meus braços e suspira, e isso quase me deixa de joelhos.

Minha mãe encontra uma trilha de terra, e nós a seguimos, enquanto eu continuo a balbuciar para a minha namorada ensanguentada e inconsciente, contando sobre todos os momentos que culminaram no que sinto por ela agora. E eu me dou conta de algo enquanto vou caminhando, segurando-a contra o meu peito, mas eu não aguento dizer isso em voz alta, porque, agora, dói demais.

Atravessamos uma pontezinha sobre um borbulhante córrego. Começou a chover, mas apenas algumas gotas chegam até nós através do espesso dossel formado pela copa das árvores.

— Tate — minha mãe me chama.

Ergo a minha cabeça e vejo três pessoas paradas ao lado de uma caminhonete bastante nova, com um compartimento fechado, estacionada ao lado de uma estrada estreita. Uma corpulenta ruiva de meia-idade nos avista e cutuca o cara magro e mais velho ao lado dela. Ele se vira e aperta os olhos para nós através de seus óculos de lentes grossas. A terceira pessoa, um rapaz na casa dos 20 anos, corre para a frente quando nos vê. Ele tem cabelos cor de fogo e é extremamente pálido. Quero dizer, de um modo estranho. Quando ele chega perto, vejo que a ponte de seu nariz e suas bochechas são cobertas de pequenas sardas, mas, mesmo assim, ele ainda parece ser albino ou algo semelhante.

— Nós estávamos começando a achar que vocês haviam sido apanhados pelas autoridades — diz o sardento. Ele está com a mão na cintura, talvez para manter seus jeans largos empoleirados em seus quadris magros. Está vestindo um agasalho largo de manga comprida e capuz, que deve ser sufocante nesta atmosfera úmida. Ele estende a mão quando se aproxima de minha mãe. — David Bishop.

— Mitra Shirazi-Archer — minha mãe diz, apertando a mão dele. — Este é meu filho, Tate, e sua amiga, Christina Alexander.

David acena para mim, porém seus olhos já estão em Christina.

— O que aconteceu com ela? — pergunta ele, vindo em nossa direção. Os outros dois estão andando pela trilha, e seus olhos estão sobre Christina também.

— O Núcleo estava nos perseguindo — minha mãe responde. — Ela foi baleada.

— Ela pode ter batido a cabeça quando caiu — eu digo.

Os olhos de David encontram os meus. Eles estão totalmente injetados. Espero sinceramente que esse cara não esteja chapado. Porque, quando o vejo voltar sua atenção para Christina e verificar sua pulsação no pescoço, estou começando a ter a nítida impressão de que ele é o médico.

— Traga-a para a caminhonete — diz ele, baixinho.

Os outros se apresentam como Esther e Timothy Bishop. Com expressões sérias, eles nos acompanham ao longo da trilha. Minha mãe caminha ao meu lado, bem próxima, quando a chuva começa a pingar fortemente através das folhas das árvores. Uma gota fria atinge a parte de trás do meu pescoço e desliza espinha abaixo. Outra acerta o rosto de Christina, e ela se contorce. Esfrego de leve os meus lábios em sua testa enquanto damos os últimos passos até a caminhonete.

Fico instantaneamente aliviado quando constato que o compartimento fechado do veículo é basicamente uma cabine de ambulância. David sobe no interior e me ajuda a colocar Christina na maca que há no centro. Começo a subir também, mas ele se inclina sobre ela, empurrando-me para fora.

— Você pode ir na frente — diz ele, pegando uma pequena lanterna de uma bandeja de material sobre o banco lateral.

De jeito nenhum.

— Eu prefiro...

A mão da minha mãe no meu braço funciona tão bem quanto um tapa na cara. Prometi a ela que a deixaria lidar com a política, então, desço pela porta traseira.

— Vou cuidar bem dela — David me tranquiliza.

Timothy fecha a parte de trás da caminhonete, enquanto Esther acomoda-se no banco do motorista.

— Estamos a apenas uns vinte minutos do complexo. — Ele vai para o lado do passageiro. — Nós temos uma máquina de raio X.

— Somos gratos por sua ajuda — minha mãe diz, enquanto nos equilibramos na parte de trás da cabine estendida. Por meio da pequena janela transparente entre a cabine e a caçamba, posso ver David examinando Christina, cujos braços e pernas estão se contorcendo sob as tiras que ele usou para firmá-la no lugar. Parece que ela está tendo um pesadelo.

Ela está acordando, e não vai saber onde está.

Ela vai morrer de medo.

Minha mão está na maçaneta da porta no segundo seguinte, entretanto minha mãe coloca a mão na minha perna e a aperta.

— Nós logo chegaremos lá — diz ela calmamente, enquanto o motor da caminhonete ronca e nós damos um solavanco para a frente. Recosto-me no banco, cruzo os braços sobre o peito e encravo as mãos sob minhas axilas para me forçar a ficar quieto. Minha mãe cutuca meu ombro com o dela. O olhar em seu rosto me diz que ela está me *vendo*, que sabe que estou louco de preocupação agora. Saber que ela compreende isso me alivia um pouquinho a tensão.

Surpreendentemente, Esther e Timothy não nos fazem absolutamente quaisquer perguntas. O único som na cabine é o rangido dos limpadores de para-brisa enquanto sacolejamos por estradinhas de cascalho e, então, pegamos um pequeno trecho de uma rodovia de duas pistas, onde avisto uma placa que me diz que já deixamos o parque estadual e entramos na Pensilvânia. Estou morrendo de vontade de olhar para trás, para ver como Christina está, mas mantenho meus olhos na estrada, memorizando a rota, enquanto encaramos novamente outras estradinhas de pista única, tortuosas e não pavimentadas, obrigando-me a não baixar a guarda.

Finalmente, Esther vira num caminho longo, que termina num grande estacionamento de cascalho que forma uma clareira no meio da floresta densa. Pelo menos vinte veículos estão ali parados, em duas fileiras ordenadas. Existem alguns carros compactos, várias picapes, uma fila de utilitários esportivos, um enorme Cadillac sedã e três caminhões de entrega totalmente brancos. Dois homens estão numa extremidade do estacionamento, numa trilha pavimentada que segue pela floresta atrás deles. São bronzeados e bem constituídos, com seus cabelos vermelho-ferrugem aparados rente. Acho que poderiam ser gêmeos; eles se parecem demais. Esther acena com o braço para fora da janela, enquanto conduz o veículo em direção a eles, faz uma ampla curva e vai de ré até o local onde os gêmeos estão.

Assim que ela para, já estou fora da caminhonete; minha mãe está logo atrás de mim. Contorno o veículo. Os gêmeos, com armas em coldres em seus quadris, estão ajudando David a rolar a maca para fora do compartimento traseiro, enquanto ele segura uma bolsa de soro ligada à mão flácida de Christina. Estou ao seu lado, assim que os pés com rodízios da maca são estendidos e encaixados. Os pingos de chuva em seu rosto parecem lágrimas, e eu os enxugo enquanto ela pisca para mim:

— Tate?

Eu me inclino para baixo.

— Sou eu, gata. Estou aqui.

— A minha cabeça... dói — ela sussurra, estremecendo. Tem uma bandagem de compressão sobre um lado de sua cabeça, e David limpou cuidadosamente o sangue de seu rosto e pescoço.

— Eu sei — digo. — Vai se sentir melhor em breve. E você está segura.

Espero que eu esteja certo sobre isso.

David pigarreia, eu levanto a cabeça e o vejo parado do outro lado da maca. Seus dedos estão fechados em torno da grade de metal de proteção da maca, enquanto ele me encara com seus olhos injetados boiando em meio ao rosto sardento e branco como papel.

— Vou levá-la para a nossa clínica e fazer um raio X da cabeça; depois, vou suturar a laceração.

Pego a mão de Christina e estou prestes a lhe dizer que vou ficar segurando-a durante toda a coisa quando um dos gêmeos diz:

— Rufus está esperando por vocês em seu escritório.

Está olhando diretamente para mim.

Minha mãe envolve o meu braço com o dela: parte me alertando, parte me tranquilizando.

— Claro.

Então, David empurra a maca em meio aos pingos de chuva para uma calçada de asfalto, levando Christina embora. Os gêmeos conduzem minha mãe e eu pela mesma calçada até chegarmos a uma bifurcação no caminho e David seguir por um lado e nós por outro. Meu coração dispara quando perco Christina de vista. Tinha planejado ficar com ela para protegê-la. Para evitar que ela acidentalmente revele o que ela é. E, agora, ela está sozinha. Entretanto, por mais que eu deseje sair correndo atrás dela, lembro-me de seguir o exemplo de minha mãe.

Esther e Timothy caminham silenciosamente atrás de nós, enquanto adentramos outra clareira, dessa vez com quase um quilômetro de diâmetro. Cerca de uma dúzia de cabanas estão dispostas num perfeito semicírculo de ambos os lados. Cada uma tem seu painel solar no telhado. Algumas delas têm grandes varandas fechadas na frente. A maior parte das janelas é coberta com cortinas opacas. No centro da clareira, há várias edificações maiores. Olho para cada uma delas, avaliando-as, perguntando-me sobre a localização da clínica para onde levaram Christina.

Os gêmeos nos levam até uma construção octogonal de três andares, um pavilhão bem no centro da clareira. Como todas as outras estruturas no local, essa também tem painéis solares no teto. Minha mãe não estava brincando quando disse que essas pessoas eram autossuficientes: é provável que eles produzam mais energia do que consomem. Nós seguimos os gêmeos por um lance de degraus de madeira até uma enorme varanda sombreada. Um deles segura a porta aberta para nós ao adentrarmos o pavilhão, enquanto o outro avança a passos largos pelo ambiente escuro e fresco. É como uma enorme caverna. Todas as janelas têm pesadas cortinas, e num dos lados da sala estendem-se três longas mesas de madeira. Num desnível, abaixo de uns poucos degraus rasos cobertos por lajotas de pedra, há uma área aberta. Uma enorme lareira a lenha domina esse lado do espaço, alta o suficiente para um homem entrar sem se curvar. Pendurada acima da elevada cornija, gravada em madeira bruta, há uma espécie de entalhe. Parece uma runa antiga. Fico olhando para ela, tentando descobrir onde já vi aquilo antes.

— Por aqui — um dos gêmeos diz, estendendo o braço e apontando para um grande corredor do lado oposto. Nós seguimos os gêmeos até que eles param um de cada lado de uma porta. — Podem entrar.

Minha mão aperta as alças da mochila quando minha mãe e eu entramos. O aposento é uma biblioteca. Três das paredes são cobertas por estantes de dois andares de altura, complementadas por uma escada de trilho, que permite o acesso às prateleiras superiores.

Parado no centro da sala há um homem.

Ele se parece muito com o Papai Noel.

Vasta barba branca, barriga redonda, bochechas rosadas, cabelos brancos encaracolados. E as sobrancelhas mais peludas que eu já vi, como se alguém houvesse colado duas chinchilas na testa dele.

Ele estende os braços para a frente, balançando os dedos grossos e roliços:

— Mitra. Eu não a vejo desde o casamento, mas você não envelheceu um dia sequer.

Minha mãe sorri calorosamente.

— Você é muito gentil, Rufus. — Ela caminha em direção a ele para receber o seu abraço.

Por cima do ombro dela, os olhos do Papai Noel encontram os meus. Eles são brilhantes e alegres, mas também há algo mais lá, uma curiosidade acentuada.

— Você se parece com o seu pai, meu jovem.

Eu sorrio e faço o melhor que posso para ser simpático.

— Obrigado.

— Onde está Fred? — ele pergunta para a minha mãe, quando a libera do abraço. — Ele vem encontrar com vocês aqui?

— Fred foi morto ontem — minha mãe diz, com a voz embargada.

O rosto de Rufus Bishop empalidece. Há uma genuína tristeza em sua voz quando ele diz:

— Eu não sabia disso. Sinto muito.

Ele esfrega a mão sobre a barriga, com a testa franzida.

— Oh, isso é tão triste. Tão triste. Como aconteceu?

— Os agentes do Núcleo vieram atrás dele, liderados por Race Lavin — minha mãe diz simplesmente. — Fred foi baleado quando tentava fugir. Mas Tate escapou e veio até mim, e é por isso que estamos aqui. Estávamos tentando chegar a Charlottesville, porém os agentes nos perseguiram. Foi quando Christina foi ferida.

Suas sobrancelhas espessas se arquearam.

— Esse tipo de ataque aberto não acontece há anos, desde Anton Cermak. — Ele nota minha expressão de interrogação e explica. — Ele se elegeu prefeito de Chicago e ameaçou expor os H2. Estava apertando as mãos de Roosevelt quando foi baleado; alegaram que era uma tentativa de assassinato contra o presidente, mas os membros das Cinquenta sabiam muito bem qual era a verdade. — Ele cruza os braços sobre o peito, como se tivesse tomado algum tipo de decisão. — Se o Núcleo está atrás de vocês agora, devem ter considerado a ameaça imensa. Vocês estarão seguros aqui. Nós levamos a segurança muito a sério.

E, então, seus olhos azul-claros e injetados de sangue pousam em mim. Tenho apenas tempo suficiente para me perguntar por que ele não está indagando o que fizemos para agitar o Núcleo antes de ele dizer:

— Então, sei que vocês vão entender quando eu lhes pedir para entregar seus pertences para serem verificados.

Ele aponta para a mochila, e os seus lábios se curvam num sorriso frio e calculista.

QUINZE

LANÇO À MINHA MÃE UM OLHAR DE SOSLAIO, E ELA CONCORDA. Deslizo a mochila do ombro e a estendo diante de mim quando os robustos gêmeos entram no aposento. Minha mãe entrega a um deles a sua bolsa. Rufus pega a mochila das minhas mãos. Ele a abre e nem parece surpreso quando seus olhos batem no *scanner*. Ele o apanha e o ergue.

— É por isso, não é? — ele me pergunta.

Enfio as mãos nos bolsos e adoto minha expressão de "garoto sem noção".

— Por isso o quê?

Ele ri.

— Eu devo parecer um maldito caipira idiota para você, não é? — Suas palavras são joviais, porém não é difícil detectar o tom ameaçador por baixo delas. — Deixe-me lhe dizer algo que você pode não saber, rapaz. Eu trabalhei para a Black Box antes mesmo de ela *vir a ser* a Black Box. Sou a pessoa que contratou o seu pai quando ele se formou na faculdade.

Agora, sou de fato um garoto sem noção, sem precisar fingir.

Rufus percebe a minha surpresa, e um olhar de satisfação atravessa o seu rosto.

— Só porque nós escolhemos viver no meio do mato não significa que somos ignorantes. — Ele vira as costas para mim e agita o *scanner* para a minha mãe. — Então é por isso, não é?

— Sim, é por isso — diz minha mãe. — É atrás disso que o Núcleo está.

Rufus sorri e o liga. Uma luz azul passeia por sua barriga grande e redonda como uma bola de praia. Ele inclina a cabeça e, em seguida, passa o *scanner* sobre a minha mãe, tornando a sua pele azeitonada brevemente cor de safira. Ele faz a mesma coisa em mim, e, depois, nos gêmeos. Tudo azul. Parece apenas uma lanterna ultrassofisticada, e eu relaxo um pouco quando os gêmeos encostam-se às estantes, com ar entediado.

Rufus desliga o *scanner*, com expressão diametralmente oposta à dos gêmeos.

— Minha nossa... — diz ele baixinho. — Ele conseguiu, não foi?

Faço uma anotação mental, um lembrete para não subestimar esse cara de novo.

— Sim — minha mãe diz em tom neutro, sem deixar transparecer muita coisa.

Rufus balança a cabeça e ergue o *scanner*.

— Ele estava trabalhando nisso há anos. — Ele desvia os olhos rapidamente em direção a minha mãe. — Sim, eu fui um dos poucos a quem ele contou. Mas, agora, o Núcleo está ciente de sua existência, e eles querem a sua tecnologia de volta.

— Sim — responde a minha mãe. — Assim que tomaram conhecimento, vieram atrás dele.

As bochechas de Rufus estão afogueadas.

— Você sabe o que irão fazer se colocarem as mãos nisso.

Minha mãe sacode a cabeça negativamente.

— Nós não sabemos nada ao certo. Pode haver muitas razões pelas quais isso é importante para eles.

Rufus olha para a minha mãe por um minuto, tempo suficiente para me fazer desejar agarrar a mão dela e sair correndo. Seu rosto adquire um tom apenas rosado no momento em que diz:

— Você acha que eles o querem para colocá-lo em seu museu do legado alienígena? — E, então, começa a rir. É apenas uma risadinha no começo, mas não demora muito para ele estar se dobrando em dois, segurando a barriga, enquanto gargalha. — Você sempre foi tão liberal, Mitra. Todos os Shirazi o são. Mas você... Você ainda é amiga de alguns dos H2, não é?

Meu estômago se contrai. Ela é?

Rufus se endireita e não está mais rindo.

— Fred me disse que você queria apresentá-lo a alguns deles. Você é cega à verdadeira natureza dos H2.

Minha mãe está completamente imóvel, observando Rufus com um pequeno sorriso no rosto. Eu me pergunto se ela está fantasiando sobre colocar algumas dezenas de Valium no chocolate quente dele esta noite.

— Eu sou uma cientista — diz ela — e acredito em coisas das quais eu tenho provas da existência.

— E eu me pergunto: o sangue na camisa de seu filho não é prova suficiente das intenções do Núcleo? — Ele aponta em minha direção, e eu olho para mim mesmo.

E imediatamente desejo não tê-lo feito. Mais uma vez, estou coberto com o sangue de alguém que amo.

— Obviamente, eu entendo os riscos e desejo ser cautelosa — minha mãe diz, com voz firme. — Não fosse assim, eu teria entregado a tecnologia para o Núcleo de imediato.

— O que eles vão fazer se puserem as mãos nisso? — eu pergunto.

Rufus me dirige um olhar avaliador.

— Até agora, ninguém poderia dizer a diferença entre um humano e um H2, mas, com isso... É uma maneira rápida de todos serem revelados. Imagine como isso poderia mudar as coisas.

— Ou você poderia apenas me dizer o que pensa.

Seus olhos se apertam.

— Quando os H2 chegaram aqui, não havia muitos deles, e se misturar com a população nativa foi essencial para evitar a sua própria extinção. Mas, agora, há mais deles do que de nós.

Balanço minha cabeça, concordando.

— Mas tudo que eu continuo a ouvir é que a maioria dos H2 sequer sabe que são H2. Esse grupo do Núcleo não quer que as pessoas saibam que os H2 realmente existem, certo? Em outras palavras, eles *não querem* que as coisas mudem.

Rufus solta uma risadinha aguda.

— Errado. Só porque eles querem manter as pessoas na ignorância não significa que eles não querem que as coisas mudem. Com essa tecnologia, eles poderiam eliminar a nossa existência no espaço de uma única geração. Claro, eles fariam isso em silêncio, para que ninguém soubesse o que estava acontecendo, porém não se engane: eles nos exterminariam. Acreditam que são superiores. Pensam que estão fazendo um favor ao mundo, espalhando seus genes alienígenas. — Ele está praticamente rangendo os dentes agora, e seu rosto está vermelho como uma beterraba.

Não sei dizer se ele é brilhante ou paranoico num grau insano.

— Estamos seguros aqui e temos a nossa liberdade. — Ele cutuca o ombro de minha mãe com um dedo gordo. — Quanta liberdade você acha que o Núcleo nos dará se ampliarem essa tecnologia e forem capazes de descobrir onde todos nós estamos?

Suas palavras me espetam como espinhos, pois, mais uma vez, me vejo no laboratório de meu pai, olhando para aquela tela com os números das populações diminuindo e aumentando... E se meu pai *já* tiver ampliado a escala? O que será que ele estava fazendo?

Minha mãe faz um gesto de desdém com a mão.

— Com o poder e o armamento que a Black Box acumulou, podemos...

— Brayton Alexander vem fechando contratos com o governo há anos! Foi por isso que saí de lá! — ruge Rufus, veias azuis saltando em sua testa. — Se ele conseguir colocar as mãos nisso, ele provavelmente vai vendê-lo a eles!

Minha mãe não se abala com a sua explosão.

— Você sabe muito bem que ele só vende o que é autorizado pelo conselho, para que saibamos a capacidade deles e sejamos capazes de combatê-los.

— Inteligência é o oposto do que isso é! — ele grita e, depois, parece controlar-se. Ele cruza os braços sobre o peito arfante. — Fred deve ter se cansado disso. Provavelmente, foi por isso que ele deixou a Black Box. Estou certo?

Os lábios de minha mãe tornam-se uma linha fina e firme.

Rufus resmunga.

— Justamente como pensei — diz ele, com uma voz mais calma. — Fred e eu somos parecidos. Ele odiava os H2. E sabia que Brayton não se preocupava com nada que não fosse o lucro. — Ele olha para mim. — Brayton Alexander não dá a mínima importância ao fato de ser humano. Ele só se preocupa com dinheiro e poder.

— Fred não confiava em Brayton — minha mãe diz, mas ela para por aí. Não conta a ele sobre o que Brayton fez ontem, talvez para evitar exaltar Rufus novamente.

Entretanto ele a está ignorando, agora, falando apenas para mim.

— Isso é porque o seu pai era inteligente. Você fez a coisa certa ao vir para cá em vez de correr para Brayton. E por lutar para manter isso longe do Núcleo. Você é um jovem corajoso — ele me diz, acariciando sua barriga como se fosse um animal de estimação da família. — E, agora que o temos, podemos fazer *muito* com isso. — Seus olhos têm o mesmo brilho frio e ávido dos de Brayton.

Mamãe nota.

— Rufus — diz ela, em voz baixa, hesitante.

— *Todos* os seres humanos têm o direito de saber que são uma espécie em extinção — diz Rufus, lançando-lhe um olhar cheio de advertência. — E eles têm o direito de decidir o que querem fazer em relação a isso. Esta tecnologia poderia dar-lhes esse conhecimento e poder.

Eu quase concordo com Rufus. Mas, a julgar pelo que aconteceu desde que Race Lavin tomou conhecimento da existência do *scanner*, acho que o meu pai provavelmente foi sábio por mantê-lo em segredo. Porque, se isso ainda fosse um segredo, ele estaria vivo, e Christina estaria a salvo e inteira. Ele ainda estaria trabalhando numa forma de usar essa tecnologia como "a chave para a nossa sobrevivência", seja lá o que isso signifique; mas, agora, isso cabe a mim, e eu não quero decepcioná-lo.

Rufus guarda o scanner de volta na mochila, e eu quase estendo a mão para agarrá-la, mas os gêmeos estão olhando para mim com uma curiosidade vigilante. Eu não iria mesmo conseguir sequer chegar até a porta se tentasse alguma coisa agora.

— Celulares, por favor — diz Rufus, seu tom de voz mudando instantaneamente de duro para jovial, deixando claro que essa conversa terminou. — Vamos mantê-los num lugar seguro até que vocês estejam em condições de partir. De qualquer forma, por aqui os celulares não funcionam.

Minha mãe acena afirmativamente com a cabeça para mim e entrega a Rufus o celular dela; então, sigo o seu exemplo e passo para ele o do papai.

Rufus coloca-os num bolso da mochila.

— Vocês dois devem estar com fome — diz ele, iluminando o rosto com um sorriso alegre. Ele chama um dos gêmeos: — Paul, diga ao pessoal da cozinha para manter a sala de jantar aberta por mais trinta minutos.

— Sim, senhor — diz ele, e, então, ouço os seus passos afastarem-se pelo corredor.

Rufus se volta para nós:

— Temos uma cabana de hóspedes. Vocês podem descansar lá enquanto a menina Alexander se recupera. Vou lhes providenciar umas mudas de roupa e provisões. — Ele diz tudo isso para mim, como se minha mãe nem mesmo estivesse na sala.

Ele nos dispensa, e somos escoltados de volta pelo corredor.

Sem os nossos telefones e o *scanner*, eu me sinto não apenas incrivelmente vulnerável, mas também poderosamente confuso. Rufus disse que meu pai era como ele. No entanto Rufus parece tão cheio de ódio, e meu pai só parecia... frio. Por outro lado, ele pareceu tudo menos frio quando viu Race na lanchonete da minha escola, então, talvez ele realmente odiasse os H2 tanto quanto diz Rufus. Mas ele deixou uma coisa bem clara: um confronto direto com os H2 não era o que ele queria. E a minha mãe... ela tem amigos H2. Também estou tendo dificuldade para entender isso até agora. Depois do que nós passamos, é difícil acreditar que os H2 são outra coisa senão nossos inimigos.

É fácil para mim esquecer que Christina é um deles.

Mas, assim que me lembro, a tensão me invade como aço líquido. E se David descobrir? E se eles usarem o *scanner* que Rufus acaba de confiscar? O que eles fariam com ela? Muito calmamente, sussurro essas perguntas no ouvido da minha mãe em persa, a língua que ela me ensinou quando eu era pequeno.

Ela me lança um olhar de estranheza, talvez porque, nos últimos quatro anos, eu me recusasse a falar persa em sua presença. Então, ela olha ao redor de nós.

— *Nguran nbash* — ela sussurra. *Por favor, não se preocupe.*

Mal consigo engolir um sanduíche de peru no refeitório quase vazio. Minha mãe parece igualmente tensa, mas está disfarçando isso muito bem. Está tentando fazer amizade com Esther, aquela que nos trouxe até aqui dirigindo a caminhonete, e Esther parece feliz com isso. Ela faz um monte de perguntas para a minha mãe sobre algumas das outras famílias das Cinquenta, uma vez que os Bishop estão escondidos aqui já há algum tempo. Esther tem um sorriso tímido e dentes ruins, e eu me pergunto como deve ser viver aqui neste complexo toda a sua vida, protegido do mundo real e dos benefícios da odontologia moderna.

Ela nos conduz para fora do salão de jantar e a seguimos por uma das calçadas em direção à fileira de cabanas no extremo leste da clareira. Parou de chover, e várias pessoas estão passeando. Um grupo de meninos passa por nós correndo, com varas de pesca nos ombros e baldes nas mãos, em direção ao extremo sul da clareira, perto do local por onde chegamos. Alguns deles estão sem camisa e bronzeados, porém dois deles estão vestidos da cabeça aos pés, com calças compridas e ponchos escuros com capuz. Eles riem e tagarelam, contando piadas que tenho certeza que chocariam os seus pais, e, de repente, sinto tanta falta de Will que fico com um nó na garganta. Tínhamos isso alguns dias atrás, a capacidade de ver o mundo como um parque de diversões gigante. Toda vez que estava com Will, ele me fazia esquecer o que me esperava em casa, e a coisa mais importante que eu tinha com que me preocupar era não mijar nas calças de tanto rir. Agora, perdi isso; os acontecimentos de ontem roubaram isso de mim. Sequer tenho certeza de que vou conseguir voltar a ver Will um dia.

Passamos por uma jovem mulher com um carrinho de bebê, mas, como ele está coberto por um toldo grosso e escuro, não consigo ver se há uma criança de verdade ali dentro. Ela olha boquiaberta para mim quando passamos, com aquele tipo de expressão pasma e inconsciente.

Provavelmente, porque parece que acabei de assassinar alguém com um machado.

Alguns caras passam por nós a passos largos, empurrando pilhas de caixas em carrinhos de carga de armazém, de *shorts* e camisetas e falando sobre uma festa próxima. Ouço a palavra *H2* e passo a escutar mais atentamente, mas é aí que o último cara da fila passa por mim, vestindo calças compridas e um moletom de manga comprida e capuz.

— David?

O cara vira a cabeça. Ele tem o mesmo cabelo vermelho, a mesma pele pálida e sardas, os mesmos olhos injetados de sangue. Entretanto, não é David. Esse cara tem lesões profundas em cada uma das bochechas, com crostas duras e marrons e profundos centros vermelhos. As pupilas de seus olhos são ligeiramente nubladas.

— Oh, desculpe — eu disse, tentando não olhar.

Ele passa por mim sem dizer uma palavra.

— Oh, esse é Mateus — diz Esther, com um sorriso carinhoso. — Filho de meu irmão Timothy. Ele é tímido.

— Ele e David são irmãos? — minha mãe pergunta.

— Não, são primos — diz Esther, e, em seguida, ela me lança um olhar astuto. — Então... você e Christina são casados? — Seu olhar dispara para a minha mão esquerda.

— Eu tenho 16 anos — respondo, porque, afinal de contas... que porra de pergunta é essa?

— Noivos, então — diz Esther, com um aceno cúmplice.

Estou prestes a dizer exatamente o que penso quando minha mãe diz:

— Não há nada oficial ainda. Ainda estamos em negociação com os Alexander.

Esther cruza os braços sobre o torso robusto, enquanto o seu olhar viaja de volta para mim. Ela está me avaliando de uma maneira que faz com que certas partes de mim encolham. Credo!

— Interessante — é tudo o que ela diz, e, então, logo está ocupada perguntando à minha mãe sobre Kathleen McClaren, que, aparentemente, era uma amiga de correspondência dela quando eram crianças. Eu me pergunto como Kathleen está relacionada com Peter McClaren... se ela era sua mãe ou, talvez, uma tia. Se ela está de luto por ele agora.

No momento em que chegamos à cabana de hóspedes, estou a ponto de subir pelas paredes. Faz bem mais de uma hora desde que vi Christina pela última vez, e isso é tempo suficiente para ter acontecido alguma merda. Eles nos deixaram sozinhos aqui, sem ninguém nos vigiando ostensivamente, mas não sou tão estúpido para acreditar que eles não estejam prestando atenção. Rufus é muito esperto, e, mesmo se confiasse em nós, ainda assim estaria nos observando.

É o que o meu pai teria feito.

Acredito que a minha mãe pode estar pensando a mesma coisa, pelo modo como os seus olhos se deslocam lentamente de um canto para o outro, demorando-se nos dutos de ventilação e nas tomadas.

— Preciso saber como a Christina está — digo calmamente em russo.

Ela para sua varredura da sala e se vira para mim.

— *Ya znayu.* — *Eu sei.* — E Rufus fala mais línguas do que você, por isso, não se dê ao trabalho.

Alguém bate na porta. Minha mãe vai abri-la e vemos uma garota carregando uma pilha de roupas dobradas, toalhas de banho e de rosto, e duas bolsinhas com artigos de toalete. Posso ver seus grandes olhos azuis me espiando por cima da pilha oscilante.

— Ei, deixe-me pegar isso... — Começo a dizer, andando para a frente, quando a pilha desaba. Consigo agarrar as bolsinhas e duas das toalhas antes de caírem no chão, mas o restante já era. Alguma coisa aterrissa suavemente no topo da minha cabeça, e eu a puxo, constatando que estou segurando uma calcinha de vovó.

Minha mãe pega a peça da minha mão, enterrando-a numa pilha de roupas que ela pegou do chão.

Esse é o tipo de momento que um cara não deseja dividir com a mãe.

A pessoa que trouxe as roupas ainda cata alguns itens de vestuário remanescentes com as mãos trêmulas. Ela solta uma risadinha envergonhada e entrega as roupas para a minha mãe. Parada ali, com braços magros e peito liso, a menina não pode ter mais de 12 ou 13 anos. Ela tem o mesmo cabelo avermelhado que a maioria das pessoas neste complexo parece compartilhar, e um rosto em formato de coração... e ela se parece muito com Esther.

Minha mãe pega as roupas.

— Obrigada...?

— Theresa — diz a menina.

— Obrigado, Theresa — respondo. — Ainda bem que você está aqui para me ajudar com essa bagunça.

Ela ri novamente e morde o lábio. E agora eu suspeito de duas coisas.

Primeira: Esther enviou sua filha pré-adolescente até aqui para flertar comigo.

Segunda: essa garota pode me ajudar a descobrir onde está Christina.

Então, levo Theresa até a varanda da frente da cabana. Ela é uma criatura tensa e nervosa, e eu sinto pena dela, sendo enviada até aqui numa tentativa meio canhestra de chamar minha atenção. Não sei exatamente por que Esther faria isso. Será que ela espera que eu abandone Christina e leve a sua filha daqui comigo?

Então, olho o complexo. Este é o tamanho do mundo inteiro delas, uma clareira de menos de um quilômetro. Talvez uma fuga seja exatamente o que Esther quer para a sua filha.

Theresa está torcendo as mãos e transferindo o peso de um pé para o outro.

— Estarei ajudando com o jantar hoje à noite — diz ela.

— Ah, é? Você é boa cozinheira?

Ela me dá um sorriso radiante.

— Faço um purê de batata muito bom!

Coloco a minha mão na minha barriga e lanço-lhe um olhar tristonho.

— Normalmente, eu posso comer um panelão de purê de batata, mas estou meio mal do estômago hoje...

O rosto dela desaba de desapontamento.

— Oh... O que você tem?

Dou de ombros e faço uma careta. — Não sei se foi alguma coisa que eu comi... Se tivesse... Sei lá... Um antiácido ou algo assim. Vocês têm uma farmácia por aqui?

E, então, a pequena Theresa me dá o que eu quero. Seus olhos relanceiam um prédio de dois andares na borda sudeste da clareira, a cerca de uns duzentos metros da entrada principal e perto do lugar onde os meninos com varas de pesca desapareceram na floresta. — Bem... Acho que talvez eu possa... trazer-lhe algum remédio, tudo bem?

Sorrio para ela.

— Tenho certeza de que isso me fará sarar num instante.

Ela pisca os olhos para mim com a mesma expressão melosa que vi no rosto de várias das alunas novatas este ano.

— Já volto! — ela anuncia, enquanto desce correndo os degraus e corre em linha reta em direção ao prédio para o qual ela estava olhando um segundo atrás.

Acompanho Theresa com os olhos até ela desaparecer pela porta da frente do prédio e, então, volto para dentro, para falar com a minha mãe.

DEZESSEIS

MINHA MÃE ME LANÇA UM DE SEUS OLHARES COM AS SOBRANCELHAS arqueadas quando atravesso a porta.

— Purê de batatas hoje à noite — digo.

— Espero que o seu estômago esteja melhor até lá — ela responde, indicando com os olhos um velho rádio sobre a mesinha lateral. Provavelmente, o lugar onde ela suspeita que esteja o dispositivo de vigilância.

Pego uma toalha e uma muda de roupa.

— Vou tomar um banho.

Vou até o banheiro, que é bem básico, apenas um vaso sanitário com uma descarga de correntinha, uma pia e um chuveiro. Ligo a água e, em seguida, sento-me no tampo do vaso sanitário e espero. Um segundo depois, minha mãe bate na porta e entra. Ela fecha a porta atrás de si. Provavelmente, esse é o único lugar na cabana onde podemos conversar sem sermos ouvidos.

— Acho que descobri onde a clínica fica. Se ela estiver melhor, podemos ir embora daqui? — pergunto.

Minha mãe me olha com pena.

— Ela vai precisar de mais de uma hora para se recuperar, Tate — diz ela, com uma voz suave.

Meus punhos se fecham.

— E se ela acordar e disser acidentalmente que é uma H2 ou algo assim?

— Acho que Christina é mais esperta do que isso.

— Preciso chegar até ela. Essas pessoas são assustadoras. É óbvio que Rufus entende muito de tecnologia, então, por que eles se vestem e agem como se estivessem vivendo em algum lugar no campo?

— Rufus está determinado a manter a sua família a salvo do mundo. Isolamento e conformidade grupal lhe facilita controlá-los.

— Então, basicamente, os Bishop não são apenas uma família: eles são uma seita. — E minha namorada H2 ferida e vulnerável está à mercê deles.

— Infelizmente, acho que você os entendeu bem. — Minha mãe estende a mão hesitante e toca o meu punho fechado, como se quisesse que eu relaxasse. — Juro, Tate, eu estou fazendo o melhor que posso. Lamento que ele tenha tomado o *scanner*. Vamos recuperá-lo. — Olho a mão de minha mãe sobre a minha e sinto a doçura no gesto, mas também a força.

Solto os meus dedos e a mão dela pende de volta ao seu lado.

— Eu sei, mãe. Acredito em você. — Então, outra coisa me ocorre quando penso como Rufus e sua família são antiquados.

— Ei, tem algum Bishop chamado "Josephus"?

A testa dela se franze.

— Não que eu saiba. Por quê?

— Papai mencionou alguém chamado Josephus. Bem antes de morrer. Como se o tal do Josephus fosse importante.

Ela ficou muito quieta.

— Diga-me exatamente o que ele falou. — Depois de eu repetir as últimas palavras de meu pai, ela diz: — Não há ninguém com esse nome nas Cinquenta. Você tem certeza de que "Josephus" é uma pessoa?

Eu sacudo minha cabeça negativamente.

— Supus que fosse, mas... acho que não foi muito esperto da minha parte. Alguma vez ele mencionou esse nome para você?

— Não. Mas seu pai e eu não nos falamos muito nos últimos anos — responde ela, com a voz abafada e triste.

Desvio os olhos dela, dando-lhe a chance de se recompor. Preciso solucionar esse mistério, e agora percebo que talvez isso não seja tão simples como esperava. Deixo escapar um suspiro longo e esgotado.

— Será que os Bishop me parariam se eu apenas... caminhasse até a clínica para ver Christina?

— Acho que seria melhor se você fizesse exatamente isso, em vez de dar a impressão de que está se esgueirando. Não queremos que eles pensem que estamos escondendo nada.

— O que eles fariam se soubessem sobre ela? — pergunto baixinho.

— Se eu achasse que havia outra maneira de ajudar a Christina, eu não a teria trazido para cá. E, assim que ela estiver estável, nós iremos embora. — Ela aperta o meu ombro e sai do banheiro.

Tomo a chuveirada mais rápida da história e me troco, vestindo uma camiseta básica branca e uma calça cargo. Eles devem comprar essas roupas a granel ou algo assim. Quando saio, constato que Theresa veio e já foi, deixando minha mãe com um copinho de antiácido e instruções escritas num rabisco infantil a lápis num pedaço de folha de caderno. O bilhete termina com "*Eu espero que você goste do meu PURÊ DE BATATA!!!*".

Os pontos embaixo de suas exclamações são todos coraçõezinhos.

Enquanto é a vez de minha mãe no chuveiro, saio da cabana para me localizar, usando o sol como orientação. Ele emergiu das nuvens e está brilhando sobre a clareira, aquecendo o meu rosto enquanto desço os degraus da frente. A maior parte do lado norte do complexo é tomada por uma enorme horta, que é o lugar onde Theresa provavelmente está colhendo suas batatas. Sigo para o lado sul, ao longo da calçada de asfalto, chegando a um grande conjunto de painéis solares entre as cabanas e os prédios centrais. O suficiente para abastecer mais do que apenas as luzes nas cerca de trinta edificações do lugar, considerando-se que também há painéis em todos os telhados. Como nossa cabana é a última da fileira do lado leste da clareira, começo a caminhar ao longo do complexo e tiro o máximo de proveito do trajeto. Nunca sei que tipo de informação será útil, mas, depois de tantos anos com meu pai me martelando na cabeça a necessidade disso, a avaliação constante do meu ambiente tornou-se automática para mim.

O painel de controle do sistema que alimenta todo o complexo está instalado na lateral do último painel enfileirado. É um circuito simples. Não tem muita proteção ali, o que significa que o seu perímetro de segurança deve ser reforçado, e é provavelmente ele que está sugando toda essa energia que eles estão gerando com os painéis. Com isso em mente, me apresso pela calçada em direção ao prédio da clínica. Por cada cabana que passo, as cortinas se abrem discretamente, apenas o suficiente para que pares de olhos acompanhem o meu deslocamento. Com meus cabelos escuros e olhos cinzentos, sou facilmente reconhecido como um forasteiro.

Não demoro muito para chegar à clínica. Por detrás da construção, na floresta, ouço gritos e guinchos e um ruído de água espirrando, sons típicos de meninos agindo como meninos. Por entre as árvores, o brilho do sol na água me diz que há uma lagoa de bom tamanho lá, separando esta clareira da estrada sinuosa que Esther e Timothy utilizaram para nos trazer até aqui.

A porta da clínica está aberta, e eu entro direto. Não há uma área de recepção; é basicamente um pequeno *hall* de entrada e um longo corredor com quartos em ambos os lados. Ouço vozes partindo de um deles, então, caminho lentamente pelo corredor.

— ... parece muito atraente — diz David, sua voz tremendo de tanto rir.

Há um gemido suave e feminino.

— Você é um péssimo mentiroso — diz Christina. Ela ri. Então, suspira. — Ai.

— Desculpe — David responde compreensivo. — Cedo demais. Deixe-me ajudar.

Eu enfio minha cabeça no batente da porta a tempo de vê-lo baixar a cabeceira da cama dela até ela ficar deitada. Ele está se inclinando demais sobre ela, suas mãos descoradas demoram-se perto de seus ombros, da face um pouquinho pálida de Christina devido à perda de sangue... Sei *bem* o que é isso. Tá na cara pelo modo como seus dedos se contraem em direção a ela e depois se retraem, pela forma como ele está olhando um pouquinho demais para a curva de seu pescoço, para a sua boca. Conheço muito bem essa sensação, aquele *desejo* altamente pressurizado, que mal se contém.

Esse cara está afinzaço da minha namorada.

Ela não parece assim tão gatinha agora, na verdade. Está com um curativo do lado esquerdo da cabeça, e seu cabelo emaranhado está empilhado no topo e pendurado para o lado direito. Um pequeno tufo amontoa-se no chão — David deve ter tido que raspar um pouco do cabelo para ter uma visão clara do corte. Sua pele está quase tão branca quanto a dele, e há círculos roxos sob seus olhos.

O que torna as coisas ainda piores. A ideia de esse cara a estar cobiçando quando ela está tão vulnerável quase me tira do sério. Estou ao pé da sua cama antes de ficar plenamente consciente de ter me movido, e a cabeça de David volta-se num átimo de segundo para mim. Não faço a menor ideia de qual é a minha expressão no momento, mas seus olhos se arregalam e ele rapidamente se afasta alguns passos da cama dela. Ele coloca as mãos nos bolsos e limpa a garganta. Se eu estivesse num estado de espírito diferente, acharia cômico.

— Sem fratura de crânio, de acordo com o raio X — diz ele para mim. — Não tenho ideia de como ela conseguiu isso, mas parece que escapou com apenas uma concussão. Ainda assim, provavelmente ela deve fazer uma tomografia computadorizada o mais rápido possível.

Olho em seus olhos injetados, as íris azul-claras levemente embaçadas. Enxergo neles uma espécie de cordialidade sincera, além de talvez um lampejo sutil de ansiedade. Entretanto não é isso o que eu estou procurando — estou procurando conhecimento. Consciência. Suspeita.

Estou procurando ver se ele sabe ou não que ela é H2.

— Quinze — Christina diz suavemente, direcionando meus olhos de volta para ela.

— O quê?

— É a quantidade de pontos que precisou ser feita — diz David. — Mas foi um corte bem limpo e definido, então, não foi nada complicado. Ela nem perdeu muito cabelo. — Ele sorri para ela.

Ela sorri de volta.

— Mas vou usar o meu cabelo solto por um tempo. — Ela estremece e fecha os olhos. — E lidar com essa enorme dor de cabeça, pelo jeito.

— Oh, desculpe — diz David. — Eu disse que ia pegar alguma coisa para você. É só um instante.

Ele caminha para fora do quarto, e eu me sento cuidadosamente na borda da cama dela. Christina olha para a porta, e depois para mim. E quando o faz, posso ver a confusão, o terror, tudo que ela está lutando para conter em seu interior.

— Ele me disse que estávamos sendo perseguidos por agentes H2 e que eu levei um tiro. E que você estava bem, mas... — Seus olhos estão ficando úmidos e isso está fazendo minha garganta doer.

— Estou bem. A minivan foi destruída e você foi ferida, por isso tivemos que vir para cá.

Eu me inclino, beijo-a na bochecha e, então, sussurro bem baixinho em seu ouvido:

— Seu sobrenome é Alexander. Você é sobrinha de Brayton. Você é humana. Não é uma H2. Entendeu?

Ela recuou um pouco, e posso dizer pela expressão em seus olhos que, de fato, ela entendeu, e que, se já estava com medo antes, aquilo não era nada comparado com o que está sentindo agora.

— Quando podemos ir? — ela pergunta, com uma voz estrangulada.

Eu abaixo a minha testa na direção da dela, mal tocando-a, com medo de machucá-la, mas necessitando do contato.

— Assim que você melhorar.

— Não me lembro de ter levado um tiro. — Sua palma está plana contra o meu peito, e eu não sei se ela quer a proximidade ou se está fraca demais para me afastar.

Relutantemente, eu me inclino para trás, para lhe dar espaço.

— Do que você lembra?

Ela sorri com dificuldade.

— De ver você devorar três Egg McMuffins. — Ela respira de forma trêmula. — Depois, foi como se a tela escurecesse.

A maior parte do dia havia sido eliminada de sua mente. Amnésia pós-traumática.

— Você disse alguma coisa para ele? — Eu inclino minha cabeça em direção à porta.

O que realmente estou perguntando: *Você disse a ele que é uma H2?*

— Não — ela murmura. — Acho que não.

— Ela só queria saber onde você estava — diz David da porta, levando meu coração à garganta, enquanto eu me pergunto se fazia muito tempo que ele estava ali parado. Ele traz uma bandejinha de aço na mão, e sobre ela há um pequeno copo de papel. Ele o apanha. — Tylenol.

— Meu herói — Christina suspira, apoiando-se lentamente sobre um cotovelo.

David me lança outro olhar nervoso, mas não consegue esconder seu sorriso enquanto caminha para a frente com a sua dádiva. Tenho dificuldade em esconder meu sorriso também, porque, caramba, mesmo depois de ter tido a cabeça rachada ao meio, essa garota sabe jogar o seu charme.

Ela toma os comprimidos e recosta-se de volta no travesseiro, fechando os olhos.

— Estou tão cansada... — diz ela, pegando minha mão. Seu aperto é bem fraco, mas sinto o pedido silencioso para que eu fique ao seu lado. Então, é isso que faço, e logo sua mão relaxa e suas respirações se tornam regulares e profundas.

— Vocês passaram por muita coisa — comenta David, puxando uma vassoura de um armário próximo e varrendo as gazes descartadas e as mechas louras e ensanguentadas de cabelo. — Quando ela ficou completamente consciente, fiquei preocupado, achando que tivesse sofrido uma lesão cerebral mais grave, porque ela não falava. Então, percebi que ela só estava muito assustada.

Lembro-me de ter ouvido a risada dela quando vinha pelo corredor.

— O que você fez para ela falar com você?

Ele para de varrer e olha para ela.

— Eu disse a ela que você e sua mãe estavam por perto e que iriam vê-la em breve. E aí, não sei. Comecei a falar sobre o meu dia. Você sabe, coisas bobas.

— Coisas bobas — murmuro.

— É. Acho que ela decidiu que alguém com uma vida tão entediante como a minha não poderia representar uma ameaça para ela, porque ela relaxou depois disso.

— Obrigado por cuidar dela.

— O prazer é meu — diz ele.

Aposto que sim.

— Você fez faculdade de medicina ou algo assim? — pergunto.

Ele sacode a cabeça.

— Ah, não. Eu queria, mas não temos autorização... — Seus lábios apertam-se numa linha fina, e ele complementa. — Sou aprendiz de Francis. Ele é o médico chefe aqui.

— Ele está de folga hoje?

Seus olhos injetados encontram os meus.

— Ele está dois quartos ao lado.

— Trabalhando?

— Morrendo.

— Oh. Desculpe.

David dá de ombros.

— Todos nós sabíamos que ia acontecer.

Eu afasto o frio repentino que parece ter invadido o quarto.

— Ele está doente há algum tempo?

— Sim. Câncer de pele.

Penso no cara pelo qual passei antes, aquele com as estranhas lesões em seu rosto pálido.

— Isso acontece muito por aqui?

David continua varrendo, mas seus ombros estão rijos.

— É chamado de xerodermia pigmentosa. Basicamente, sua pele não consegue se recuperar após uma queimadura solar. E, sim.

Eu li sobre esse problema. É extremamente raro. Mas por aqui... todas as cortinas escuras nas janelas das cabanas e do pavilhão. O carrinho de bebê bastante protegido. As pessoas usando capuzes e mangas longas a uma temperatura de quase trinta graus.

— E é genético — acrescento eu, começando a me sentir enjoado.

Sua risada é seca como um deserto e amarga ao extremo.

— Pois é. Autossomia recessiva. Como você adivinhou?

Christina muda de posição em seu sono, e eu percebo que estou segurando sua mão com mais força do que deveria.

Ao isolar sua família para protegê-los dos H2, Rufus os expôs a um inimigo tão mortal quanto. Um tanque estagnado de genes. A xerodermia pigmentosa é o tipo de coisa que pode se espalhar quando o seu primo de segundo grau é também o seu pai, quando sua tia é também sua mãe.

Os Bishop estão aniquilando a si mesmos.

E pela pele pálida e a maneira como se esconde do sol, posso dizer que David é uma de suas vítimas.

— Por que você fica? — pergunto.

— Porque estamos seguros aqui. — Ele olha de novo para Christina. — Ela está a salvo aqui, também. — O anseio em sua voz é doloroso.

Posso ver quanto ele deseja tocá-la, quão fundo os dentes dessa paixão fantasiosa cravaram-se nele.

Pergunto-me o que David faria se soubesse o que ela é.

Tenho uma escolha, neste exato momento. Posso fazer desse cara meu inimigo, ou tentar torná-lo meu amigo. Acho que ele é um cara bom, e, pelo bem de Christina, eu assinto.

— Você assegurou isso hoje, e jamais me esquecerei disso.

Por um segundo, olhamos um para o outro, e tenho a forte sensação de que ele está no processo de tomar a mesma decisão a meu respeito. Depois de alguns instantes, parece ter feito isso. Ele abaixa os olhos e ri baixinho para si mesmo.

— Não foi nada.

Não faço ideia do que ele decidiu.

Ele guarda a vassoura no armário e caminha até a porta.

— Quando acordar, ela pode ir. Poderá estar tonta e com dor de cabeça, mas não há razão alguma para permanecer aqui. Basta ficar de olho nela. Os pontos podem ser tirados em uma semana.

Esta é a melhor notícia que ouvi o dia todo. Talvez sejamos capazes de sair daqui esta noite.

— Obrigado.

David puxa o capuz.

— Certo. Preciso avisar o tio Rufus. Ele vai ficar feliz.

— Sério? Por quê?

— Acho que Timothy não teve chance de lhe falar antes de você vir para cá. Rufus decidiu organizar uma festa para celebrar a memória do seu pai esta noite. Vocês três são os convidados de honra.

DEZESSETE

RUFUS BISHOP SABE COMO DAR UMA FESTINHA PODEROSA E impressionante.

Parece que todo mundo no complexo inteiro trabalhou o dia todo para aprontar tudo. Há lanterninhas de papel penduradas ao longo das vigas sobre as compridas mesas no pavilhão principal, arranjos centrais feitos de taboas e uma variedade de outras flores do campo, e um monte de comida que, provavelmente, vagava na floresta ou nadava no lago próximo, esta manhã. Aparentemente, eles preparam sua própria cerveja também; há dois barris posicionados no nível superior do salão principal, e todo mundo tem uma caneca nas mãos.

Enquanto entramos, com minha mãe, Christina segura minha mão com força. Quando a levei para a cabana de hóspedes algumas horas atrás, ela basicamente me disse para eu "sumir do mapa" e passou duas horas no banheiro com a minha mãe no que eu só posso descrever como uma espécie de ritual feminino de confraternização. Centrado na tentativa de fazer seu cabelo parecer normal, apesar do grande curativo branco que toma a maior parte do lado esquerdo. Por mais que eu me importe com ela, eu realmente não poderia ajudar, então, passei o tempo passeando ao redor do complexo. Sorrindo e cumprimentando as pessoas. Observando e aprendendo.

A segurança em torno deste lugar é uma loucura, mas, ainda assim, sou capaz de apostar que metade das pessoas aqui sequer tem plena consciência disso. Só sabem ficar dentro da cerca. O sistema de segurança parece tão dedicado a mantê-los dentro quanto em manter os intrusos fora, mas é difícil perceber se você não sabe exatamente o que está procurando.

Felizmente, eu sei. Não tenho a menor dúvida de que foi o meu pai quem projetou o sistema de segurança. Lembro-me de ter visto projetos muito semelhantes em seus arquivos.

Aproximadamente doze metros além da decrépita cerca de madeira que envolve o complexo, a verdadeira defesa do perímetro começa. Alimentadas pelo impressionante conjunto de painéis solares da clareira, as câmeras montadas nas árvores ficam ao nível do peito de um homem de altura mediana, varrendo um caminho estreito com seus olhos eletrônicos de um lado para o outro, o que me diz uma coisa. Não estão concentradas em vigilância; é uma barreira invisível, que se estende do chão até, pelo menos, seis metros para cima, a julgar pelo movimento e pelo ângulo das câmeras. Se alguém cruzar seu caminho, duas coisas vão acontecer. Alarmes e resposta defensiva. Eu aproveitei a oportunidade e passeei ao longo da cerca como quem não quer nada até que os vi: rifles totalmente automatizados, quase que perfeitamente camuflados, de alta potência. A resposta defensiva por aqui é bastante letal.

Os Bishop podiam apanhar muito mais do que cervos com este sistema.

Sim, descobri muito enquanto minha mãe estava enfurnada com Christina no banheiro. E o que estou descobrindo agora é que minha mãe é um gênio em mais de um sentido, porque Christina parece incrivelmente bem, levando-se em conta o que ela passou hoje. Seus cabelos louros e fartos estão limpos e brilhantes, e cobrem completamente o curativo. Minha mãe ainda arranjou para Christina um vestido roxo-claro, que assenta esplendidamente em sua silhueta esbelta, mas que é um pouco longo para o meu gosto... embora, agora que vejo todos os homens da sala virarem em sua direção, eu esteja bem feliz com esse detalhe.

Coloco minha mão na parte inferior de suas costas, e ela olha para mim. Não tivemos chance de conversar, e ela não se lembra de boa parte do que aconteceu hoje, incluindo o nosso beijo na minivan e como nós trabalhamos juntos para combater Race e seus homens. Eu realmente não sei como as coisas estão entre nós.

— Como está se sentindo? — eu pergunto, esperando que ela vá me dar uma dica.

— Como se tivessem jogado futebol usando a minha cabeça como bola — diz ela, com um sorriso corajoso. — Mas estou bem.

Eu me inclino e beijo-a na têmpora, aliviado por ela não se afastar.

— Não precisamos ficar muito tempo.

— Fique perto de mim, ok?

— Combinado.

Rufus está sentado na cabeceira de uma das mesas e levanta a caneca em nossa direção, gesticulando para nós nos juntarmos a ele. Seus cabelos brancos encaracolados estão formando cachos grossos e úmidos ao redor de sua cabeça; está muito quente aqui. Pode ser devido ao fogo que crepita na lareira no outro extremo da sala, lambendo a carcaça de um porco girando no espeto. Fico realmente com pena dos caras que perderam no jogo dos palitinhos e foram encarregados de rodar a manivela.

Minha mãe, que arranjou para si própria um vestido azul-claro com um decote reto, apresenta "Christina Alexander" e lança-me um significativo olhar de *tenha cuidado*, antes de ir cumprimentar Esther e um cara pálido, que suponho ser o marido de Esther, mas que também pode ser seu irmão ou um primo em primeiro grau. Tremo, tentando não pensar em exatamente quanto de consanguinidade pode produzir tantos casos de xerodermia pigmentosa.

Rufus cumprimenta Christina com um aperto de mão de avô. Se eu já não soubesse que ele odeia Brayton Alexander com uma feroz intensidade, nunca teria imaginado isso pela forma como ele está tratando a "sobrinha" de Brayton.

— Estamos tão felizes que você tenha se recuperado totalmente, moça — ele diz a ela, acariciando-lhe a mão. — Que notícia maravilhosa...

— David é um excelente médico — Christina responde, com um sorriso resplandecente. Ela está usando seu charme como uma cota de malha, e agora eu entendo por que ela queria se arrumar para esta noite. Não era por vaidade. Era por necessidade de se proteger.

Rufus balança a cabeça afirmativamente e, depois, dá uma olhada em David, que está "pilotando" um dos barris e não tira os olhos daqui.

— Ele sempre foi um menino inteligente. É filho de minha irmã mais nova. — Ele faz um pequeno sinal da cruz sobre o peito, o que me faz supor que ela faleceu. Gostaria de saber se ela tinha a mesma doença de seu filho, ou se ela era apenas uma portadora assintomática.

A música começa de repente, um piano tocado por uma mulher de uma palidez fantasmagórica e uma rabeca nas mãos de um garoto que não parece ter mais do que 10 anos. Um cara da minha idade arrasta uma garota um pouco mais velha com um vestido florido para o meio do salão, e eles começam a dançar.

Eu me sinto como se tivesse entrado num filme sobre a conquista do Oeste.

Rufus me dá um aceno de cabeça.

— Leve a sua garota para a pista de dança antes que eu a roube de você — diz ele, quase alegremente. Então, pisca para Christina, cujos dedos se fecham sobre a minha manga.

Tento ler sua expressão. Ela está sorrindo, mas, mesmo sob as luzes quentes, ela parece pálida.

— Não tenho certeza de que ela...

— Você está dizendo que não quer dançar comigo, Tate Archer? — pergunta ela em tom de brincadeira. Seu aperto em meu braço não diminuiu.

Enrosco meu braço ao redor da cintura dela.

— Bem, já que você está torcendo o meu braço...

Ela mostra a língua para mim enquanto descemos os degraus de lajotas de pedra em direção à pista de dança. É um gesto adorável e tão familiar, o tipo de coisa que ela fez para mim mil vezes, do outro lado da multidão numa lanchonete lotada, ou quando está correndo pelo campo de futebol, e enche meu peito da mais pura e radiante felicidade. Eu a levo para a pista de dança sem olhar para trás, para Rufus. Tudo que me importa agora é a garota ao meu lado.

Nós nos juntamos aos dançarinos em frente à lareira. A maioria deles é de jovens, da nossa idade ou um pouco mais velhos, e eles dançam como... bem, como se essa fosse a única coisa que eles tivessem para se divertir aqui. Eles giram em torno de nós com pés ágeis, passos velozes, sorrindo, rindo e... nos avaliando. Christina e eu estamos mais acostumados com o tipo de cenário em que você só fica pulando para cima e para baixo com os braços no ar. Ou melhor: eu estou. Ela é um pouco mais graciosa. Os caras ao nosso redor parecem estar percebendo.

Vejo mais de uma menina fazendo beicinho de despeito enquanto seu parceiro fica olhando para Christina.

Passo o meu braço em volta das costas de Christina e acaricio seu rosto com os dedos.

— Você está linda.

Minha respiração trava quando ela levanta a cabeça e me aprisiona com seus olhos azul-escuros. Neles, eu vejo o fogo. Não o reflexo das chamas da lareira, mas a parte dela que eu tanto temi haver perdido com o tiro hoje. A parte dela que me derruba e me faz seguir em frente ao mesmo tempo.

Christina sorri; parece saber o efeito que ela tem sobre mim, e acho que ela gosta disso. Ela ergue a mão e afasta o meu cabelo da testa.

— Assim como você — sua boca se mexe formando as palavras, mas sem produzir som. Em seguida, ela se afasta e segura a minha mão, enquanto move os pés no passo quadradão que a maioria das pessoas na pista está executando agora. — Vamos arrasar no nosso baile de formatura! — diz ela, rindo.

Dou o melhor de mim para acompanhá-la, mas, na verdade, sou patético. O que é bom, pois isso a diverte e a mantém rindo. Normalmente, eu não sou assim tão desajeitado, mas Christina é uma poderosa distração. Não por ela estar linda, embora esteja mesmo. Mas porque ela está aqui, viva, consciente, e por estarmos, ao menos por ora, a salvo. Com toda a segurança aqui, é difícil acreditar que Race Lavin possa invadir o lugar. Estranhamente, agora, o nosso baile de formatura parece algo possível, como se pudéssemos sair deste lugar e irmos direto para lá, como se não fosse assim tão difícil deixar tudo isso para trás e retomarmos novamente nossas vidas do ponto em que estavam na semana passada.

Os outros dançarinos nos deixam monopolizar o centro da pista, enquanto giram freneticamente ao redor do perímetro. Christina e eu ficamos juntinhos e não ousamos nos passos. Vez ou outra, ela vacila. Esta noite, ela ainda não está muito firme das pernas, e eu mantenho meus braços em torno dela, pronto para sustentá-la se ela cair.

Mas nem chego a ter uma dança completa com minha namorada antes de o primeiro cara reclamar sua vez com ela. Ele é mais baixo do que Christina uns três centímetros ou mais, e cerca de duas vezes mais largo. Ele dá uns tapinhas no meu ombro e, em seguida, aperta minha mão com muita força para mostrar que é macho e coisa e tal, e eu tenho vontade de puxar pra guarda como se estivesse em um torneio de jiu-jítsu e lhe ensinar uma ou duas coisinhas. Em vez disso, sorrio e aperto de volta. E tudo bem... talvez eu me incline um pouco sobre ele para lembrá-lo do maldito *hobbit* que ele é, mas, então, dou um passo para o lado e apresento-o para Christina.

Afinal de contas, ela é a razão pela qual ele está aqui.

Ele a convida para dançar, e eu pergunto a ela:

— Você está pronta para isso?

Ela inclina a cabeça e sorri para o *hobbit*.

— Você vai ter paciência comigo?

Ele abre um enorme sorriso.

— Sim, senhora.

Ele agarra sua mão, porém de forma muito mais suave do que fez com a minha, felizmente. Então, fico vendo eles dançarem uma valsa, ou uma jiga, ou seja lá o que for, e ela está rindo e pisando em seus pés, e ele está olhando para o rosto dela com um olhar que me lembra desagradavelmente do cara que estava se masturbando dentro do carro.

Eu me retiro da pista de dança, mas mantenho um olhar atento sobre Christina, pensando que devo pôr um fim na fantasia do *hobbit*. Alguém empurra uma caneca de cerveja em minha mão.

— Acho que ela pode lidar com ele — diz Rufus, com uma risada áspera. — Venha até aqui e me faça companhia.

Eu o sigo pelos degraus em direção às mesas e vejo de relance minha mãe conversando amigavelmente com um grupo de mulheres de meia-idade de bochechas vermelhas, que ficam girando a cabeça e me avaliando com olhares que me dão arrepios. Do tipo ruim.

Quando chego à mesa, outro alguém que não eu já interrompeu a fantasia do *hobbit*, um cara com ombros enormes, que parece que poderia partir o garoto em dois. O *hobbit* cede a mão de Christina e fica olhando com um ar ressentido enquanto Fortinho rapidamente sai rodopiando com ela. Minha mão aperta a alça da caneca de cerâmica. Parece que pulamos direto de um filme de pioneiros para a edição caipira de *The Bachelorette.*

— Nós educamos nossos meninos para serem cavalheiros — Rufus diz para mim. — Só que é raro eles terem uma chance como essa para demonstrá-lo.

Ergo a vista para Rufus, para o brilho alegre, mas afiado como navalha nos olhos dele. Este é o seu império, quase um quilômetro de extensão, quase completamente autossuficiente, cercado por uma barreira invisível, porém letal, que mantém o resto do mundo *lá fora*. Que tipo de homem constrói seu próprio reino assim? O que o levou a fazer isso?

— Há quanto tempo você está aqui? — pergunto.

Ele termina sua caneca e a coloca sobre a mesa com estrondo. Seu bigode está coberto de espuma.

Cerca de oitenta anos atrás, meu avô decidiu manter nossa família na clandestinidade. Foi depois do assassinato de Cermak, na verdade. Após os H2 deixarem claro que viriam atrás de nós de uma forma descarada, pública, se saíssemos da linha. Estivemos em alguns outros lugares, mas aqui especificamente? Ah, talvez quarenta anos. Meu pai me mandou para a faculdade, e eu trabalhei para a Black Box por um tempo. Voltei cerca de vinte anos atrás, mas fiquei envolvido com a empresa até que percebi quão corrupta ela se tornou.

Ele olha para a minha caneca. Tomo um gole e fico surpreso pelo sabor ser tão bom. Tomo outro gole e, então, falo:

— Então... a Black Box...

— É uma fachada. Um meio de renda para as Cinquenta famílias, bem como uma fonte de poder e influência para contrabalançar a ameaça do Núcleo. Mas a ação pra valer acontece nos bastidores... nossos melhores cérebros, pensando dois passos à frente. Ou, no caso de seu pai, quatro passos à frente. A Black Box foi concebida como o meio de nos protegermos quando o Núcleo decidir nos eliminar, embora alguns idiotas acreditem que isso nunca vá acontecer — ele resmunga. — Você tem jeito para mecânica, como o seu pai.

Dou de ombros.

— Mais ou menos.

— Não seja modesto. Fred estava orgulhoso de você. A última vez que o vi, ele me disse que você tinha inventado um sistema de transferência de líquidos para montagem de sequências de DNA usando algumas peças de Lego suas, automatizadas.

O calor sobe pelo meu pescoço. Meu pai contou a ele sobre isso?

— Foi apenas um projeto de colégio. — Do qual agora detenho a patente.

Ele ri.

— Igualzinho ao seu pai. Os H2 foram capazes de dominar este planeta porque estavam séculos à frente de nós em termos de tecnologia. Podem ter perdido sua tecnologia quando aterrissaram todas as suas naves espaciais no oceano, mas eles sabiam o que estavam fazendo.

— Pelo que minha mãe me disse, eles recuperaram a maior parte dos destroços.

Ele arqueia uma sobrancelha.

— Exceto a que os Archer encontraram. Com sua descoberta, seu pai deu-nos o poder de distinguir facilmente inimigo de amigo. Ele nos deu a capacidade de controlar nosso destino.

Fico observando os dançarinos enquanto penso sobre isso. Rufus quer usar o *scanner* da mesma forma que ele acha que os H2 fariam. Não estou bem certo de que acredito na ideia de que os H2 extinguiriam os seres humanos, pois do que adiantaria essa mudança? A maioria dos H2 sequer sabe o que eles são, e a população humana está decrescendo a cada dia. E, no entanto, o Núcleo está atrás do *scanner* como se fosse algo de que precisam desesperadamente; por isso, num ponto eu concordo com Rufus: eles não o querem simplesmente para tê-lo. Eles querem usá-lo.

Então, no que o meu pai queria usá-lo? Rufus está falando como se soubesse exatamente o que o meu pai estava fazendo, mas ele pode estar mentindo como Brayton. Entretanto, gostaria que ele *realmente* soubesse mais sobre as atividades do meu pai, porque, nesse caso, eu poderia perguntar a ele sobre Josephus. Poderia perguntar-lhe como e por que o meu pai tinha os números atualizados continuamente da população dos H2 e dos seres humanos... incluindo aquelas quatorze anomalias que indicavam que as contagens na tela em seu laboratório não eram estimativas matemáticas... eram dados em tempo real. Por outro lado, como eu não confio nesse cara, vou manter minha boca fechada.

Rufus entrega sua caneca para uma menininha, que dispara com ela em direção ao barril, para que David possa reabastecê-la. Em seguida, ele olha para a pista de dança. Para Christina, que agora é conduzida por um cara que tem um pomo de adão do tamanho do Brooklyn.

— Você não vai muito com a cara de Brayton Alexander, né? — digo.

Sua boca se contorce num beicinho de escárnio que não combina nem um pouco com sua aparência bonachona de Papai Noel.

— Filho da mãe *degenerado*, ganancioso e egoísta — ele rosna. — Quando ele começou a vender invenções para o Núcleo, incluindo algumas das de seu pai, eu caí fora.

Estou começando a desejar que a minha mãe tivesse dito que Christina é uma McClaren.

— Minha mãe disse que ele só vende coisas aprovadas pelas Cinquenta, que há outras coisas que ele não está autorizado a vender.

— Você acha mesmo que ele está seguindo essas ordens? Outros membros das Cinquenta podem me chamar de paranoico, porém eu os chamo de estúpidos e ingênuos. — Rufus pega a caneca reabastecida das mãos da menininha e agradece a ela dando-lhe um beijo com "cosquinha de bigodes" na bochecha dela. — Poucos deles levam a ameaça a sério. Eles acham que é melhor cooperar com o Núcleo, que é mais provável que os H2 nos deixem em paz se mantivermos o seu segredo. Apaziguamento é como eu chamo isso. Eu me pergunto o que eles vão pensar se o Núcleo se apossar do *scanner*. Eles vão ver como os H2 realmente são.

— E você sabe como eles realmente são?

— Sem dúvida. — Os olhos de Rufus refletem o grande fogo do outro extremo do salão. — Assassinaram um dos meus antepassados, e os Bishop nunca esquecem. Ontem como hoje, os H2 não passam de alienígenas sedentos de sangue, e esses malditos têm que cair fora do meu planeta.

DEZOITO

FICO OLHANDO PARA RUFUS, ME PERGUNTANDO SE ELE REALMENTE falou sério. Se tivesse recursos, ele iria travar uma guerra com os H2? Ele realmente acha que os seres humanos poderiam vencer? Ele fala como se conhecesse o meu pai, mas o meu pai disse com todas as letras que o *scanner* poderia evitar o conflito entre espécies, não causá-lo.

Meu olhar se desloca para a minha mãe, que está tomando goles cautelosos de sua caneca. Sei que ela nos trouxe aqui porque Christina precisava de socorro imediato, e levá-la a um hospital significava entregá-la a Race e seus capangas. Mas, de repente, eu me pergunto se essa alternativa é de fato melhor. Ela esperava que pudéssemos passar por aqui e ir embora rapidinho, mas, agora, estamos presos. Rufus tem o *scanner*, e suas intenções não parecem ser melhores do que as de Race ou Brayton. E se ele descobrir que Christina é um deles...

Um par de joelhos bate nos meus, e fico tão assustado que quase deixo cair minha caneca. Em pé, diante de mim, há uma garota. Sua impressionante comissão de frente está a centímetros do meu rosto.

— Quer dançar? — pergunta ela, sem fôlego.

A gargalhada de Rufus sacode a própria barriga e a mesa. Fico feliz que ele ache isso engraçado.

— Vá em frente, rapaz — diz ele, dando um empurrão no meu ombro. — Seja um cavalheiro e não a desaponte.

Passo a meia hora seguinte, ou um pouco mais que isso, rodando de mão em mão entre garotas Bishop de todas as formas e tamanhos, enquanto assisto Christina sofre o mesmo suplício com os garotos, embora eles pareçam ser mais respeitosos. Sigo os passos de dança aos trambolhões e me esforço para não cair. Estou sendo arrastado pela pista por Yolanda, cujos dedos travessos estão tentando se enfiar pelo meu cinto, quando vejo Christina desabar no chão. Num instante estou ao seu lado, quase levando os dedos de Yolanda comigo.

O último parceiro de Christina está agachado do outro lado dela:

— Ela só caiu, cara, eu sinto muito.

Christina segura a cabeça entre as mãos e se encolhe quando o parceiro de dança tenta levantá-la.

— Dê-lhe um minuto — eu intervenho, segurando-me para não socá-lo. Não estou com raiva dele, não de verdade; ele é simplesmente o alvo mais conveniente.

Ele ergue as mãos como se estivesse se rendendo:

— Como eu disse, me desculpe.

Uma mão lhe dá uns tapinhas no ombro, e ele abre caminho para dar passagem a David, cujo rosto pálido é quase translúcido à luz fraca do fogo.

— Ei, Rainha do Baile — diz ele gentilmente para Christina: — Acho que você exagerou.

Christina geme baixinho.

— Meu Deus, parece que minha cabeça vai explodir — ela sussurra.

— Hora de mais Tylenol — David anuncia.

— Malditos H2, cara — diz o *hobbit*, que está parado ao lado da lareira, a poucos metros de distância.

Christina vacila, e David, que tem a mão em seu braço, lança-lhe um olhar preocupado.

— Eles não tinham motivo para atirar numa garota, mas acho que não devemos nos surpreender que o tenham feito. Isso me dá vontade de sair numa pequena expedição de caça — Fortinho diz, enquanto observa David e eu levantarmos Christina.

Christina apoia a testa coberta de suor frio em meu peito, e eu a sinto tremer quando ela desliza os braços em volta da minha cintura. Não sei se ela está com medo ou doente, mas, seja o que for, ela precisa de mim. Coloco o meu braço em torno de suas costas e abraço-a firmemente.

— Por hoje, chega de dança para a Rainha do Baile — anuncio, e levo-a até as mesas para se sentar, deixando para trás vários meninos Bishop decepcionados. Minha mãe nos recebe no topo dos degraus. — Pode nos trazer um pouco de água? — pergunto. — Não acho que ela deva beber cerveja.

Minha mãe assente com a cabeça e sai para buscar a água, dandome a chance de acomodar Christina numa cadeira. A música está recomeçando, agora que já não somos o foco de entretenimento.

— Você não precisa ficar me rondando — diz Christina, mas ela já está com a cabeça entre as mãos novamente.

— Foi esforço demais — digo em voz baixa. — Você não deveria ter vindo.

— Nós tínhamos que vir. — Ela baixa as mãos do rosto. Parece que ela precisa dormir por uma semana inteira, direto; vejo agora que toda essa energia de flertes antes era apenas um disfarce elaborado. — Sua mãe me disse que eles realmente se ofenderiam se não viéssemos.

— Mas você...

— Ela disse que não importava. — Ela me sorri debilmente, entretanto deve perceber a raiva crescente em meus olhos porque acrescenta: — Mas ela foi gentil.

David senta-se na cadeira do outro lado de Christina.

Ele está consideravelmente menos suado do que os outros caras, porque não estava dançando. Eu me pergunto por que ele não convidou Christina quando teve a chance.

— Tylenol — diz ele, oferecendo-lhe um copinho de papel com a medicação e um sorriso bobo.

— Eu gostaria de tomar algo mais forte — diz Christina.

Ele encolhe os ombros se desculpando.

— Isso é tudo o que posso lhe oferecer. — Seus olhos estão cravados no rosto de Christina. — Sinto muito que você teve de fazer isso. Você deveria estar na cama.

Aposto que ele não a chamou para dançar porque achou que não era bom para ela. Esse cara está me matando. Não consigo me decidir se quero socá-lo por olhá-la assim ou cumprimentá-lo por tentar cuidar dela.

Estou me lembrando de ser agradável quando minha mãe aparece com a água. Ela a entrega para Christina e se inclina, olhando-a nos olhos.

— Logo, logo você vai estar se sentindo melhor, não vai?

— Sim — murmura Christina. — Obrigada. — Sua mão treme enquanto ela coloca os comprimidos na boca e os engole com a água, e isso me faz querer empurrar e gritar e afastar todo mundo dela, incluindo a minha mãe.

Entretanto, quando minha mãe passa por mim, ela me lança o mesmo olhar que lançou à Christina, só que dessa vez consigo interpretá-lo melhor. *Não faça nada para ofendê-los, e sairemos bem dessa.*

Mesmo que a radiante felicidade que senti tenha se derretido em meu peito, deixando apenas um resíduo amargo, concordo. Então, puxo Christina para perto de mim e deito sua cabeça em meu ombro.

No jantar, ficamos sentados perto da cabeceira da mesa principal. Estou ao lado de Rufus, e minha mãe está na minha frente. Christina senta-se do meu outro lado, parecendo um pouco melhor depois da segunda dose de Tylenol, embora ela só esteja ciscando no prato, fingindo que come. À sua esquerda, está um cara que Rufus nos apresentou como seu filho mais velho, e que parece ter apenas alguns anos mais do que eu. Como tantos outros ali, Aaron Bishop tem cabelos ruivos, mas seus olhos são verde-escuros e sua pele é bronzeada. Rufus sorri orgulhosamente quando o olha, o que basta para eu adivinhar que Aaron é o próximo na linha sucessória do trono Bishop.

Ele se inclina em direção a Christina, para nos falar a ambos. — Meu pai me disse que vocês escaparam do Núcleo. Isso deve requerer habilidades muito especiais.

— E muita sorte — eu digo —, mas, mesmo assim, obrigado.

Ele sorri.

— Gostaria de poder ter estado lá, cara. Eu daria o meu braço esquerdo para poder pegar esses caras. Ou qualquer H2, aliás. — Aparentemente, Rufus transmitiu ao filho seu ódio por todos os H2.

E talvez a cada Bishop nesta sala. De repente, perco o pouco apetite que tinha.

Christina fica tensa.

— Isso não é... tipo... a maioria da população?

Ele a olha como se ela fosse bonita, porém burrinha.

— Exatamente.

O irmão mais novo de Aaron, Steven, um dos muitos parceiros de dança de Christina e que agora está sentado ao lado de minha mãe, coça uma crosta escura e dura no rosto pálido e sardento e ri:

— A sociedade tá indo pro saco.

— Eu não sei como vocês convivem com isso — diz Aaron. — Fico doente só de pensar sobre isso, estar cercado por eles todos os dias.

— Nós não sabíamos que estávamos — digo sinceramente. — Quando foi que você descobriu?

— Não escondemos a verdade de nossas crianças — diz Rufus.

Minha mãe toma um gole de cerveja de sua caneca e, em seguida, coloca-a sobre a mesa:

— As outras famílias não contam aos filhos até eles terem, pelo menos, 16 anos. Não até que eles possam suportar o segredo e a responsabilidade que vem com ele. Isso torna mais fácil viver no mundo. Imagine uma criança dizendo aos seus colegas que ela é um ser humano e que alguns deles são alienígenas. Imagine uma estudante do ensino médio fofocando com as amigas sobre isso... e pense na rapidez com que os rumores se espalham hoje em dia. Essas indiscrições poderiam trazer graves consequências para todos os envolvidos. Se o Núcleo ficasse sabendo, talvez eles tomassem providências. Mesmo contra o mais novo de nós. — Ela olha diretamente para mim. Não é uma desculpa, apenas uma simples explicação. Não consigo ficar zangado com ela por isso, porque sei o que aconteceu assim que o Sr. Lamb ligou para Race Lavin. Mas eu me pergunto: como teria sido se eu soubesse? Eu teria sido amigo de Will? Teria saído com Christina? Gostaria de dizer que teria, mas, se eu tivesse sido criado como Aaron, eu seria tão diferente dele?

— A ignorância e a felicidade andam lado a lado — diz Aaron num tom de falsa simpatia. Não sei por que o tom da conversa mudou tão rapidamente, mas certamente mudou. Aaron parece que está morrendo de vontade de brigar.

Minha mãe crava os olhos nele.

— Existem muitos tipos de ignorância. Os integrantes do Núcleo têm sido historicamente nossos inimigos, porém o restante dos H2 é inocente.

O sorriso de Aaron é nojento e eu odeio o jeito como ele está olhando para minha mãe, como se fosse melhor do que ela.

— É mais fácil confraternizar com o inimigo do que se levantar e lutar contra ele, acho.

— É isso que você está fazendo aqui? — Christina retruca.

Seguro a mão dela e a aperto.

Rufus ri alto, embora seu olhar passeie sobre Christina de uma forma que me faz sentir um calafrio de medo.

— Não aborreça os nossos convidados, rapaz — ele fala para Aaron; porém não há um pingo de censura nele. Na verdade, acho que ele está orgulhoso do filho.

Rufus bate a caneca vazia sobre a mesa algumas vezes, e o recinto fica em silêncio.

— Estamos aqui hoje para homenagear um homem que vocês nunca conheceram — diz ele, em voz alta. — Mas eu o conheci e posso dizer-lhes que ele era digno de honra.

Minha garganta está ficando apertada. Engulo a dor e sento-me ereto, tentando parecer um cara que merece ter um pai como Fred Archer, mesmo que eu tenha passado a metade do meu tempo com ele ressentido de cada partícula de seu ser, não importa quanto isso fosse injusto. Olho para a minha mãe e vejo que ela enterrou fundo os seus sentimentos esta noite. Gostaria de saber o que ela está pensando, porque isso poderia me ajudar a descobrir o que está acontecendo dentro de mim. Christina parece sentir os tremores debaixo da minha superfície. Seu polegar acaricia a palma da minha mão.

Rufus está de pé atrás da minha mãe agora. Seus dedos se fecham sobre o encosto da cadeira.

— Fred era um dos últimos Archer, que um dia formaram uma família poderosa, que durante séculos carregaram e guardaram as provas do que realmente aconteceu quando alienígenas invadiram o nosso planeta. Fred Archer era um cientista. Talvez mais do que o restante de nós, ele entendia o que significa ser humano.

Enquanto ele fala sobre os primórdios idealistas da Black Box, eu me sento aqui, sofrendo. Nunca terei a oportunidade de falar com o meu pai sobre nada disso. Ele não está aqui para me dizer o que fazer, para explicar as coisas para mim, para me dizer em quem confiar.

Rufus arfa e passa com sua enorme pança por trás da cadeira da minha mãe, caminhando em direção à cabeceira da mesa.

— Mais do que nunca, precisamos de homens como Fred Archer, que entendeu a superioridade da nossa espécie e a importância de defendê-la.

A *superioridade da nossa espécie*... Olho para o pesado entalhe de madeira em cima da lareira, e agora sei onde já vi isso. Nos meus livros de história. Não é o mais conhecido dos símbolos arianos, mas, definitivamente, é um deles: a runa de Odin. Engulo em seco e seguro Christina.

Os Bishop não se isolaram porque têm medo. Eles fizeram isso porque pensam que são melhores. Eles não são supremacistas brancos; são supremacistas *humanos*.

Era nisso que o meu pai acreditava?

Olho para a minha mãe, cuja expressão é pétrea. Seus olhos estão voltados para Rufus, porém não tenho certeza de que ela realmente o vê. Christina está segurando minha mão com tanta força que chega a tremer. Provavelmente, porque ela pode ver o ódio pelos H2 faiscando nos olhos de quase todos na sala.

Rufus dá mais um passo para o lado e coloca a mão gorda no meu ombro.

— Este jovem é agora o último dos Archer, o responsável pelo legado de seu pai, por continuar a sua linhagem, por manter a pureza de seu sangue.

Christina fica praticamente paralisada.

E aí, Rufus ergue a outra mão no ar. Viro-me no meu lugar para poder ver os seus olhos, que reluzem com uma expressão gélida e mortífera.

Ele está segurando o *scanner*.

— E ele nos trouxe isto! — Ele o liga e passa-o sobre a minha cabeça, e reflexos de luz azul brilham nos talheres, enquanto meus batimentos cardíacos elevam-se a níveis estratosféricos. — Fred Archer nos deu o poder de identificar em quem podemos confiar e em quem não podemos. Este é o seu último presente para nós. Quando a luz é azul, você está olhando para um ser humano puro-sangue!

Não há nada que eu possa fazer. Não existe maneira de eu conseguir parar isso. Parece que meu mundo está se desenrolando em câmera lenta enquanto ele agita o *scanner* sobre a fileira de pessoas sentadas a minha frente: minha mãe, seu filho mais novo, David... fachos de luz azul se sucedem do outro lado da mesa, e todos começam a bater palmas.

Então, ele passa o *scanner* sobre a cabeça de Christina.

Ela olha para mim com horror quando raios de luz vermelha atravessam seu rosto.

DEZENOVE

DEPOIS DE UM SEGUNDO DE TOTAL IMOBILIDADE, METADE DAS PESSOAS na mesa se levanta, enquanto o restante permanece sentado, de olhos arregalados, como se levasse um pouco mais de tempo para processar que há um H2 entre eles. Aaron se move mais rápido do que os outros; ele agarra o braço de Christina e puxa-a para si. Agindo por reflexo e raiva, eu o atinjo com um golpe na garganta que esbugalha os seus olhos e o deixa ofegante. Ele a solta e eu a afasto, jogando a cadeira dela na direção de outros dois que empurram Aaron para o lado para chegar até Christina.

Rufus me agarra pelo colarinho da camisa e me dá um forte puxão. Minhas pernas se embaralham na minha própria cadeira, e eu caio para trás violentamente. Christina cai por cima de mim, enquanto minha cabeça bate com força no chão de madeira.

Quando eu paro de ver estrelinhas, a minha mãe está de pé sobre nós.

Não sei de onde ela tirou a arma, mas suponho que ela roubou-a de alguém; e ela a segura apontada para a cabeça de Rufus.

Um dos gêmeos está de pé ao lado dele, e sua arma está direcionada para o rosto de minha mãe.

— Como você se atreve? — ofega Rufus, apontando com o *scanner* para mim e Christina, prismas cristalinos de luz azul e vermelha dividindo-se sobre os nossos corpos. — Como você ousa trazer essa criatura aqui?

A respiração de Christina não passa de suspiros agudos, e ela se agarra em mim como se estivesse se afogando. Com meus ouvidos ainda zumbindo, levanto, trazendo-a comigo, mantendo meus braços em torno dela, protegendo-a de qualquer maneira que eu posso. Há um grupo de Bishop atrás de nós, ao nosso lado, para onde quer que eu me vire, e sei que não há saída para essa situação. Eu seria capaz de lutar contra alguns, porém há quase uma centena deles e só três de nós.

Quando meus olhos se reorientam, a primeira coisa que noto é David, que parece alguém que acabou de levar um chute no saco. Seus olhos injetados estão colados em Christina, e eu dou um passo para o lado, de modo que, agora, nós dois estamos completamente atrás de minha mãe.

— Ela nem sabia que era uma H2 até um dia atrás — minha mãe diz num tom altivo e imponente. — Ela não faz parte dessa luta, mas salvou a vida do meu filho várias vezes, com grande risco para ela própria.

— Não posso deixá-la ir embora. Agora ela sabe sobre nós — Rufus sibila. — Ela poderia alertar o Núcleo sobre a nossa localização.

— Da mesma forma que nós também poderíamos — minha mãe retruca. — Mas isso não vai acontecer. Eu prometo.

— Mas ela é H2! — o *hobbit* grita.

— Sim, mas *eles* a trouxeram aqui — diz Fortinho, cravando os olhos em mim.

— É contra o estatuto social das Cinquenta prender os próprios membros contra sua vontade — responde uma mulher de rosto duro ao lado de Rufus. Ela aparenta desejar que fosse permitido, no entanto.

— Assim como também é contra o estatuto ameaçar ou colocar em perigo outro membro das Cinquenta! — alguém grita da multidão. — E trazendo essa *coisa* para o nosso complexo seguro, eles colocaram em perigo *todos* nós!

Há um murmúrio de aprovação da multidão. A mulher de rosto duro cutuca Rufus.

— Mas se Angus descobrir... — Seus lábios continuam se movendo, porém o que ela diz a ele é abafado pelos gritos dos outros Bishop.

Aaron, que ainda está esfregando a garganta, dá um passo em minha direção, tentando contornar a minha mãe, porém ela muda instantaneamente sua posição, de modo a poder mirar a cabeça dele, ao mesmo tempo que fica de olho nos gêmeos armados.

— Eu sei que você é esperto demais para eliminar o último membro da linhagem Archer — diz ela. — Transformar as Cinquenta em as Quarenta e Nove não seria uma jogada popular para qualquer patriarca, presente ou futuro. Vocês não seriam a primeira família a ser condenada ao ostracismo. Quanto tempo vocês sobreviveriam sem a renda e a proteção que as Cinquenta proporcionam, Rufus?

A cara de Papai Noel de Rufus está vermelha como uma cereja, as veias estufadas, a boca balbuciando algo para si mesmo.

— Você violou a santidade da minha casa! — ele ruge, sobressaltando os demais Bishop, todos em silêncio.

— Pedimos desculpas por abusar de sua hospitalidade — minha mãe responde friamente. — Não o teríamos feito se a situação não fosse desesperadora.

— Abaixe a arma — rosna Rufus, e eu percebo que ele está se dirigindo aos gêmeos, que obedecem imediatamente. — Mitra — ele resmunga, querendo que ela faça a mesma coisa.

Com a arma ainda apontada para a cabeça de Aaron, minha mãe se vira para olhar para Rufus. Não posso ver os olhos dela, mas consigo ver os dele. Toda a sua alegria evaporou, consumida por seu ultraje. Parece que seu maior desejo é matá-la. Dolorosamente. Isso me tira o fôlego. Não tenho certeza de que nosso *status* de membros das Cinquenta vale muito coisa neste momento. Em meio ao silêncio tenso imposto pela expectativa, quase posso ouvir o embate das vontades, a batalha sem palavras travada entre os dois, que entendem o mundo onde vivemos muito melhor do que qualquer outra pessoa na sala. Minha mãe parece tão pequena, tão insignificante sob a sombra da ira de Rufus...

Mas então... Rufus pisca.

Os ombros de minha mãe relaxam, mas só um pouco.

— Você vai cuidar para que saiamos daqui em segurança — ela diz. Ela ainda não baixou a arma. — Você vai nos ceder um dos seus veículos, e nós iremos embora.

— Timothy! — Rufus berra, sem tirar os olhos da minha mãe. — Dê-lhes as suas coisas e leve-os até o estacionamento. O restante de vocês, recue.

Inacreditável. Aaron, o irmão, os gêmeos... todos dão meio passo para trás, e eu posso respirar de novo. Christina desmorona em meus braços, o alívio é demais para ela. Eu me sinto da mesma maneira, mas consigo manter nós dois em pé.

— Matem a H2! — vem um gritinho esganiçado lá do fundo. É Theresa, que está em pé sobre uma cadeira, apontando direto para Christina. É uma infantilidade, um gesto patético, mas, imediatamente, um burburinho de aprovação corre por toda a sala. Eu já não sinto nem um pouco de pena dela.

Especialmente quando olho em volta e constato o efeito que essa garota magra e estúpida causou. Todos esses Bishop, criados no ódio e na ignorância... O pavio que ela acendeu é curto e leva apenas um instante para a multidão ao nosso redor se inflamar. Mãos surgem de todos os lugares, por trás de mim, de ambos os lados, agarrando Christina. Ela grita de dor quando alguém arranca um punhado de seu cabelo. Eu ataco, com cotovelos e joelhos, afundando o estômago de um cara contra a sua espinha vertebral, partindo o joelho de outro. Mas nem de perto é o bastante, porque, alguns segundos depois, Christina é arrancada do meu lado.

Ela arqueia para trás à medida que a levantam, todo mundo tentando reivindicar um pedaço dela, todos eles tentando puni-la pelo crime de ser uma H2. Mesmo que pelo menos três pessoas tenham os dedos enredados em seu cabelo, ela consegue virar a cabeça. E me vê. Ela pisca, e as lágrimas rolam pelo seu rosto enquanto ela estende uma mão trêmula em minha direção. A agonia em seus olhos extrai um som estranho e animalesco de minha garganta. Eu invisto contra o mar de corpos, lutando para chegar até ela, minha mente é uma parede sólida de pânico. Estou prestes a vê-la dilacerada. Eu nunca me senti tão impotente.

Algo bate duro na lateral da minha cabeça e dispara bombas dentro do meu crânio, flashes brilhantes de dor ardente. Caio de joelhos e, através do ribombar em meus ouvidos, ouço a voz da minha mãe. Não mais imponente, ela está gritando também. Uma palavra, de novo e de novo.

O meu nome.

Tento ficar em pé, mas alguém me dá um soco e volto a cair.

Estou perdendo. Estou perdendo Christina. Perdendo tudo. Eu sou...

Quando um tiro é disparado, todo mundo paralisa.

— Ponham-na no chão ou *ele* vai para o chão — minha mãe grita.

Um espaço se abre a minha volta, e eu me coloco em pé, afastando com um safanão as mãos que parecem tentar me ajudar a levantar. Não dou a mínima. Tudo o que me importa é...

Christina corre para mim, chorando, e eu mesmo deixo escapar um soluço quando a puxo para o meu peito. Minhas mãos estão tremendo enquanto eu a acaricio, tentando me certificar de que ela está lá, que não existem pedaços seus faltando. Depois de alguns segundos, consigo tirar meus olhos dela e olhar ao redor. Uns cem pares de olhos estão sobre a minha mãe, que está de pé perto da parede, com o cano de sua arma colado à têmpora de Aaron Bishop. Examino o chão ao redor, à procura de quem levou o primeiro tiro, mas, depois, percebo que ela deve ter disparado para o alto.

Respirando com dificuldade, Rufus ergue os braços, e a luz do *scanner* brilha sobre os rostos pálidos de sua família.

— Nós vamos ter a nossa vez! — ele grita. — Eu prometo que nós vamos ter a nossa vez.

Então, ele se vira para nós e gesticula indicando para Timothy entregar a bolsa de minha mãe a ela e a mochila de Christina.

— Esses três terão suas coisas de volta e poderão sair daqui em segurança em troca *disso*. — Ele agita o *scanner* para mim.

Em seus olhos, há um desafio. Ele espera que eu grite, que me oponha; posso ver tudo isso em seu olhar injetado de sangue. Ele não vai me matar porque sabe que haveria consequências para a sua família. Entretanto ele acha que sou um garoto idiota e está esperando que eu faça algo ousado para que ele possa me colocar no meu lugar. Cerro os dentes e seguro Christina, mas não desvio o olhar, mesmo quando os seus lábios se curvam num sorriso frio e calculista.

— Nem tão parecido assim com o seu pai, afinal de contas — diz ele. Vamos ver.

Minha mãe dá um passo para trás.

— Tate, hora de sairmos.

O trajeto até o estacionamento é muito parecido com andar na corda bamba em um fio de alta tensão. Nada menos que vinte rapazes Bishop nos cercam, e o que me irrita até não poder mais é que metade deles provavelmente começou a noite cobiçando Christina, e agora eles querem linchá-la em praça pública. Ela segue cambaleando corajosamente, mas desconfio que sobreviver a esses últimos minutos está consumindo as poucas forças que lhe restam. Sei que é uma atitude totalmente homem das cavernas, porém, depois de ela tropeçar nos próprios pés pela segunda vez, eu a pego em meus braços e a carrego. Normalmente, ela nunca permitiria algo assim; gostaria de manter a cabeça erguida e ir embora caminhando com as próprias pernas, mas, agora, ela coloca o braço em volta do meu pescoço e se agarra. David, que está caminhando silenciosamente ao nosso lado, ilumina o caminho à minha frente com o facho de sua lanterna.

Timothy entrega a bolsa de minha mãe para ela e as chaves de um carro.

— Sedã cinza, final da fileira — diz ele.

Minha mãe me dá as chaves. Ela está segurando a arma na outra mão.

— Entre no carro, Tate.

Abro a porta, e Christina praticamente mergulha para dentro. Ela coloca o cinto de segurança e, em seguida, traz os joelhos até o peito e encosta a testa neles, como se não pudesse enfrentar o mundo agora. Minha mãe se junta a nós um segundo depois. Ela me passa a arma.

— Segure isso para mim.

Não posso evitar achar esse momento surreal. Eu pensava que a minha mãe era do tipo intelectual pacífica, que não chegava perto de armas, enquanto o meu pai nunca ia à parte alguma sem uma... mas parece que ela é tão durona quanto ele.

Ela deixa o estacionamento e dirige lentamente até a estrada de cascalho. Espio pelo espelho retrovisor para verificar se há faróis atrás de nós, mas não vejo nenhum. Não chegamos a rodar um quilômetro e meio e eu me inclino para a frente e toco em seu ombro.

— Estacione.

— Tate...

— Você sabe que eu tenho que voltar lá e buscar o *scanner*.

— Não...

— *Mamãe*.

Ela leva o carro para o acostamento e desaba sobre o volante.

— Eu sei. Ele não deve ficar com o *scanner*.

Os dedos de Christina enroscam-se no ombro da minha camisa.

— O que vão fazer se pegarem você?

Acaricio o seu rosto com as costas dos dedos.

— Prefiro não pensar nisso. Mas eles não vão me pegar.

Na verdade, não sei se estou certo ou não. Só quero tornar as coisas mais fáceis para ela.

— Posso ficar com o telefone do papai?

Minha mãe tira o celular de sua bolsa e olha para ele.

— O GPS deveria estar funcionando, mas parece que Rufus tem algum dispositivo de interferência, porque não está pegando o sinal do satélite. — Ela guarda o aparelho de volta na bolsa. — Você vai se perder na escuridão.

— Vou improvisar, então. Passe as chaves para mim, um instante?

Ela as entrega a mim, e eu as uso para rasgar o tecido dos alto-falantes traseiros. Rompo a frágil grade de plástico que cobre o *woofer* e puxo-o para fora. Lembra um pouco um pequeno disco voador. Desprendo-o do feixe de fios e, em seguida, saio do carro, enquanto arranco fora as suas entranhas, expondo o ímã interno. Então, escolho duas pedras na beira da estrada e uso-as como cinzel e martelo para soltar o ímã.

Quando volto para o carro, Christina está olhando com um ar meio assustado, meio confuso, mas minha mãe sorri.

— Você está fazendo sua própria bússola.

— É isso aí. Você tem uma caneta?

Minha mãe mexe em sua bolsa e tira de lá uma caneta esferográfica. Arranco o pequeno prendedor de bolso metálico e imanto-o deslizando o ímã do alto-falante de um lado para outro, várias vezes.

— Acho que estamos cerca de um quilômetro e meio a sudeste do complexo. Não posso voltar pela estrada porque eles vão estar vigiando. Vou pela floresta a partir daqui. Não deve demorar mais do que 45 minutos neste terreno.

Ela me lança um olhar penetrante.

— Há segurança.

— Eu sei. Mas acho que conheço uma forma de furá-la.

Seus olhos permanecem em mim por alguns segundos. Sei que ela quer me deter, mas, então, percebo que não vai fazer isso. Ela acha que eu posso conseguir.

Uso a caneta para desenhar meu mapa na parte interna do meu antebraço e o estendo no ar para mostrar a ela.

— Parece correto?

Ela puxa meu braço e pega a caneta de mim. Depois de alguns segundos de rabiscos, ela me libera.

— Agora, está.

Olho para o meu braço e vejo que ela adicionou uma encruzilhada e mudou a orientação alguns graus.

— Tudo bem.

— Se eles pegarem você, diga-lhes que Angus McClaren está ciente de que estamos aqui e aguardando notícias nossas. E diga-lhes que fiquei de ligar para ele se você não voltar até o amanhecer. Ele irá congelar imediatamente todos os ativos dos Bishop. Vamos ver como Rufus protege sua família quando não tem um dólar em seu nome. — A escuridão não consegue esconder a ferocidade em seu rosto.

Lanço o ímã do alto-falante para o chão do carro. Não preciso dele agora que magnetizei o prendedor de metal.

— Bom saber. Só mais uma coisa?

— Do que você precisa? — minha mãe pergunta.

— Seu Valium.

— Por quê?

Arqueio minhas sobrancelhas.

— Nunca se sabe quando alguém que você conhece vai precisar de uma boa noite de sono.

Ela se cala enquanto me passa o frasco de comprimidos.

Christina segura a minha mão quando eu abro a porta de trás do carro.

— Vejo você em breve — ela sussurra e, em seguida, desvia o olhar e range os dentes, como se estivesse evitando falar algo mais. Sou grato por isso agora, porque, se ela me pedisse para ficar, eu teria muita dificuldade para deixá-la.

Aperto-lhe a mão.

— Sim, verá.

Sinto o ar da noite, doce e fresco, na minha pele, enquanto me ajoelho perto da vala cheia de água ao lado da estrada. As nuvens se dissiparam e a lua crescente prateada é refletida na poça negra aos meus pés. Uma velha garrafa de bebida está meio enterrada na lama. Tiro-a dali e consigo quebrar seu terço inferior, obtendo assim um copo com as bordas serrilhadas. Eu o encho com água e vou para a floresta. Com a luz da lua às minhas costas, traço o meu curso usando o mapa no meu braço e a bússola que fiz, largando o pedaço de metal da caneta no copo de água improvisado. Se eu ficar parado por uns instantes, o metal aponta para o norte. Isso me mantém orientado, e depois de uma longa e lenta caminhada, evitando algumas armadilhas dolorosamente óbvias que os Bishop provavelmente adicionaram para "melhorar" o sistema de segurança mais sofisticado projetado pelo meu pai, estou na margem da lagoa. A partir daqui, posso ver as luzes do complexo Bishop. Estou perigosamente perto do perímetro de segurança. Escondo a minha bússola atrás de um gigantesco carvalho com um enorme nó bulboso em seu tronco e, em seguida, agacho-me ao lado da água que lambe suavemente as margens, esperando que algumas nuvens passem, permitindo que a lua me dê toda a sua luz.

Esta lagoa é a fraqueza no perímetro. O corpo d'água tem talvez uns quatrocentos metros de comprimento e o formato de rim, e estou na margem sudeste, onde um estreito córrego parte da lagoa e segue o seu caminho pela floresta. Teria sido muito difícil passar o muro invisível ao longo de toda a extensão do córrego. O que os Bishop fizeram em vez disso? Eles colocaram o sistema de segurança em torno da borda da lagoa, passando bem por cima do córrego. Há marcos de pedra afundados na terra de cada lado das margens do córrego que mostram onde o limite do sistema de segurança está. Sutis, se você não souber onde procurá-los. Todos os Bishop sabem. Pelo menos, teriam de saber, para se esquivar da linha invisível em toda essa parte da lagoa. Eles provavelmente se restringem ao lado mais próximo da clareira e evitam esse trecho como a peste.

Tiro os sapatos e a camisa e deixo-os na margem. Pego o frasco de Valium e o examino. À prova d'água... Meto-o de volta no bolso e rastejo para baixo, num ponto a cerca de três metros da fronteira, buscando ouvir atentamente quaisquer ruídos eletrônicos reveladores de que a minha vida esteja prestes a ter um fim. É um choque quando os meus dedos dos pés afundam na lama gelada. A água é congelante aqui, mal tendo acabado de borbulhar para fora da terra. Tentando controlar os meus dentes, que batem de frio, com todos os meus pelos arrepiados, afundo na água do córrego. Os rifles automáticos que protegem o perímetro fazem a varredura óptica apenas a partir do nível do solo para cima; então, se me mantiver debaixo d'água, devo passar por isso. Não dispenso uma última oportunidade de avaliar a minha distância, já que um erro de cálculo seria igual a um tiro na cabeça, e mergulho.

As águas ficam profundas rapidamente, pressionando os meus ouvidos, enterrando-me no silêncio. Eu me arrasto ao longo do fundo lamacento, completamente cego, contando com o mapa dentro da minha cabeça. Tenho que continuar nadando embaixo d'água pelo menos dez metros depois dos marcos da fronteira. É a única maneira de saber que estou seguro. Vou devagar porque preciso me manter o mais fundo possível para não ser descoberto pelo olho eletrônico da câmera. Leva apenas alguns segundos para as minhas mãos se tornarem porretes dormentes nas extremidades dos braços. Mas conto cada golpe, cada metro, cada segundo, forçando-me a manter os movimentos rápidos, decididos. Finalmente, deixo-me flutuar para cima e, em seguida, nado mais uns dez metros a poucos centímetros abaixo da superfície. Então, com uma oração silenciosa, rolo em minhas costas e afloro na superfície, apenas o suficiente para dar uma boa respirada.

E, como não acabo com uma bala no peito, acho que estou bem. Nado para a margem, tremendo quando a brisa atinge minha pele. Enrijecendo os músculos para firmar o tremor em minhas mãos, puxo o frasco de Valium do bolso novamente e o agito, tranquilizando-me pelo chocalhar seco dos comprimidos lá dentro.

Agora, estou dentro do perímetro de segurança, perto da clareira dos Bishop. Essa foi a parte fácil. A próxima parte será mais difícil, mas o caos sempre foi a minha especialidade. Sigo em frente com os pés descalços, deixando as folhas em decomposição e a terra úmida abafarem meus passos. Corro as mãos sobre o meu cabelo molhado e, em seguida, ao longo dos braços, sacudindo fora gotas de água da lagoa barrenta. Minhas calças ainda estão gotejando quando chego à clínica. Suas janelas estão escuras. Eu me esgueiro até a porta de trás e tento abri-la. Está destrancada.

Empurro a porta devagar, estremecendo quando ela range, porque sei que há pelo menos uma pessoa aqui: Francis, o médico-chefe dos Bishop, que jaz doente num dos quartos ao longo do corredor. Escuto por um momento, mas está tudo silencioso, então, entro e fecho a porta novamente. Imagino que haja um almoxarifado em algum lugar, por isso, começo a abrir algumas portas. Encontro caixas de medicamentos, todos cuidadosamente etiquetados. É incrível as coisas que essas pessoas têm: todos os tipos de medicamento para o coração e até mesmo o que eu creio serem drogas de quimioterapia. Mas não preciso de nada tão complicado. Acho alguns frascos de cristais de iodo no segundo armário que vasculho. Perfeito. E também um bisturi, que enfio no bolso.

No terceiro armário, encontro os produtos de limpeza, incluindo alguns litros de amônia e um rolo de papel-toalha. Sento-me em meus calcanhares e deslizo os galões para o corredor.

— Bem-vindo de volta — diz uma voz do outro lado do corredor. Viro-me e vejo David parado na porta de uma das salas da clínica, com os braços cruzados no peito. Como se estivesse me observando durante algum tempo.

Que *merda*.

— Obrigado — respondo, levantando-me lentamente. Eu realmente não quero machucar esse cara, mas já estou planejando a maneira mais rápida de amarrá-lo com um fio de extensão e trancá-lo neste armário. Ele é bem fracote, por isso, não deve ser muito difícil.

Sua risadinha não tem absolutamente nenhum humor.

— Não há necessidade de olhar para mim desse jeito. Eu vou ajudá-lo.

— Hein?

— Você voltou para pegar o *scanner*, certo?

— Sim.

Ele se inclina para a frente, como se achasse que eu sou meio lesado.

— Eu vou ajudá-lo a fazer isso.

— Por quê?

Ele franze a testa.

— Eu amo a minha família, mas eles vão machucar alguém, e vão usar essa coisa como justificativa. Porque, se a pessoa for um alienígena, eles não vão... — ele deixa escapar um suspiro de desânimo. — Você os viu esta noite.

Mais uma vez, *tá na cara*. Pela expressão de seu rosto, pelo som de sua voz. Ele não está fazendo isso para salvar uma pessoa qualquer no futuro. Ele não está fazendo isso para salvar os membros de sua família de si mesmos. E ele certamente não está fazendo isso por mim.

Ele está fazendo isso por Christina. Por algumas horas, esta tarde, ela o fez imaginar como sua vida seria se ele não estivesse preso neste complexo. Ele me disse que queria sair, mas não lhe deram permissão. E hoje ela apareceu e lhe deu um vislumbre do que há lá fora, e ele não consegue esquecer. Só pode ser isso. Oh, isso e o fato de que ela é dez vezes mais gata do que qualquer garota neste complexo.

Tanto faz. Que se danem os motivos, melhor uma ajuda do que um obstáculo.

Ele olha para mim com aqueles olhos injetados de sangue.

— Você não vai machucá-los, não é?

— Vou me esforçar ao máximo para não fazer isso, e, com a sua ajuda, será mais fácil conseguir.

— Para que é o material de limpeza?

Olho para a amônia.

— Que tal um pouco de distração?

Ele balança a cabeça concordando.

— Eles estão todos no pavilhão no momento. Principalmente os homens. As mulheres levaram as crianças para casa, para dormirem.

— Ótimo. Você pode chegar ao Rufus?

Ele faz uma careta.

— Eu não posso pegar o *scanner* para você. Se eles acharem que eu o peguei, eles se voltarão contra mim. Talvez me matem. Vou fazer o que posso, mas...

Tiro o frasco de Valium do meu bolso.

— Não preciso que você o pegue. Só preciso que você se certifique de que ele terá uma boa noite de sono.

VINTE

EXPLICO O MEU PLANO A DAVID E PEÇO A ELE QUE COLOQUE UM VALIUM ou cinco na cerveja do Rufus. David poderia facilmente me ferrar por aqui, mas, de alguma forma, sei que ele não vai fazer isso. Ele me dá o seu moletom com capuz e dirige-se para o pavilhão apenas de camiseta, já que está a salvo do sol no momento.

Despejo os cristais de iodo nos galões de amônia. Só fiz isso na aula de química, nunca numa escala tão grande, mas, se funcionar, vai provocar exatamente o que eu preciso.

Caos.

Tampo os galões e esgueiro-me por trás da clínica novamente. Tenho algum tempo, porque vai levar pelo menos meia hora para o velho ficar sedado. Não acho que Rufus vá deixar o *scanner* com qualquer um dos outros, mas também não vai se afastar dele. Irá carregá-lo com ele. O que significa que eu preciso que Rufus fique parado.

Mas preciso de todos os outros em movimento.

Usando o capuz e de cabeça baixa, desenrolo o papel-toalha e posiciono duas camadas na grama dura ao lado da calçada em frente ao pavilhão. Ouço vozes de homens lá dentro. É como um zumbido de uma vespa irritada, pontuado vez ou outra por um grito, um palavrão. Aposto que eles estão discutindo sobre quantos H2 podem matar antes do amanhecer. Como David disse, qualquer um que refletir vermelho não será tratado como uma pessoa. Será tratado como um inimigo.

Estou no meio do processo de despejar o conteúdo de meus galões sobre o papel-toalha quando alguém embriagado sai do pavilhão, trocando as pernas.

É o *hobbit*.

Está com a mão sobre a braguilha semiaberta. Acho que deve ter se perdido a caminho do banheiro. Ele aperta os olhos para mim na escuridão.

— Matt? É você, companheiro?

Ainda debruçado sobre o papel-toalha, rezando para que a substância escura que estou derramando sobre ele não seque antes de eu estar pronto, eu... limito-me a grunhir.

O *hobbit* se inclina para a frente.

— O que você está fazendo aí?

— Limpando — resmungo. Não faço ideia de como é a porra da voz do tal do Matt.

— Hein? Ok. Tudo bem... — Ele contempla a braguilha aberta como se fosse uma maravilha da tecnologia moderna. — Bom trabalho, então. — Ele arrota e, então, cambaleia de volta pela porta da frente do pavilhão.

Termino de esvaziar os meus galões de amônia e largo-os na grama. Mantendo-me colado aos edifícios, passo o pavilhão e o refeitório e, depois, disparo em campo aberto até o painel solar principal. Eu quase odeio fazer isso; irá afetar todos os que vivem aqui, incluindo mulheres e crianças. Mas os homens irão me caçar no segundo em que se derem conta do que eu peguei, o que significa que preciso desligar a força para poder passar pelo sistema de segurança rapidamente. O que significa, por conseguinte, causar um dano permanente ao painel solar principal.

Usando o bisturi, arrombo a fechadura do painel de acesso. É um trabalho meticuloso, especialmente porque disponho apenas de uma lâmina afiada como ferramenta, mas, depois de alguns minutos, consigo mudar os fios e inverter a polaridade nos painéis solares sem cortar fora um dos meus dedos. Assim que termino a operação, acontece um estrondo retumbante, seguido de sinistros estalos e faíscas, quando o sistema sofre uma sobrecarga e se incendeia até virar um monte de cinzas.

Uma a uma, as luzes nos edifícios se apagam.

Assim que o pavilhão escurece, eu saio correndo.

Na minha cabeça, é como se eu pudesse ver a areia caindo através da ampulheta, consumindo o tempo que tenho, o tempo até a substância no papel-toalha secar completamente, até alguém pisar nele do jeito certo. Chego à parte de trás do pavilhão e achato-me contra a parede, a tempo de ouvir passos de um grupo de pessoas na varanda da frente, alguém gritando que está indo verificar o painel solar principal. Ele vai ficar muito infeliz quando descobrir o que eu fiz.

Rastejo até a terceira janela da esquerda que, conforme prometeu, David deixou aberta para mim. Afasto as cortinas e vejo os últimos homens saindo pela porta da frente do pavilhão, falando com voz arrastada.

Pulo a janela para o salão principal. A única luz no recinto é proveniente das esmaecidas chamas cor de âmbar na lareira. É o suficiente para me mostrar Rufus Bishop curvado em sua cadeira, uma caneca tombada ainda presa à mão. Atravesso a sala e debruço-me sobre ele, meu coração bate contra as costelas. Sua outra mão está descansando em cima da mesa, os dedos gordos fechados sobre...

... nada.

— Eu desconfiei que você voltaria. — Aaron Bishop surge do corredor atrás de mim.

Ele tem o *scanner* na mão.

— Isso não pertence a você — digo, dando um passo na direção dele. Antes, eu estava preocupado com o tempo se esgotando, mas, agora, tudo o que eu quero é que ele acelere. E se a minha distração não funcionar? Só o que Aaron precisa fazer é gritar, e eu serei apanhado.

Mas, a julgar pela torção cruel de seus lábios, ele quer brincar um pouco, antes.

— Onde está a H2?

— A salvo de você.

Ele bufa e ri.

— Como você pode poluir o seu sangue assim? Ou você está apenas se divertindo? — Ele acena com a cabeça em direção a Rufus. — Ele é muito rígido com relação a essas coisas, mas eu não culpo você nem um pouco... Como é comer uma alienígena?

Vai ser divertido machucar esse cara.

— Me dá o *scanner*.

Ele olha para a tecnologia em sua mão.

— E o que você vai fazer com isso?

— Manter longe de pessoas como você.

Sua expressão se distorce com desdém.

— Pessoas como eu? Pelo menos, eu *sou* uma pessoa. Você prefere entregá-lo a um maldito bando de alienígenas?

Sacudo a cabeça e esfrego as mãos em minhas calças, sem tirar os olhos de cima dele.

— Meu pai não criou o *scanner* para ajudar nenhum dos lados a matar.

Mal ele abre a boca para responder e uma série de estalos altos começa a pipocar na frente do pavilhão. Soa muito parecido com uma saraivada de tiros. E, a julgar pela gritaria e pelo som de correria em busca de proteção que vêm de fora, é exatamente isso que os Bishop pensam que é.

Minha armadilha de tri-iodeto de nitrogênio foi detonada.

Aaron gira em direção à porta da frente com pânico nos olhos. Aproveito a chance e mando meu punho na lateral de sua cabeça e, em seguida, puxo o *scanner* dele e saio correndo. Mergulho de cabeça pela janela, rolando para me pôr em pé imediatamente. Já posso ouvir os passos no piso de madeira atrás de mim.

Com o *scanner* na mão, corro através da clareira. O cara que foi enviado para consertar a central de energia me vê chegando e deve ter ouvido Aaron gritar atrás de mim, porque sobe na calçada e adota uma postura de combate. Do jeito que está grogue e ziguezagueando, dá para ver que ele está quase tão embriagado quanto o *hobbit*.

Então, eu nem desacelero. Dois passos antes de chegar a ele, eu pulo, planto meu pé em seu ombro, levando sua bunda bêbada ao chão, e caio do outro lado, seguindo em frente novamente antes que ele possa se levantar. Atrás de mim, os passos de Aaron são marteladas ritmadas e precisas contra o asfalto. Ele parece ser o único desse grupo que está sóbrio. E também é extremamente rápido; está se aproximando de mim. Sinto os meus pés descalços feridos e doloridos enquanto corro pelo pavimento duro. É um alívio quando alcanço as folhas e a terra, e eu me lanço para as árvores às cegas, tentando ficar à frente de Aaron. Salto sobre a cerca de madeira e contorno a lagoa porque não sei se o *scanner* é impermeável. Enquanto corro paralelo à margem sudeste, ouço um leve engasgar e um rugido: alguém ligou um gerador. É claro que essas pessoas têm um sistema elétrico de emergência. O que significa que...

O sistema de segurança estará ativo novamente a qualquer momento.

Lanço-me para a frente, desesperado para atravessar o muro invisível, muito consciente da respiração irregular de Aaron atrás de mim quando ele diminui a distância. Ele não está hesitando, mesmo quando posso ouvir claramente o gemido alto das câmeras de ambos os lados do caminho sendo ligadas. Com certeza ele deve saber que o sistema está voltando a funcionar e...

Bang.

Vacilo e tropeço e, então, passo as mãos desajeitadamente sobre o meu peito, surpreso ao encontrá-lo intacto. Um gemido borbulhante vem de trás de mim, seguido pelo grito estridente do alarme, avisando todos os Bishop de que um intruso atravessou o perímetro invisível. Giro ao redor desorientado, meio convencido de que aqueles rifles automáticos estão prestes a me acertar.

Aaron jaz a poucos metros de distância. Está encolhido de lado, e, mesmo de onde estou, dá para ver a gosma preta e molhada escorrendo por entre os dedos que ele pressiona contra o peito. Seus olhos, brilhantes discos de ébano ao luar, estão fixados em mim com absoluto terror. Há sangue fluindo livremente de sua boca e de seu nariz. Ele está se afogando de dentro para fora.

Com o *scanner* em meu punho formigante, dou um passo à frente. E então percebo que, se eu tentar ajudá-lo, levarei um tiro também.

Não posso fazer nada por ele.

— Sinto muito — eu digo, e estou realmente sendo sincero. Reconheço um ferimento fatal quando vejo um e, embora eu o odeie, não queria que ele morresse.

Para além da cerca de madeira, ouço um grito de agonia. O bêbado consertador de painéis solares avistou Aaron. Ele berra por cima do ombro para que desliguem os geradores, com a voz entrecortada e em pânico. E, então, sua cabeça se volta e vasculha em torno... e seu olhar pousa em mim.

Cambaleio sob o peso, a fúria, o ódio desse olhar. A acusação. A promessa de que, tão logo tenham desligado os geradores, os Bishop virão atrás de mim com tudo o que têm, e eles não estarão preocupados com as consequências. Giro nos calcanhares e enveredo por entre as árvores, abrindo caminho no meio do mato. Não tenho tempo para pegar a bússola e meus sapatos, simplesmente corro, esperando estar indo na direção certa.

Estou completamente focado em sobreviver, em colocar a maior distância que puder entre mim e os Bishop. Perco a noção do tempo, da distância, consciente apenas dos sons da minha respiração e do meu coração bombeando em meus ouvidos. Posso ouvi-los atrás de mim. Os fachos de luz de suas lanternas batem nas árvores ao meu redor. Prossigo, grato a cada passo por ainda estar vivo, pelo fato de que, se eu continuar, talvez possa encontrar o caminho de volta para a minha mãe e Christina. Supondo que estou indo na direção certa. Já estou todo pegajoso de suor e ofegante quando meu dedo do pé se prende em uma raiz e eu acabo estatelado no chão da floresta. O cheiro intenso de terra e de folhas em decomposição satura os meus pulmões enquanto reúno forças para me levantar. O *scanner*, que rolou para o lado, está a poucos centímetros de distância. Fico imóvel, procurando ouvir os sons do bando atrás de mim, mas, de alguma forma, parece que eu os despistei, pois tudo o que ouço é o pio de uma coruja e a água correndo num riacho próximo.

Lentamente, todo dolorido, começo a me levantar e enxugo as mãos em minhas calças, olhando para os meus pés descalços, cobertos de lama e ensanguentados.

Não tenho a menor ideia de onde estou. Nem de quanto tempo estive circulando nestes bosques, mas sei que já faz um bocado. Tenho muita sorte por não ter caído direto numa de suas armadilhas primitivas ou nos poços rasos, de fundo guarnecido de afiados espetos de madeira.

Atrás de mim, ao longe, em meio ao denso labirinto de árvores, ouço um grito. Eu me viro e vejo o pontinho de uma lanterna balançando na distância. Não os despistei, afinal de contas.

Mas, se eles estão lá, isso significa que eu preciso me deslocar na direção oposta. Com os pés latejando, o cérebro turvado pelo medo e cansaço, arrasto-me para longe, procurando ouvir os sinais de que eles estão me encurralando. Eu deveria ter voltado para a estrada eras atrás. Será que a minha mãe e Christina ainda estarão esperando por mim se eu conseguir voltar? Quanto tempo vai levar até minha mãe ligar para o amigo dela? O que os Bishop irão fazer comigo nesse meio-tempo? Esses pensamentos me mantêm em movimento quando só o que meu corpo quer fazer é desabar.

Finalmente, lá na frente, ouço o mais fraco dos sons, que definitivamente não é proveniente da floresta. É uma buzina de carro. Não posso acreditar: minha mãe está assumindo um risco incrível, mas é tudo o que eu preciso para correr na direção certa.

Entre as buzinadas, ouço o suficiente para saber que os Bishop reconheceram o barulho também, porque um deles grita para o outro, e os fachos das lanternas se agitam mais rapidamente à medida que começam a correr. Se eles nos pegarem agora, não vão pensar sobre seus ativos num banco em Chicago: a única coisa em suas mentes será vingar a morte de Aaron. E quando considero o que eles podem fazer com Christina, tal pensamento envia uma onda de energia renovada, frenética e febril por meus braços e minhas pernas.

Nessa minha corrida de obstáculos, vou saltando por cima de troncos de árvores caídos e tropeçando em arbustos espinhosos, segurando o *scanner* perto do peito, desviando de carvalhos e abrindo passagem por entre as densas folhagens, enquanto tento colocar alguma distância entre mim e os Bishop.

Eles começam a disparar assim que avistam o carro.

Minha mãe, que está de pé do lado de fora do sedã, mergulha no banco do motorista, ao mesmo tempo que eu pulo a vala enlameada que separa o bosque da estrada. Christina abre a porta de trás do carro e me agarra pelos ombros, usando todo o peso de seu corpo para me puxar para dentro, enquanto uma bala atinge o painel traseiro do carro.

— Vamos! — eu grito, e minha mãe enfia o pé no acelerador, fazendo o carro arrancar, enquanto tento puxar minhas pernas completamente para dentro.

Rodamos já pelo menos um quilômetro e meio quando finalmente sou capaz de fechar a porta do passageiro, mas não por estar muito cansado ou machucado para fazê-lo: é simplesmente porque o abraço de Christina é férreo, e encontro dificuldade para me mexer, mesmo que por um minuto. Assim que a porta bate, seus braços estão em volta de mim novamente, suas mãos no meu cabelo, e, mesmo que ela não diga nada, o olhar em seu rosto me diz o que ela passou nas últimas horas.

Deixo-a puxar minha cabeça contra o seu peito e, então, não ouço mais nada além de seu batimento cardíaco, de sua respiração, de seu sangue correndo pelas. Essas coisas me orientam melhor do que qualquer bússola. Envolvo a cintura dela com meus braços e não me mexo até atravessarmos a fronteira para Maryland, e estarmos bem adiantados em nosso trajeto para Charlottesville.

VINTE E UM

ENQUANTO VIAJAMOS, CONTO PARA A MINHA MÃE O QUE ACONTECEU no complexo, incluindo a forma como Aaron foi baleado pelo sistema de segurança de Rufus. Ela faz uma cara de piedade.

— Pobre Rufus — murmura.

Então, fica calada até muito tempo depois de o sol se levantar no horizonte. Gostaria de saber se ela está pensando horrorizada que poderia ter sido eu a ter ficado estirado e sangrando no chão da floresta. Sei que *eu* estou. Seus ombros finalmente relaxam quando atravessamos a fronteira para Virgínia. Passamos por alguns policiais estaduais, mas, em nosso discreto carro cinza-claro, com placa da Pensilvânia, não chamamos atenção. Entramos num *drive-thru* para comprar o café da manhã em Fredericksburg e, em seguida, ela estaciona atrás de um motel caidaço, sob os galhos baixos de uma nogueira-pecã.

— Eu tenho que dormir um pouco — murmura minha mãe. — Estou quase desmaiando. E, provavelmente, deveríamos ficar na nossa até escurecer. Não quero correr nenhum risco. Você pode ficar de guarda?

— Sem problema. — Em algum momento nas últimas duas horas, Christina e eu trocamos de lugar e, agora, estou segurando-a enquanto ela adormece com a cabeça no meu peito. Limpo meus pés com um monte de lenços umedecidos que minha mãe pediu no *drive-thru* e verifico que, além de um longo arranhão na sola do meu pé esquerdo, eles não trazem muitas marcas da minha aventura na floresta. Eles doem até o osso, no entanto, e não perco a oportunidade de mantê-los para o alto e em repouso, por um tempo. Meu cérebro é outra história. Ainda estou pilhado.

Minha mãe espia por sobre o banco para Christina.

— Ela queria ir atrás de você. Na noite passada. — Ela sorri. — Eu desejei que você tivesse deixado uns comprimidos de Valium comigo.

Afago o cabelo de Christina.

— Ela não é boa em ficar parada.

— Ela irá se formar em algumas semanas, não é?

— Sim. Se conseguirmos voltar.

— Ela tem planos para a faculdade? — minha mãe pergunta.

— Não acredito que você está me perguntando isso depois de tudo que aconteceu! Como ela pode simplesmente voltar para a sua vida de antes?

— É muito cedo para dizer. Se eu conseguir arrumar as coisas, isso tudo vai ficar para trás, Tate. — Ela esfrega as têmporas e fecha os olhos. — Não perca a esperança.

— Pensilvânia — digo, com uma dor familiar brotando no meu peito, ao contemplar o rosto tão sereno de Christina, enquanto ela dorme. — Ela entrou para a Universidade da Pensilvânia. — Estou feliz porque ela vai para uma faculdade muito boa. E a Filadélfia fica a apenas duas horas de trem. E ainda temos todo o verão. Supondo que ambos sobrevivamos e que eu não esteja numa prisão secreta da CIA, em algum lugar. E supondo que Christina ainda queira ficar comigo.

Meu Deus... Como sentirei falta dela.

Minha mãe concorda.

— É melhor assim.

— Como assim?

Seus olhos encontram os meus.

— Agora que você sabe a verdade, é preciso encarar a sua responsabilidade.

— E qual é a minha responsabilidade?

— Assegurar que a linhagem Archer não termine com você.

Há uma bola de chumbo se formando na boca do meu estômago, fria e tóxica.

— Não acredito que estamos falando sobre isso.

Ela puxa o elástico de seu rabo de cavalo e reclina o seu banco.

— Tudo bem. Nós não precisamos falar sobre isso agora.

Tradução: *Em algum momento, teremos de falar sobre isso.*

Deslizo um pouco para baixo no assento, apertando mais Christina nos meus braços, e olho pela janela enquanto a respiração de minha mãe desacelera, indicando que está pegando no sono. Não que eu esteja pronto para me casar nem nada disso. Caramba, na maior parte do tempo, eu sequer chego a pensar como serão as próximas horas, que dirá o meu futuro. Christina e eu nunca conversamos muito sobre como seria o próximo ano, com ela na faculdade e eu ainda me formando no colégio. Mas o pensamento de perdê-la me dói de uma forma que eu não posso enfrentar agora. E imaginar que minha mãe possa ter em mente uma listinha de garotas humanas que dariam esposas aceitáveis? Isso me deixa estarrecido. Eu me pergunto se é por isso que o meu pai nunca gostou de Christina. Não porque ela é uma H2, mas porque sabia como isso tornaria as coisas difíceis para mim.

Eu sou o último dos Archer.

Parece que isso deveria significar alguma coisa, como se devesse ser importante. Mas, agora, só parece solitário.

Sento-me imóvel por muito tempo, enquanto minha mãe e Christina dormem, enquanto respiram o mesmo ar e sonham sonhos separados, enquanto tento descobrir o que cada uma delas precisa de mim, e percebo que há uma forte possibilidade de que eu desaponte ambas.

O sol está se pondo no momento em que minha mãe se mexe e coloca seu assento na posição vertical. Christina, que esteve adormecida profundamente nas últimas várias horas, murmura algo sobre ácido clorídrico e passa a ter um sono agitado. Espero que ela não esteja tendo um pesadelo sobre a aula de química.

— Você disse que nós íamos ver um colega seu... — digo para a minha mãe quando ela vira a chave na ignição e sai do estacionamento.

— O nome dele é Charles Willetts. Ele é professor de História na Universidade de Virgínia.

— E ele não é humano.

Ela olha para mim.

— Não, ele não é.

— E ele sabe disso.

Ela confirma com a cabeça.

— Ele faz parte do Núcleo? — Ela iria recorrer a alguém poderoso, e se ele não é humano, deve fazer parte da elite H2.

— Já fez, durante um tempo. Mas não é nada parecido com Race. Ele não está interessado em evitar que os humanos tenham essa tecnologia. Ele deseja o equilíbrio de poder e quer intermediar a confiança mútua entre As Cinquenta e o Núcleo.

— E você contou a ele sobre o *scanner*?

Suas bochechas coraram ligeiramente.

— E o papai soube?

Sua boca forma aquela linha apertada que me diz que ela está sentindo muito mais do que vai dizer e, de repente, eu me dou conta:

— Mãe, foi por isso que vocês se separaram?

Uma espécie de ruído estrangulado explode de sua garganta.

— Foi logo depois que seu pai confidenciou a alguns dos membros das Cinquenta sobre os destroços da nave espacial H2 que a família dele vinha mantendo em segredo. Tinha acabado de descobrir o que poderia fazer, e quais as implicações disso. Conheci Charles por intermédio de outro colega, e reconhecemos um ao outro por aquilo que somos. Ao longo dos anos, nós lentamente forjamos uma amizade, e eu sabia que ele poderia ajudar. Mais do que tudo, eu queria ajudar Fred. Seu pai estava tão horrorizado com o que pessoas como Brayton e Rufus queriam fazer com isso e estava tão isolado... Afastando-se de todos. Irritado com todos. Implorei a ele para se encontrar com Charles, para ouvi-lo, pensando que, juntos, os dois poderiam encontrar uma maneira pacífica de lidar com a tecnologia sem destruir algo que poderia ser realmente importante, nem colocar um lado ou outro em desvantagem. Ele se recusou. Na verdade, ficou furioso comigo, disse que eu o havia traído.

Ela enxuga rapidamente uma lágrima com a manga.

— O seu pai já tinha passado por tanta coisa a essa altura, com todos os lados tentando descobrir o que ele estava fazendo e quão longe tinha chegado... Race Lavin parecia suspeitar de alguma coisa, porque arrastou seu pai para interrogatórios em mais de uma ocasião, citando denúncias anônimas sobre ameaças à segurança nacional. Seu pai já havia tomado todas as precauções, e Race não conseguiu encontrar nada, porém isso levou Fred a se tornar ainda mais fechado. Ele não confiava em ninguém. Nem em mim. Especialmente em mim, a essa altura. E eu percebi que a culpa era minha, então eu... eu fui embora. Queria lhe dar algum espaço, e acabou sendo permanente. Sinto muito, Tate.

A dor em sua voz é tão intensa que me silencia. Entendo totalmente porque meu pai ficou furioso. Eu teria ficado também. Mas... que droga. Isso causou a ambos tanta dor. Destruiu a nossa família. Ele não poderia tê-la perdoado? Olho pela janela e vejo o mundo passar, desejando poder suprimir a dor em minha garganta.

Minha mãe inspira longamente pelo nariz e deixa o ar sair devagar.

— Charles não vai entregar o *scanner* para Race, se é com isso que você está preocupado. Ele não faz mais parte da organização, entretanto, vai saber como lidar com eles, e pode ser até mesmo capaz de fazê-los tirar Race da jogada. E o Núcleo não suspeitaria que recorreríamos a um deles, e é por isso que estamos indo para lá, em vez de irmos para Chicago. Falei com George...

— Eu sei. Falei com ele também. — Olho para a lustrosa máquina preta aos meus pés. — Mas, mãe, devemos realmente levar o *scanner* para outra pessoa em que papai não confiava? Não podemos simplesmente fugir desse tipo de situação?

— Seu pai queria proteger a família dele. Assim como eu. E, agora que ele se foi, sua segurança é minha responsabilidade, e eu vou fazer tudo que puder para proteger você *e* o seu futuro. Se houvesse alguma opção ideal, eu a seguiria. Mas, diferentemente dos Bishop, Charles não está preso ao ódio. Ele só deseja a paz — diz ela, com certa ferocidade em sua voz.

Frustração e medo me atingem de uma só vez, fazendo-me tremer e transpirar ao mesmo tempo. Meu pai se afastou de Brayton, que quer usar a tecnologia para construir armas e obter poder, ou, talvez, vender a tecnologia de volta para os H2 visando lucro. Meu pai se afastou de Rufus, que usaria a tecnologia para distinguir quem ele deveria matar e para revelar quem são os H2, o que provocaria uma possível guerra. Ele se separou da minha mãe, que aparentemente queria colaborar com os H2. E estava desesperado para que o *scanner* não caísse nas mãos de Race, que deseja tanto o dispositivo que é capaz de matar quem quer que esteja em seu caminho, mesmo que o Núcleo tenha eliminado com sucesso todas as ameaças no passado sem a ajuda do *scanner*, e mesmo que eles provavelmente tenham uma quantidade de outros destroços e tecnologia provenientes das naves H2 recuperadas. Então, basicamente, o meu pai queria mantê-lo longe de todos, e não contar a ninguém que finalidade ele achava que o *scanner* teria. E, se minha mãe estiver certa, ele nunca revelou todos os seus segredos, embora eu ache que ele estava tentando fazer isso nos momentos finais, antes de morrer. No entanto, não sei como descobrir isso, e não sei em quem ou no que acreditar.

Então, seguro a única coisa em que acredito, e seus dedos deslizam sob as costas da minha camisa e descansam contra a minha pele.

— Quando é que vamos chegar lá? — eu pergunto.

— Em uma hora, mais ou menos — minha mãe responde. Ela liga o rádio e sintoniza-o numa estação local de notícias. Ouvimos a previsão meteorológica (mais tempo ensolarado pela frente) e, em seguida, uns vinte minutos de notícias regionais e nacionais, nenhuma das quais menciona três fugitivos que transportam tecnologia criada a partir dos destroços de uma nave alienígena, felizmente. Assim que termina, minha mãe desliga. — Eles ainda estão mantendo isso em segredo — diz ela —, o que nos dá uma ideia de como isso é importante para eles. Race e sua equipe não estão confiando em ninguém.

— Ou será que estão todos no hospital?

Ela ri.

— Eles adorariam que você acreditasse nisso.

Se meu pai estivesse aqui, ele iria me lembrar: *Finja inferioridade e incentive a arrogância de seu inimigo*. Minha mãe está absolutamente certa.

— Sendo assim, devemos acreditar que eles ainda estão procurando por nós...

— Sim. Não podemos ficar aqui por muito tempo. Charles e eu vamos decidir o que fazer a seguir. Gostaria de poder levar você para casa... — Ela suspira.

Com o papai morto, onde é a minha casa? Mais uma vez, sou lembrado de que as coisas nunca mais serão as mesmas. Será que um dia voltarei para o apartamento em Manhattan, para os meus amigos e para a minha escola? Será que eu quero isso? Conseguiria encarar? O apartamento está vazio agora, a não ser por um gato mal-humorado e faminto... e algumas centenas de armas mortais e dispositivos variados, tudo escondido na caverna do laboratório do meu pai. Talvez entre os dispositivos haja alguns pedaços de uma nave alienígena, junto com as respostas sobre quem ou o que é Josephus. Aposto que poderia descobrir também como e por que meu pai estava recebendo os dados em tempo real da população mundial, e, possivelmente, até mesmo resolver esse distúrbio que está fazendo com que quatorze anomalias apareçam como não identificadas. E, se eu tivesse tempo suficiente, poderia analisar aqueles planos que brilharam quando toquei a tela do contador populacional. Preciso descobrir o que meu pai quis dizer quando afirmou que o *scanner* era a chave para a nossa sobrevivência, e a resposta tem que estar em seu laboratório.

Então, pensando bem, eu *gostaria* de voltar.

O telefone de minha mãe toca.

— Oi, Charles — diz ela, enchendo sua voz com o calor de uma velha amizade. — Acabamos de entrar na cidade.

Ela desliga o telefone e atravessa algumas ruas arborizadas, que levam ao *campus*. Subimos uma colina e, em seguida, entramos numa ruazinha estreita, de pista única, ladeada por muretas altas de jardim, que logo vai dar num estacionamento cercado em três de seus lados por um prédio de dois andares. Descemos do carro e esticamos as pernas. Christina parece muito mais estável do que na noite passada, mas dá para ver que ela está mais abatida e exausta, ainda sentindo os efeitos colaterais da concussão. Ela estremece quando toca a bandagem por baixo do cabelo e olha em volta.

— Esta é a Vila Acadêmica — minha mãe nos diz. — Charles mora e leciona aqui.

Entramos no prédio silencioso pela porta dos fundos, que dá para o estacionamento, e seguimos por um labirinto de corredores até chegar ao átrio. Olho para fora, através da janela, e vejo um imenso gramado retangular rodeado por edifícios integrados por passeios cobertos, arrematados por uma série de altas colunas. No topo do morro, há uma construção abobadada.

— Essa é a Rotunda.[6] — Minha mãe explica, quando me vê olhando para o prédio.

---

[6] Projetada por Thomas Jefferson para representar a "autoridade da natureza e o poder da razão", foi inspirada no Panteão de Roma. (N. R.)

Andamos pelo saguão, lendo as placas que nos dizem que há auditórios para palestras e salas de aula neste andar. Este lugar cheira a gesso e pintura, a história bem conservada e reformada, a tradição que se preza. Minha mãe vai até o elevador e digita um código que só posso supor que lhe foi enviado em mensagem de texto por seu amigo. Isso nos leva ao segundo andar, que parece conter dois apartamentos, e um deles tem uma placa na frente que diz: "Professor Charles Willetts, Ph.D., Departamento de História".

Olho para mim mesmo, com os pés descalços, roupas rasgadas, manchado com terra e sangue e fedendo pra valer. Não posso acreditar como Christina pôde de fato querer ficar perto de mim durante todo o dia, e, agora que estou plenamente consciente do meu estado lastimável, dou um grande passo para longe dela e me pergunto quanto tempo tenho que esperar até que seja socialmente apropriado me esgueirar para tomar um banho quente.

Minha mãe bate na porta e, cerca de um segundo depois, a porta se abre, como se a pessoa lá dentro estivesse esperando com a mão na maçaneta.

— Mitra! — diz uma voz que vem da altura da minha cintura.

Olho para baixo e vejo um cara, com uns sessenta e tantos anos, cabelo grisalho, numa cadeira de rodas motorizada. Suas pernas são fininhas por baixo das calças pretas, porém a parte superior do corpo é robusta. Ele estende os braços para o alto e puxa a minha mãe para um abraço, e ela se inclina para acomodá-lo.

— Mais uma vez, deixe-me dizer que sinto muito por sua perda — diz ele baixinho.

— Obrigada. — Ela beija a sua bochecha enrugada.

Minha mãe apresenta a mim e Christina, e as sobrancelhas de Charles se elevam quase até a linha do cabelo enquanto ele nos olha.
— Vocês obviamente passaram por poucas e boas — diz ele.

— Quanto você sabe? — pergunto.

Seu sorriso desaparece quando seu olhar se desloca para a minha mãe.

— Apenas o suficiente para ficar de olho, por vocês. Felizmente, quando Race Lavin ligou ontem, fui capaz de convencê-lo de que eu não tinha ideia de onde vocês estavam.

— Ele ligou? — Minha mãe dá um passo em direção à porta, parecendo insegura.

— Está tudo bem, Mitra. Suspeito que ele e o Núcleo estejam telefonando para qualquer um de nós que sejamos conhecidos por ter tido contato com um dos membros das Cinquenta. É uma lista longa, e eu tenho certeza de que sou apenas mais um entre muitos.

Não posso explicar por quê... não de fato... mas não gosto desse cara. Talvez seja porque ele é parte do que separou os meus pais, entretanto há algo nele... Pisco e tento afastar essa sensação.

A tensão nos ombros da minha mãe diminuiu.

— Obrigada por nos receber.

Charles está olhando para ela com uma expressão preocupada.

— Você está com a tecnologia?

A tensão em meu próprio corpo aumenta.

— Por que será que eu já sabia que essa seria a primeira pergunta que você faria?

— Tate... — minha mãe diz, com voz calma.

— Não, sua suspeita é compreensível e muito inteligente. — Charles nos introduz numa sala cheia de livros e uma coleção de globos, todos antigos e polidos, alinhados ao longo das estantes de cada lado da lareira de cornija branca. Ele conduz a cadeira de rodas motorizada para um ponto ao lado do sofá de couro e gesticula para nos sentarmos. Olho para baixo, para a superfície lisa e imaculada, esperando que esse cara tenha um bom serviço de limpeza.

Minha imundície não parece ser o foco de sua preocupação enquanto ele me observa sentar.

— Embora eu nunca tenha conhecido o seu pai, eu tinha um grande respeito por ele — Charles diz. — Sua descoberta vai nos ajudar a compreender nossa própria herança.

— Se meu pai não confiava em você, por que eu deveria confiar? — Ignoro o olhar feio que minha mãe me dá. — Preciso saber por que você estaria disposto a nos esconder de Race Lavin. Porque aquele cara parece ter um bocado de influência.

Charles revira os olhos.

— Race Lavin é um executor, nada mais que isso. Vou entrar em contato com o Núcleo e providenciar para que coloquem uma coleira nele assim que transferirmos o *scanner* para um local seguro... — ele ergue a mão quando eu começo a interrompê-lo. — Deixe-me terminar. Nós não queremos que nenhum dos lados fique em vantagem, porque desejamos que os dois entrem em acordo. Isso significa que temos que colocar o dispositivo fora do alcance deles antes que as Cinquenta ou o Núcleo tomem conhecimento do paradeiro de vocês.

Minha mãe se senta diante de mim e de Christina, que está com os braços em torno de si mesma e olhando para o chão, como se esperasse que ninguém reparasse em sua presença. Os olhos de Charles pousam nela por um momento, possivelmente avaliando sua participação em tudo isso, e, então, ele se vira para a minha mãe.

— Posso... Posso vê-lo?

Minha mãe abre a bolsa. Meu coração começa a bater. Ela puxa o *scanner* e o passa para Charles, que o pega com uma expressão confusa.

— Eu pensei que fosse... maior.

— Ligue-o — diz minha mãe.

Ele o mantém afastado de si mesmo e aciona o interruptor. Observa a passagem da luz sobre as mãos de minha mãe, que estão cruzadas em seu colo e ficam azuis quando o facho as acaricia. Então, inclina-o para Christina, e sua luz faz com que suas bochechas já rosadas fiquem cor de carmim.

— Gostaria que as pessoas parassem de apontar essa coisa para mim — ela se impacienta.

— Minhas desculpas — ele murmura, enquanto desliza a luz sobre os meus braços, antes de desligar o *scanner*. Ele não passou o *scanner* em si mesmo, mas eu já sei muito bem o que ele é. — Isso é incrível. E pensar que essa tecnologia tem, na verdade, centenas de anos... Imaginem onde ele esteve e como ele sobreviveu a um êxodo intergaláctico... Pensem no que *nós* poderíamos fazer com ele. — Uma expressão estranha atravessa seu rosto. É quase como se ele tivesse entrado em transe.

Minha mãe se inclina para a frente, franzindo a testa.

— Charles? Você está bem?

Ele pisca.

— O quê? Oh, sim.

— Então, o que exatamente você quer fazer com ele? — pergunto, sem ao menos tentar amenizar o meu tom.

— Bem, esta tecnologia poderia ter sido parte da estratégia dos H2 quando... decidimos vir para cá. Simplificando, isso nos ajuda a encontrar nossos semelhantes. Isso tem implicações que vão muito além deste planeta, meu jovem. E se houvesse outros sobreviventes? E se eles estiverem lá fora, em algum lugar? — Ele sorri; seus olhos brilham de ansiedade.

Christina endireita o corpo, com os olhos um pouco arregalados.

— Sobreviventes?

— Com certeza, está claro para vocês que os H2 que vieram para cá eram refugiados. Uma sociedade tão avançada, com tecnologia suficiente para viajar através do espaço? Eles poderiam ter tomado este planeta. Mas, em vez disso, preferiram se misturar. E esquecer. — Ele solta uma risada estridente. — Muitos deles sequer sabem o que são.

— Espere um minuto — eu digo. — Você está falando em tentar encontrar outros H2 no espaço? E trazê-los para *cá*?

Minha mãe franze o cenho, e dá para ver que eles nunca conversaram sobre isso antes, embora ele tenha conhecimento da tecnologia há anos.

Charles recosta-se, e o brilho em seus olhos desaparece enquanto seu olhar viaja de mim para Christina, e dela para a minha mãe.

— Oh, não, eu não faria nada sem a colaboração das Cinquenta. Esta é a oportunidade para forjarmos um acordo permanente. Talvez, até mesmo de revelar a verdade sobre as duas espécies inteligentes no planeta, porém, de uma forma planejada, que não resultaria em agitação social. Essa é a prioridade.

— Sério? Porque, há um minuto, você me pareceu muito animado com a ideia de encontrar uma maneira de chamar qualquer H2 lá fora que estiver a fim de nos fazer uma visita, como se nós precisássemos de mais de vocês aqui — retruco. Com o canto do olho, vejo Christina balançar para trás, como se tivesse levado um tapa, mas estou muito agitado para pensar sobre a razão disso. — Mãe, eu...

— Está tudo bem, Tate — diz ela. — Eu não faria nada sem consultar antes as Cinquenta. É por isso que George está a caminho daqui. Ele disse que viria de Chicago num dos aviões particulares da Black Box, assim que a reunião do conselho terminasse. Estou esperando para receber dele a hora estimada de sua chegada, mas ele me disse que estaria aqui amanhã à tarde.

Charles devolve o *scanner* para a minha mãe.

— Acho que Tate se sentiria melhor se você ficasse com isso, Mitra — diz ele.

Antes que eu possa responder, Charles rola a cadeira um pouco mais para perto e olha para mim, seus olhos procuram os meus:

— Confie em sua mãe, filho. Ela me conhece há anos, e eu tenho um enorme respeito não só por ela, mas pelas Cinquenta. Posso ter meus próprios interesses, mas essa situação atinge as mais altas esferas de poder, e nada será feito sem o consenso de todos os *adultos* que participam dela. E nós sabemos que você já passou por muita coisa. Pelo que Mitra me disse, você tem sido criativo e corajoso. Mas isso é algo em que você nunca deveria ter se envolvido.

Ponho-me de pé, incapaz de desviar a vista de seu olhar. *Algo em que você nunca deveria ter se envolvido*... Por mais que eu odeie admitir isso, ele está certo. E por que razão eu estou envolvido? Por que razão a minha namorada foi baleada, aterrorizada e ameaçada? Por que razão eu perdi o meu pai?

Porque eu roubei o *scanner*.

Eu não sou uma vítima inocente nessa luta. Porra, eu *criei* essa luta. É como se todo o ar houvesse sido sugado para fora da sala.

Charles me dá um sorriso solidário e se afasta de mim na cadeira motorizada.

— Bem, Mitra, é melhor começarmos a trabalhar se quisermos entender completamente esse dispositivo antes que as Cinquenta e o Núcleo saibam que estamos com ele. Você sabe quais partes são originalmente tecnologia H2? — Ele aponta para a lateral do *scanner*, para a fileira de portas USB de formato estranho. — Você sabe para que servem essas entradas?

Mamãe inclina a cabeça.

— Não tenho certeza. Poderíamos tentar acessar remotamente alguns dos meus arquivos antigos, da época em que Fred e eu estávamos trabalhando na tecnologia juntos. Ele foi muito mais longe depois que eu o deixei, mas podemos começar por aí.

Ela se levanta e caminha até a mesa dele, uma antiguidade ornamentada, de madeira toda trabalhada, com um reluzente e moderno computador de mesa sobre ela.

— Posso usar? — pergunta minha mãe.

Ele vai até minha mãe e eles começam a falar entre si em voz baixa. É como se Christina e eu sequer estivéssemos aqui. Olho para ela. Parece que pode desmoronar com apenas uma palavra, um toque, e, como tudo mais, tenho certeza de que a culpa disso também é minha.

— Preciso de um banho — digo. O que eu realmente preciso é sair desta sala.

Charles se vira para nós, o brilho branco-acinzentado da tela do computador refletindo em seus óculos.

— O quarto de hóspedes fica no final do corredor, à direita. E acho que o meu filho pode ter deixado algumas coisas dele aqui, da última vez em que me visitou. — Ele baixa os olhos, em direção aos meus pés. — Talvez tenha até mesmo um par de sapatos lá. Fique à vontade.

Christina não se move. Não diz nada, porém todo o seu corpo parece estar gritando "não me toque". Quero ajudar, mas não tenho ideia de como consertar qualquer coisa neste momento. Além disso, uma vez que não durmo há 36 horas, não tenho energia para tentar. Meus braços e minhas pernas são um peso morto, apenas carne pendurada da carcaça do meu corpo. Toda a energia de luta se esgotou em mim, agora. Penso em algo que o General Patton disse uma vez, sobre como o corpo nunca está cansado se a mente não está cansada... e é isso. Minha mente está cansada. *Tudo* em mim está cansado.

Então, caminho pelo corredor em busca de várias centenas de litros de água quente para eu me afogar, e espero que, quando eu sair, talvez o mundo tenha se endireitado sozinho.

VINTE E DOIS

NÃO SEI DIZER QUANTO TEMPO FAZ QUE ESTOU NA BANHEIRA, MAS, no momento em que me obrigo a sair dela, a água já está fria. O relógio na parede me diz que são quase dez horas. Quando finalmente me arrasto para o corredor, vestindo agora uma chique cueca samba-canção listrada e uma camiseta dos Virginia Cavaliers, posso ouvir as vozes abafadas de minha mãe e de Charles na sala de estar, debatendo sobre alguma coisa. Parece que poderiam continuar assim por horas, então, vou direto para o quarto de hóspedes, pensando que talvez Christina...

Ela está sentada na cama. Ainda está usando o vestido da festa dos Bishop, mas as extremidades onduladas de seus cabelos estão úmidas, e o quarto está tomado por uma fragrância de sabonete. Acho que ela também tomou um banho num dos outros banheiros.

— Oi — diz ela.

— Oi. — Sento-me na beirada da cama.

— Não estou muito cansada. — Ela ajeita o cabelo atrás da orelha e recua rapidamente até que suas costas encontram a cabeceira da cama. Ela une os joelhos contra o peito e puxa a saia do vestido por cima deles de modo que apenas as pontas das unhas pintadas dos pés fiquem à mostra.

Ela não olhou nos meus olhos desde que entrei.

— Você está bem? — pergunto.

Na minha cabeça, estou implorando. *Por favor, esteja bem. Por favor.* Porque eu não estou bem, e eu preciso que ela me ajude. Quero que ela me diga que sairemos disso juntos. E não é o que está parecendo agora, e isso está me fazendo querer quebrar alguma coisa, ou talvez correr, o mais rápido e para o mais longe que eu puder, até que meus pulmões explodam e eu enfie algumas centenas de quilômetros entre mim e esse muro de tensão que se ergueu entre nós.

— Eu estou bem — diz ela, olhando para os joelhos. — Não se preocupe.

Ela definitivamente não está nada bem.

Eu rastejo pela beirada da cama e também me recosto contra a cabeceira, de modo que, agora, nós dois estamos olhando para o outro lado do quarto, para uma tapeçaria antiquada pendurada na parede. É uma cena de batalha. Vestido com uma túnica vermelha e usando uma armadura que protege seu peito e seus ombros, um soldado romano se destaca; sua espada está erguida sobre o seu adversário, que está no solo com um punhal na mão. O inimigo de trajes azuis encara o romano, desafiador e decidido. Ele pode estar no chão, mas ainda não desistiu. Ao redor deles, há cavaleiros sobre suas montarias, homens a pé, cada qual lutando contra um adversário e dando o máximo de si para matar, mas esses dois... seu mundo é apenas do tamanho daquele pedaço de terra em volta deles. Nada é mais importante do que consumar aquela batalha, consumar o próximo minuto.

E neste momento, para mim, o mundo é do tamanho desta cama, e somente Christina e eu estamos aqui, embora pareça que ela está a um universo de distância. Nada importa mais do que consumar isso, seja lá o que *isso* for.

Não sei qual de nós toca primeiro o outro, porque parece que temos o mesmo pensamento, ao mesmo tempo. *Querer. Necessitar.* Não sei qual dos dois, mas seus lábios estão nos meus e suas mãos estão no meu corpo e todo o resto se desconecta. Meu coração bate forte contra minhas costelas enquanto ela monta em mim, e através do fino tecido de seu vestido posso sentir o calor emanando dela. Ele me envolve, interrompendo minha consciência a respeito de qualquer outra coisa, exceto ela. Christina enrola seus dedos no meu cabelo e me beija vigorosa e desesperadamente, mantendo-me tão próximo que tudo que posso fazer é me controlar.

Mas ela não parece querer que eu me controle. Não dessa vez, não esta noite. Ela pega a minha mão, deslizando-a até o seu quadril, pressionando meus dedos contra a sua pele, subindo um pouquinho a saia do vestido por suas pernas. Ela inclina a cabeça e corre sua língua em meu pescoço e seus dentes estão na minha pele e meu controle já era. Sem objeções. Não faço ideia do que ela quer, mas eu lhe darei qualquer coisa.

Levanto o tecido da saia que está amontoado em torno de seus joelhos. Quando meus dedos finalmente roçam a pele macia de sua coxa, é como se fosse algo de que eu precisava havia milhares de anos. Sei que ela tem que sentir isso, quanto eu a quero, mas ela não está se retraindo como sempre faz quando chegamos a este ponto.

Na verdade, ela parece determinada a levar as coisas ainda mais adiante.

Em algum lugar no fundo do meu cérebro saturado de hormônios, esse último pensamento finca suas presas profundamente. Ela parece... determinada. É assim que ela é com coisas que a desafiam, que a frustram. Bate com elas de frente; luta até ganhar. E parece que é isso que está acontecendo enquanto ela arranca fora minha camiseta, suas unhas arranham minha barriga e minhas costelas. Por mais surpreendente que seja essa sensação, é como se ela estivesse lutando contra mim, em vez de estarmos fazendo algo juntos, e eu não sei...

Uma lágrima desliza pelo seu rosto e atinge minha bochecha, e nós dois paralisamos. Ela se recupera primeiro e está a meio caminho de sair da cama quando meu braço a prende pela cintura.

— Não faça isso — digo, soando como se tivesse corrido alguns quilômetros.

— O quê? — ela responde, com a voz rouca.

Eu a aperto com mais firmeza, pois, empoleirada na beira da cama, com cada um de seus músculos retesados, ela está prestes a escapar. E, na minha atual condição, tenho pouca chance de alcançá-la.

— Apenas... não faça isso. Não vá embora. Não corra. Não... sei lá.

Descanso a minha testa entre suas escápulas. O vestido agora está com seu cheiro, a inebriante fragrância de amêndoas de sua pele, o sutil e penetrante odor doce como mel de seu suor, e eu o aspiro como se estivesse me afogando.

— Você está uns cinco passos na minha frente aqui — digo com a voz entrecortada. — Você vai ter que dar a volta e vir me pegar

Ela se curva contra o meu braço como se toda a resistência tivesse escoado para fora dela, e eu a puxo de volta para mim. Estou tremendo com o excesso de adrenalina dos últimos minutos, mas ela está francamente perturbada. Seu corpo todo estremece com os soluços que lhe escapam aos borbotões. Eu nunca a vi perder o controle assim. Quero compreender isso, consertar da forma que puder, mas, conforme os minutos passam e suas lágrimas não dão sinal de que vão secar, sinto-me impotente para fazer qualquer coisa a não ser esperar.

Aos poucos, lentamente, com receio de que ela suma dali caso eu faça algum movimento errado, eu me deito de lado e a trago para junto de mim. Eu me enrosco à sua volta, inclinando minha cabeça sobre a dela.

— Por favor, fale comigo — digo, finalmente.

— Eu ouvi o que a sua mãe disse. Eu estava acordada.

Quebro a cabeça, rebobinando aquele dia e tentando descobrir sobre o que diabos ela está falando, porque, seja o que for, é...

— Quando ela disse que era melhor que eu fosse embora para a faculdade. Que ficássemos afastados. Quando ela estava falando sobre a sua *responsabilidade* — esclarece.

Merda.

— Nem sei direito o que isso significa.

Ela funga.

— Isso significa que tudo o que eu tenho ouvido nos últimos dois dias é que, o que quer que eu seja, não sou boa o suficiente para *você*.

Essas palavras todas despencam na minha cabeça, mas não consigo compreender qualquer uma delas, e mesmo quando o faço, não consigo organizá-las na ordem correta. Não é boa o suficiente para mim? É... simplesmente... É hilário, na verdade, mas não acho que rir neste momento irá mantê-la nesta cama.

— Christina, você é... você é mais do que boa o suficiente — eu digo e, Deus, isso soa tão estúpido que eu quase caio na gargalhada.

— Você mesmo praticamente disse isso uma hora atrás — ela sussurra. — *Como se nós precisássemos de mais de vocês aqui*. Você parecia um daqueles Bishop falando.

Enxugo seu rosto com a mão.

— Sinto muito. Eu só não quero mais ser baleado. Mas não deveria ter dito isso dessa forma. Por favor...

Ela se vira para mim, e eu tenho apenas um vislumbre de seu rosto ainda úmido de lágrimas antes de ela enterrá-lo em meu ombro.

— O mais triste é que eu sei disso. E eu me sinto da mesma forma que você... Você acha que eu quero que este planeta seja invadido? É que... Eu não sei o que eu sou — ela desabafa. — Não faço ideia do que sou.

Seus soluços estão mais tranquilos neste momento, porém não menos dolorosos de ouvir. Ela não me detém quando eu a puxo para perto, quando beijo o topo de sua cabeça. Eu a seguro até que os soluços se tornam pequenos espasmos, até que ela finalmente relaxa sobre mim. E, à medida que eu próprio relaxo, penso sobre isso, sobre o que ela é, sobre o que eu sou. Até poucos dias atrás, eu era apenas um cara que havia tirado a sorte grande no quesito namorada, e ela era a garota maluca embora paciente o suficiente para ficar às voltas comigo. O que está diferente agora? O que mudou?

Exatamente à meia-noite e quarenta e sete, eu descubro a resposta.

Nada.

Não mudou nadinha.

— Eu sei o que você é — sussurro em seus cabelos. — Você é Christina Scolina. Você é uma tremenda ponta-esquerda. Tem a risada mais sensacional que eu já ouvi. É tão linda que me deixa louco. Você é minha melhor amiga. E... eu a amo.

Eu me preparo, porque acabei de dizer isso em voz alta, algo que parece muito sério para ser dito assim, mas, ao mesmo tempo, muito importante para se deixar de fazer. Entretanto Christina... está totalmente em silêncio. Com o coração acelerado, eu me inclino para trás e olho para ela.

Está dormindo.

Desmaiou por completo. Vencida pelo cansaço. E uma concussão. Estou surpreso que tivesse energia para chorar como chorou.

Dessa vez, sim, eu rio, bem baixinho, aqui no escuro. Não importa se ela me ouviu; ainda assim foi dito, ainda assim é verdade. Agora, é minha vez de dizer a ela que eu estou bem, que ela está bem, e que vamos sair dessa juntos. Eu vou fazer a minha parte, qualquer que seja. Silenciosamente prometo-lhe que serei forte o suficiente, e esperto o bastante. Vou dar um jeito nisso. Descobrirei como.

Continuo não sendo como meu pai, nem chego perto de ser como ele. E, agora, daria tudo para tê-lo aqui. Queria que ele me dissesse o que estava pensando, o que exatamente ele iria querer que eu fizesse quando eu finalmente voltar ao seu laboratório, que ele finalmente entendesse como todas as peças desse quebra-cabeça se encaixam... Josephus, os artefatos escondidos dos H2, o *scanner*, o contador populacional e suas anomalias, os planos que o protetor de tela ocultava. Mas não só isso.

Jamais pensei que me sentiria assim, no entanto... sinto sua falta. Agora que ele se foi, percebo o que mais eu perdi. Ele me amava. Nunca disse isso, mas eu sei que me amava. Ele demonstrava isso cada vez que me cobrava nos treinos, cada vez que me obrigava a correr um quilômetro extra ou fazer uma série a mais de pesos, cada vez que enfiava aqueles envelopes de gel de proteína horríveis na minha mochila e ao lado do meu prato. Ele queria que eu fosse forte, para me manter vivo, para proteger a minha família. Eu queria que ele estivesse aqui e colocasse a mão no meu ombro mais uma vez. Dessa vez, eu não iria afastá-la ou me virar. Dessa vez, eu permitiria.

E, apesar de ser tarde demais para isso, fiquei com tudo o que ele me deixou, e não irei afastar isso também. Desvencilho-me cuidadosamente de Christina e deslizo para fora da cama, seguindo para o corredor. Mamãe e Charles estão concentrados em seja lá o que for que há na tela do computador e sequer olham para cima até que eu digo:

— Então, qual é o plano?

Minha mãe se assusta, mas Charles se vira para mim lentamente, seu olhar passa dos meus pés descalços às minhas cuecas samba-canção, dali à minha camiseta, até chegar ao meu cabelo, que provavelmente está arrepiado.

— O que podemos fazer por você, Tate?

— Eu perguntei qual é o plano, professor. Para que eu possa ajudá-los.

Minha mãe esfrega os olhos e fala com voz cansada.

— Não encontramos muita coisa em meus antigos arquivos. Nada sobre algumas das características externas do *scanner*, como aquela fileira de entradas na lateral. Então, estamos tentando acessar alguns dos arquivos no servidor do seu pai. Está demorando um pouco.

Olho para Charles.

— Por que exatamente você precisa dos arquivos do meu pai?

Porque responde Charles — na mais remota possibilidade de perdermos o controle dessa tecnologia... e estamos fazendo o máximo para que isso não ocorra... queremos compreendê-la por dentro e por fora, para que a pessoa com o dispositivo não seja a única detentora de seu poder.

— Vocês acham que ele pode ser replicado? — Não estou certo de que isso seja uma coisa boa, mas Charles parece bastante animado com a perspectiva.

Minha mãe franze a testa para Charles, antes de responder.

— Não saberemos o que é possível até descobrirmos como ele o construiu, e se ele utilizou artefatos H2 originais ou réplicas. A essa altura, quanto mais soubermos, mais vantagem teremos sobre ambos os lados, por isso não vou desperdiçar nem um minuto desse tempo.

Vantagem. Isso soa bem.

— Por que não pediram a minha ajuda?

Charles solta uma gargalhada controlada.

— Sua mãe tem doutorado em bioquímica e não conseguiu compreender, então, não sei por que você...

— Não, Charles — minha mãe diz para ele antes de seu olhar pousar em mim novamente. — Você acha que consegue? É bastante complicado.

Reviro os olhos.

— Complicado? Mãe, você não faz ideia do que eu sou capaz. E o papai também não fazia, e você viu no que deu. Ele me ensinou tão bem que nem mesmo *ele* sabia que eu cansei de *hackear* o computador dele. Posso não ter encontrado tudo, mas, também, não sabia o que eu estava procurando.

Charles parece intrigado.

— Você acha que consegue burlar este *firewall*?

Eu sorrio.

— É Triplo DES?

Minha mãe se volta para a tela do computador.

— Eu... acho que sim — ela murmura. — A segurança do seu pai é muito mais sofisticada do que costumava ser.

— Permitam-me. — Eles me deixam assumir o teclado, e eu me infiltro no sistema usando o *backup* da porta de UDP[7] para obter o certificado digital. — Posso fazê-los acessar.

Com o certificado, acesso o sistema do meu pai e deixo a minha mãe procurar os arquivos que ela quer usando termos de pesquisa relevantes. Depois de alguns minutos, ela aponta para a tela.

— Acho que esses podem ajudar, mas não consigo abri-los. Eles estão criptografados. — Charles, que tem estado quieto nos últimos minutos, olha esperançoso para mim.

Dou de ombros.

— Posso decodificá-los, mas vai demorar um tempo.

— Um tempo? — Ele deixa a cabeça pender, seus dedos curvam-se sobre os braços de sua cadeira de rodas.

Minha mãe coloca a mão em seu ombro.

— Sei que tem sido uma longa noite. Você quer ir para a cama e deixar que Tate e eu lidemos com isso?

Charles levanta a cabeça.

— Não. É como sua mãe disse. Não podemos perder um minuto.

Ele me lança um olhar duro, e eu o encaro de volta. Minha mãe o conhece e confiou nele por anos, mas não vou ficar de braços cruzados e deixar que ele examine as coisas do meu pai sem mim. Ainda mais porque há uma pontinha de tensão no rosto de minha mãe enquanto olha para ele.

— A decodificação vai levar algumas horas. Vai terminar lá pela hora do café da manhã. — Acesso o meu próprio servidor e inicio o *download* do programa de decodificação. Quando o arquivo começa a

---

7 Protocolo de datagrama universal. (N. R.)

baixar, eu me inclino para trás e cruzo os braços sobre o peito. — O que dá tempo a vocês de me deixarem a par do seu plano.

Eles explicam que, enquanto aguardamos a chegada de George, usaremos os arquivos decodificados para compreender o *scanner* o máximo que pudermos. Quando George chegar aqui, ele irá levar o *scanner* a um local seguro e ainda não definido, desconhecido tanto para o Núcleo como para as Cinquenta. Se fosse qualquer outro que não George, eu mostraria minha indignação num piscar de olhos, mas ele era a única pessoa em que meu pai parecia confiar no final. Assim que o *scanner* estiver seguro, Charles atuará como um emissário junto ao Núcleo e minha mãe e George entrarão em contato com as Cinquenta. O *scanner* não voltará a entrar em cena até que ambos os lados cheguem a um acordo.

Não menciono que tenho meu próprio plano. Esses arquivos que a minha mãe está recuperando sequer chegam aos pés do que meu pai tem em seu servidor. O grosso de seu trabalho — incluindo o contador populacional e as plantas e planos que ocultam — não está nem remotamente acessível. Há uma série de sistemas de detecção de intrusos dos quais eu não cheguei perto enquanto Charles estava olhando por cima do meu ombro. Mas, quando eu chegar ao laboratório do meu pai, vou descobrir *tudo*. Papai me deixou com o que eu preciso, tenho certeza disso. Só preciso pensar como ele pensava. Ele disse: "Quando chegar a hora, é Josephus...". E agora que tenho interagido com o sistema do papai, estou mais convencido do que nunca de que "Josephus" não é realmente uma pessoa no fim das contas — talvez seja uma senha.

Mal posso esperar até que George chegue. Ele pode saber alguma coisa sobre o que o meu pai queria fazer com o *scanner*, e talvez possamos voltar para seu laboratório e descobrir tudo quando o *scanner* estiver num lugar seguro. Devemos ter o suficiente para decifrar os mecanismos básicos do *scanner* — ou teremos, assim que executarmos o programa de decodificação. Quando uma dor de cabeça se instala na região atrás dos meus olhos, digo boa-noite para mamãe e Charles e marcho de volta para o quarto de hóspedes, para aproveitar ao máximo o tempo até lá.

Christina desliza o braço em volta da minha cintura e roça o nariz em meu pescoço quando eu me enfio na cama ao lado dela. Ela emite um som bem agradável, esse ruído vulnerável ao qual meu corpo responde automaticamente, e eu a envolvo apertado nos braços. Respiro com ela, profunda e lentamente, e deixo que esse ritmo me proporcione aquilo de que venho precisando há tantas horas: a chance de fugir por um tempo. Agora que tenho um plano, agora que estou fazendo *o melhor que sei*, como meu pai teria dito, mereço esse descanso. Fecho os meus olhos, finjo que é segunda-feira novamente, e deixo-me levar pelo sono.

VINTE E TRÊS

A PRIMEIRA COISA DE QUE TOMO CONSCIÊNCIA É QUE HÁ ALGO ESPAnando a minha garganta muito suavemente, fazendo cócegas de levinho. Fico ali deitado no escuro, absorvendo a sensação.

Os cílios de Cristina.

— Você está acordada? — sussurro, baixo o suficiente para que, se ela não estiver, eu não acabe despertando-a.

— Sim. Dormi quase o dia inteiro no carro, ontem.

— Há quanto tempo você está acordada?

— Tempo suficiente para saber que você ronca.

— Eu não ronco! — Ronco?

Ela ri.

— Não, você não ronca. Você só dá umas fungadas engraçadas, de vez em quando.

Esfrego os olhos.

— Obrigado por me avisar.

Sua mão desliza ao longo da minha cintura até o meu peito, sobre o meu coração. Coloco minha mão sobre a dela.

— Sinto muito por tudo isso — digo.

— Eu sei que sente. E sei também que você tem se recriminado esse tempo todo.

— Eu quero consertar as coisas. Mas é... — Fico olhando para o teto. Arquivos criptografados? Moleza. Minha relação com Christina? Ainda um quebra-cabeça pra mim.

Sinto a respiração dela na depressão da base do meu pescoço.

— Não é algo para você consertar. É algo para descobrirmos juntos. — Ela beija meu queixo. — E nós vamos. — Sua voz soa tão baixinho, e nela eu percebo quanto Christina realmente está insegura, e quanto terreno terei que percorrer para reconquistar a confiança dela. Para convencê-la... apesar de toda a loucura, das diferenças entre nós, do legado familiar que não entendo... de que eu ainda sou Tate, e ela ainda é Christina, e nós somos amigos. E muito mais do que isso. Quero dizer a ela de novo que eu a amo, que faria qualquer coisa para ter certeza de que ela está a salvo, mas entendo que, neste momento, as palavras não valem muita coisa. Então, eu a abraço forte e rezo para que ela sinta isso na batida do meu coração. Ela muda de posição, de modo a descansar a cabeça no meu peito, e eu fecho os olhos e deixo-o falar por mim.

É um momento silencioso, porém não de um silêncio carregado. Um momento verdadeiramente sereno. Plácido.

Uma paz que é quebrada por uma batidinha na porta

— Tate? — minha mãe sussurra.

— Estamos acordados — digo.

Minha mãe enfia a cabeça para dentro.

— Nós vamos sair em breve. Vocês podem se levantar?

Quando a porta se fecha novamente com um clique, pego o celular do meu pai e o visor me diz que ainda não são cinco da manhã. Faltam pelo menos duas horas para que os arquivos estejam totalmente descriptografados. O que significa que algo está errado. Estendo a mão e acendo o abajur na mesinha de cabeceira, uma antiguidade pesada, com uma cúpula de vidro. Christina cobre os olhos com a mão e geme. Ela me espia por entre os dedos.

— Talvez você devesse apagar isso. Tenho certeza de que estou horrível.

— Estava pensando no quanto eu gosto de acordar assim.

Suas bochechas ficam coradas, e ela me dá um sorriso hesitante.

— Eu também.

Vou até o armário e puxo de um cabide um par de calças cáqui, mais uma vez agradecido por Charles ter um filho e por ele ser quase do meu tamanho. As calças ficam pescando siri, mais curtas uns cinco centímetros, entretanto, assentam-se bem na cintura, e os sapatos são um pouco apertados, mas sou grato por ter algo para calçar.

Eu me viro e vejo Christina olhando para o seu vestido.

— Podemos parar em algum lugar hoje e comprar umas roupas normais para mim? Estou me sentindo um pouco... Amish.

Supondo que o plano ainda seja pegar George no aeroporto, devemos ter tempo de comprar alguma coisa no caminho.

— Acho que podemos fazer algo a respeito.

Ela se levanta e alisa o vestido, que agora está irremediavelmente amassado. Seu cabelo cai loucamente sobre os ombros, e, tirando um vislumbre ocasional da bandagem branca por baixo, ninguém diria que ela foi baleada há dois dias. Quando levanta a cabeça, ela me olha nos olhos. Quente. Real. Como se um dia as coisas pudessem de fato se acertar. Vendo-a ali, sorrindo para mim desse jeitinho, quase posso acreditar.

Ela me deixa segurar a mão dela enquanto caminhamos pelo corredor até a sala de estar. Mamãe e Charles estão lá, e é óbvio pelas olheiras dela e pelas bolsas que se formaram sob os olhos dele que os dois permaneceram acordados, conversando por muito tempo depois que eu fui para a cama.

— Logo depois que você foi dormir, recebemos a informação, por meio de um dos contatos de Charles, de que Race deixou Nova York — minha mãe diz, olhando para o teclado. Ela se trocou e está usando algumas roupas de Charles, calças pretas e uma camisa branca que está sobrando, muito larga para seu corpo esguio. — Notificamos George, que partiu de Chicago imediatamente. Ele acaba de desembarcar e está a caminho daqui.

Dou uns passos para a frente apressadamente.

— Você acha que Race está vindo para cá atrás de nós?

Charles faz um gesto de desdém com a mão.

— Ele pode muito bem estar indo para Chicago, pelo que sabemos.

— Sim, e, pelo que sabemos, você também pode tê-lo avisado que estaríamos aqui, quando ele telefonou — eu retruco.

— Tate, eu preciso de sua ajuda — minha mãe diz, e eu me afasto de Charles, antes que ele tenha a chance de dar desculpas. — Você pode apagar qualquer vestígio desses arquivos decifrados?

— Não os apague, Mitra — grita Charles, rodando até nós e colocando a mão no meu braço. — Quero ver se posso...

Eu me desvencilho da mão dele, não muito gentilmente.

— Cara, meu palpite é: se Race vier para cá, ele não apenas terá acesso a esses arquivos, como será capaz de usar o que está no seu computador como um túnel de volta para o servidor do meu pai. — Ele pode até não conseguir ir muito longe, mas, a meu ver, mesmo um pouquinho é demais.

Charles fecha a cara, mas se afasta, e eu noto que a minha mãe não me repreende por falar assim com ele. Analiso sua expressão, tentando decifrar se ela ainda confia em seu velho amigo tanto quanto antes. Espio por cima do ombro e vejo Christina parada no corredor, olhando de mim para Charles e de Charles para mim. Provavelmente, já ficou óbvio quanto não vou com a cara dele, porém essa é a menor das minhas preocupações nesse momento. Reinicio o *firewall* e apago os *audit logs*, enquanto minha mãe coloca o *scanner* na mochila de Christina.

— Estamos voltando para Nova York? — Christina pergunta em voz baixa, enquanto entra lentamente na sala.

Mamãe se vira para ela.

— Você está. Assim que George levar o *scanner*, entraremos em contato tanto com as Cinquenta como com o Núcleo, para começar as negociações. Você estará a salvo. — Ela me olha de esguelha. — Mas Tate e eu precisamos ir para Chicago.

Termino o meu trabalho no computador de Charles e vou até Christina, tomando-lhe a mão e apertando-a. Ela precisa voltar para a família, mas deixá-la ir vai ser tremendamente doloroso. Ela se aproxima ainda mais de mim e pressiona o rosto contra o meu pescoço, como se sentisse a mesma coisa.

Estou abrindo a boca para perguntar à minha mãe exatamente como nós faremos para enviar Christina em segurança de volta para Nova York quando ouço um grito vindo de fora, seguido por risadas agudas.

Olho para Charles, que revira os olhos e descarta qualquer importância ao fato com um aceno de mão.

— Lembre-se de que você está num *campus* universitário. Tem gente correndo nua pelo gramado a qualquer hora do dia e da noite, para beijar a estátua nos degraus da Rotunda. Pouquíssimos estão realmente sóbrios quando fazem isso.

Outro grito, mais agudo. Frenético e assustado dessa vez. Seguido de silêncio.

Charles franze a testa.

Minha mãe e eu já estamos na janela da frente, um segundo depois, e, na escuridão da madrugada, consigo avistar apenas a pele alva e o cabelo louro de uma garota. Nua, como Charles previra. Perto da escadaria da Rotunda, como Charles previra.

Esperneando e se debatendo enquanto uma figura vestida de preto tapa-lhe a boca com a mão e arrasta-a para um prédio do outro lado do gramado.

Como Charles não previra.

Aperto os olhos e vejo mais uma meia dúzia de vultos meio que rastejando pela grama gasta em direção ao nosso prédio. Meus batimentos cardíacos disparam quando me dou conta de que Charles não enganou Race nem um pouco.

Minha mãe solta um palavrão baixinho.

— Ele já está aqui — ela diz com a voz engasgada, virando-se e se afastando da janela. Ela agarra meu braço e me empurra para a porta. — Vá!

Charles gira sua cadeira na direção de minha mãe.

— Mande uma mensagem para George mudando o ponto de encontro. Temos que tirar o *scanner* daqui. George pode nos encontrar no Walmart, na periferia da cidade.

Enquanto minha mãe usa seu telefone preto não rastreável para se comunicar com George, Charles dispara pelo corredor com sua cadeira de rodas motorizada e retorna logo depois com uma bolsa preta no colo. Minha mãe me entrega a mochila de Christina com o *scanner* dentro. Charles abre a bolsa preta e passa uma arma para a minha mãe e, em seguida, tira dali uma para si próprio.

— Você tem alguma coisa aí para mim? — eu pergunto, olhando para as dezenas de pentes de munição na bolsa. Atiro muito bem tanto com rifles como com pistolas, e o que minha mãe tem nas mãos, afinal de contas, é uma pistola semiautomática básica, nada de extravagante.

— Não. E você não vai ficar. Você vai levar o *scanner* — minha mãe diz, enquanto se coloca ao lado da porta e solta a trava de segurança.

— E você?

Ela me olha duro.

— Vou garantir que você consiga sair daqui. — Sem esperar pela minha resposta, ela abre a porta e gira, vasculhando o corredor, varrendo o local com olhos experientes e certeiros, nunca baixando a arma.

— Para que lado fica a escada? — ela pergunta.

— À sua direita — diz Charles. Ele lhe oferece a bolsa repleta de munição.

Ela a pega e a coloca atravessada no peito.

Charles agarra o meu braço.

— Tenho um elevador aqui mesmo no apartamento — ele diz, enquanto aponta para o final do corredor que leva ao seu quarto. — Só o instalaram no ano passado, especialmente para mim, por isso, é improvável que conste de qualquer planta que Race tenha usado para planejar seu ataque. Você pode descer por ele se sair agora.

Sei que não há tempo. Sei que eles estão vindo. Mas... — Mãe, todos nós podemos sair dessa forma. Não vá até lá. Venha com a gente.

Ela franze a testa.

— Gostaria de poder. Mas eles estão muito perto. Se eu os distrair, não vão pegar você. — Ela toca no meu braço, e sua mandíbula está contraída, como se ela estivesse se esforçando muito para controlar sua expressão. — Por favor, simplesmente vá, está bem? Vejo você em breve. — Ela se vira e corre em direção à escada, sem olhar para trás.

Meus pés parecem estar presos com concreto, enquanto observo minha mãe sair correndo para enfrentar sozinha uma maldita equipe da SWAT.

— Não. — A porta para a escada se fecha atrás dela.

Charles me cutuca na lateral.

— O elevador é por ali.

Os primeiros tiros são disparados antes que ele termine a frase.

— Não! — eu grito.

Minha mãe está prestes a ser alvejada por causa de um pedaço de plástico de trinta centímetros que está dentro da minha mochila. Assim como meu pai. Atrás de mim, ouço Christina me dizendo que temos de ir, temos que correr, temos que sair daqui. Mas... estou congelado no lugar, enquanto os segundos se escoam, pensando em meu pai e no que ele teria feito. Sim, ele teria morrido para não deixar o *scanner* cair nas mãos de Race. Mas ele teria deixado minha mãe morrer? Será que ele queria que eu perdesse os dois? Não posso acreditar nisso.

— Tate! — a voz de Charles soa tão estrondosa como uma explosão de granada.

Olho por cima do ombro, prestes a lhe dizer que eu preciso ir, que vou destruir o *scanner* ou entregá-lo a Race ou seja o que for que tiver que fazer, desde que minha mãe continue viva...

Charles Willetts tem um punhado de cabelos de Christina nas mãos. Ela está curvada sobre a cadeira de rodas. A arma está pressionada contra sua têmpora.

— Sinto muito, Tate. Eu sei que é difícil. Mas preciso de você para transportar o *scanner*, e você não poderá fazer isso se for capturado pelo Núcleo.

— Preciso buscar a minha mãe — digo estupidamente sob o pipocar de tiros. — E você precisa largá-la.

Charles sacode a cabeça indicando que não. A expressão de Christina é toda de dor, o que não é surpreendente, dado que sua cabeça foi costurada apenas um dia atrás. Ela está com o lábio inferior entre os dentes e os olhos fechados com força, como se tivesse certeza de que este é o seu último instante na Terra. Isso me faz querer bater a cabeça de Charles contra algo muito duro. Ele deve ter percebido isso, também, porque rola para trás poucos metros, mais para dentro de seu apartamento.

— Pegue o *scanner* e vá, filho.

— Pensei que você havia dito que eu podia confiar em você. — E eu deveria ter confiado em meus instintos.

Charles me mostra um sorriso fantasmagórico.

— Eu não sou seu inimigo.

Meus olhos passam para o cano de sua arma, pressionado contra a têmpora da minha namorada.

— Tem certeza disso?

Ele afrouxa o controle sobre ela, mas apenas ligeiramente.

— Esta jovem estará perfeitamente segura, e vocês dois estarão juntos novamente assim que você entregar a tecnologia para George. Só preciso que você se concentre. E você vai ser mais rápido se estiver sozinho.

— Isso é estúpido. — Escorrego a mochila pelo meu braço e a seguro diante de mim. — Eu lhe entrego essa merda agora, e você me deixa pegar Christina e sair.

Ele sacode a cabeça negando.

— George estará no Walmart em menos de meia hora, e você precisa encontrá-lo lá. Não vou permitir que os H2 obtenham o controle disso — ele rosna.

Meus pensamentos estancam nessas palavras.

— Você não vai permitir que os H2 obtenham o controle disso? — Volto a pensar na noite anterior, lembrando que ele não passou o *scanner* sobre si próprio. — Quem é você, professor, e de que lado está jogando?

Dou um passo em direção a ele, e seu dedo se prepara para puxar o gatilho.

O brilho desesperado em seus olhos me faz parar de repente.

Neste momento, sua lealdade é o que menos importa. Ele está perfeitamente disposto a meter uma bala no crânio de Christina para obter o que quer. Minha mão está cerrada sobre a alça da mochila, e estou lutando contra a vontade de arremessá-la nele. Christina está agarrada ao braço da cadeira de rodas desse idiota, e seus braços estão tremendo.

— Como posso ter certeza de que você pode tirá-la daqui em segurança? — berro, já que toda a minha calma já se evaporou há muito tempo. Há um pequeno exército lá fora! — O tiroteio não parou durante todo esse tempo, e sei que é questão de apenas um ou dois minutos antes de eles passarem por minha mãe e subirem as escadas.

Ele inclina a cabeça em direção à porta, onde há outra escada no extremo oposto do corredor.

— Vou tirá-la de forma segura. Tão logo o *scanner* esteja escondido, ligarei para o meu contato no Núcleo. Eles vão cooperar, porque temos o controle de algo que eles querem.

Christina abre os olhos. Eles estão secos, cheios de uma raiva fria que me diz que é melhor Charles não baixar a guarda.

— Vejo você em breve — diz ela.

Entro no apartamento e Charles roda para trás, abrindo caminho. O cano da arma está encostado tão firmemente contra a têmpora de Christina que está deixando uma marca superficial.

— Vá até o final daquele corredor — diz ele. — O elevador se abre para um vestíbulo do dormitório ligado a este prédio, e eles não serão capazes de vê-lo do gramado. Você pode alcançar o estacionamento pela saída do dormitório.

Com um último olhar para o dedo pressionado contra o gatilho, volto a colocar a mochila no ombro e corro pelo corredor.

Há uma janela em sua extremidade, com vista para os telhados. Aperto o botão do elevador e me viro para ver Charles na sala de estar, ainda segurando a minha namorada. O elevador range e estala... depois, há uma explosão dentro de seu poço que faz tremer o chão e sopra uma onda de poeira por baixo das portas fechadas. Cambaleio para trás até que meus ombros batem na parede atrás de mim. Mais uma vez, subestimamos o inimigo.

— Eles estão bloqueando nossas saídas! E agora, *professor*? — eu grito.

— A janela! — ele indica, arrastando Christina para o corredor. — Saia pela janela!

Escancaro-a e sou imediatamente atingido pelo cheiro metálico e fumarento de um tiroteio. Inclinando-me para fora lentamente, meus movimentos pontuados pelo som de balas atingindo vidros, madeira e... *oh, Deus, por favor, não... a minha mãe...* Percebo que posso ouvir e sentir o cheiro da ação, mas não posso vê-la de onde estou. Estou em cima de uma seção deste complexo que tem apenas um andar, oculta pela lateral do prédio de dois andares do pavilhão que acabo de deixar. Caminho pela parte frontal do telhado, que é plana e tem vista para o gramado, à minha direita. À minha esquerda, o telhado sobe em um ângulo suave, e, do outro lado, fica o estacionamento. Espio sobre a borda e bato os olhos numa calha para escoar água de chuva. Minha rota de fuga.

Um homem abaixo de mim grita, e eu me agacho. Será que pegaram a minha mãe? Será que estão subindo? Onde ela está? Achatando-me contra o telhado, inclino-me sobre a borda, apenas o suficiente para ver além da colunata da frente do pavilhão.

E eu a vejo, por trás do vidro serrilhado que resta nos caixilhos das vidraças vazadas. Do lado de dentro do saguão.

Ela está de cócoras, com as costas contra uma das colunas. As luzes sobre o passeio coberto me proporcionam uma visão fácil da dezena — ou até mais — de agentes que ela está enfrentando. Há dois no telhado do prédio do outro lado do gramado, vários atrás de árvores próximas, e um grupo por trás da colunata em frente à Rotunda. Sua pistola não é páreo para o armamento deles, e ela está encurralada: tudo que pode fazer é segurá-los por um tempo. A julgar pela bolsa recheada de munição aos pés de minha mãe, ela planeja dar-lhes muito trabalho ainda.

Com fria precisão, ela se vira rápida como um chicote por trás da coluna e puxa o gatilho uma, duas, três vezes, como se estivesse operando de acordo com um mapa em sua cabeça. Três agentes caem: um atrás de uma árvore e dois atrás das colunas. É apenas um triunfo momentâneo, no entanto, porque o restante deles revida em uníssono, enviando-a para o chão com a ferocidade do fogo cerrado.

— Que diabos você está fazendo? — Charles rosna. Olho para cima e vejo-o me observando da janela do apartamento. — Você está desperdiçando o sacrifício de sua mãe. Se ela morrer e você ainda for pego, o sangue dela estará em suas mãos.

Um tiro dá razão a ele.

O grito de minha mãe me rasga em dois. Viro a cabeça a tempo de ver sua queda, o sangue fluindo entre os dedos com que segura seu braço esquerdo. Mas, depois de apenas um segundo, ela ergue a arma com a mão direita e continua a disparar, com uma expressão de pura determinação.

Charles está certo. Não posso ajudá-la. Tudo que posso fazer é o que ela me pediu: tirar o *scanner* do alcance de Race. Cerro os dentes e busco alcançar o chão, jogando-me sobre a borda do telhado baixo e deslizando para baixo do outro lado. Agarro a calha a tempo de evitar cair, mas ela estremece e se desprende da parede. Tenho apenas uma fração de segundo para decidir como cair. Impulsiono o corpo ao ar livre, para longe do prédio, lançando-me sobre o enorme carro esportivo vermelho abaixo de mim. Sua capota alta diminui a minha queda em quase dois metros. E é melhor bater nela do que no pavimento duro.

Caio pesadamente sobre o veículo, batendo os joelhos e cotovelos, errando parcialmente a capota e rachando o para-brisa. Todo o ar de meus pulmões foi expelido com o choque, porém o meu cérebro está gritando. Estou muito exposto. Deslizo para fora do carro e agacho-me entre ele e outro carro compacto, orientando-me e tentando recuperar o fôlego. Nosso carro está do outro lado do estacionamento. Só tenho que chegar até ele. Com a respiração ofegante, fico em pé e me preparo para disparar até lá.

Forço minhas pernas a correr com passadas firmes no chão, forço meus braços a manter o ritmo, forço a imagem de minha mãe, sangrando e ferida, para fora do meu cérebro. O tiroteio ainda está furioso, então, ela deve estar viva, deve estar resistindo. Isso me faz continuar. O sedã cinza-claro está estacionado ao lado da mureta de jardim, e eu tiro as chaves da mochila enquanto corro em direção a ele. Jogo a mochila no banco e estou prestes a entrar quando ouço o ruído de sapatos na pedra.

Senhor Lamb está de pé em cima da mureta alta do jardim, bem na frente do meu carro.

VINTE E QUATRO

ILUMINADO PELA LUZ DE UM POSTE, LAMB ESTÁ VESTIDO COM UM terno escuro e uma gravata preta, como se fosse um agente de verdade hoje, uma ferramenta do governo, em vez de apenas um informante.

Mas, mesmo daqui, posso ver a mancha marrom em seu colarinho.

Ele está com as mãos estendidas diante de si. Sua arma está dentro do coldre na cintura.

— Tate. Nós podemos acabar com o que está acontecendo. — Ele inclina a cabeça em direção ao gramado. — Isso pode terminar agora.

Não há nada dentro de mim exceto frieza. Imagino que isso é o que Christina está sentindo agora... Agora que ela já foi longe demais, além do medo, além do ódio, além de qualquer coisa que não uma fúria pura e fria. Minha voz é firme ao dizer:

— Por que você tenta fazer disso um jogo cooperativo, Sr. Lamb? Atirar em mim em troca do *scanner* é a estratégia dominante aqui.

Ele ri, mostrando o espaço entre os dentes.

— Você sempre foi o meu melhor aluno. E você é um bom garoto. Dê-me o dispositivo e poderemos conversar sobre isso sem ter que ouvir um tiroteio no fundo.

— Como nos encontraram? — Preciso saber se aquele cretino da cadeira de rodas nos entregou.

Lamb faz uma careta.

— As atividades recentes de Willetts não são tão secretas como ele imagina.

O tiroteio no gramado silencia, e o silêncio predomina, após um último estalido. Meu estômago se transforma em gelo.

— Ok, você venceu. Espere um segundo.

A luz do poste está se refletindo em meu para-brisa; dá para perceber pelo jeito como Lamb está apertando os olhos para enxergar, enquanto eu me abaixo dentro do carro. Seus dedos fazem menção de se dirigir ao seu coldre, mas ele está tentando ser legal aqui, tentando ser muito mais charmoso do que ele jamais conseguiria. Abro o porta-luvas e pego o manual do usuário do carro, um pesado e grosso livreto, encapado em vinil preto. Segurando-o dobrado contra a perna da minha calça, desço do carro.

— Talvez isso nos ajude a chegar a um equilíbrio — eu digo.

Sua risada é desagradável.

— Oh, nunca fomos iguais.

Concordo com a cabeça.

— É verdade.

Ele dá um passo para trás, tentando ver o que estou segurando na mão.

— Não tente qualquer um dos seus truques, Tate.

— Nem sonharia fazê-lo. Sei que isto não é um jogo. — Então, lanço o manual do usuário o mais longe que posso... bem mais de um metro e meio à esquerda do Sr. Lamb. Ele pode ser alto, mas mesmo seus braços longos e magros não chegam tão longe. Ele está totalmente ludibriado pelo reluzente retângulo preto que passa voando por ele e se esforça para agarrá-lo no ar... mas cai para trás junto com o objeto, por cima da mureta de pedra. Ele solta um grito irritado quando aterrissa do outro lado.

Mergulho para dentro do meu carro e meto a chave na ignição e, então, disparo pela pista estreita. O torso de Lamb surge por cima da mureta, já segurando o telefone no ouvido. Estou feliz que ele não esteja atirando em mim.

Puxo o celular do meu pai da mochila de Christina e uso o GPS para saber como chegar ao Walmart mais próximo. Felizmente, é tão cedo ainda que as ruas estão quase vazias, mas ouço uma sirene ao longe e sei que as autoridades provavelmente estão a caminho. Espero que também haja uma ambulância a caminho para a minha mãe, e que ela ainda precise dela. E isso é tudo que me permito pensar agora, porque preciso me livrar desse *scanner* e pegar Christina e, então, farei o que mais tiver de fazer assim que minha mãe estiver segura.

O Walmart, um desses gigantescos hipermercados, fica a cerca de quinze minutos de carro, e seu estacionamento está pouco iluminado quando estaciono. Há alguns *trailers* parados em sua extremidade mais distante, mas, fora isso, está vazio. São cinco para as cinco da manhã.

Contorno toda a loja e finalmente resolvo parar em uma vaga perto de uma entrada lateral.

O celular do meu pai vibra com uma mensagem de texto.

Da minha mãe.

Estou viva. Ambulância aqui. Tome cuidado.

Fico olhando essas palavras, meu coração está batendo forte. O barulho de uma buzina me desperta do transe.

Um veículo roda até parar na frente do meu. A porta do motorista se abre, e George Fisher sai. Aliviado por ver um rosto amigo, desço do meu carro.

George me lança um sorriso triste.

— Sinto muito sobre o seu pai, Tate. Ele era o meu melhor amigo. — Seu cabelo prateado está desgrenhado e parece que ele envelheceu muitos anos nos últimos dias.

— Eu sei que ele confiava em você — digo. — Minha mãe também confia. Mas quanto contato você teve com Charles Willetts? Ele está com Christina, e eu não sei de que lado ele está.

— Eu confio plenamente em Charles Willetts — diz ele, enquanto caminha em minha direção. — Você está com o *scanner*?

Puxo-o para fora da mochila.

— Tem certeza de que pode mantê-lo seguro? Um monte de pessoas está atrás dessa coisa...

Ele sorri.

— Posso lhe garantir que nenhum dos lados vai controlar essa tecnologia, Tate. É muito importante.

Ele estende a mão, e eu passo o *scanner* para ele. Enquanto George o pega, seus dedos esbarram acidentalmente no interruptor e o aparelho é ligado. Por um segundo, uma luz laranja brilha sobre a pele de George, e, entao, ele rapidamente o desliga de novo, rindo.

— Oops.

Fico olhando para a pele nua de seu braço, onde a luz do *scanner* brilhou laranja.

— O que foi isso?

Ele se vira e caminha em direção ao seu carro.

— Eu prometo a você que vamos falar sobre tudo isso quando eu o vir novamente, ok?

Engulo em seco, incapaz de fazer passar o mal-estar em minha garganta.

— Ei, talvez eu devesse levá-lo...

O ronco de um motor me distrai, e eu ergo a vista, a tempo de ver um Volvo azul-marinho frear cantando os pneus, a menos de dez metros de distância. Fico boquiaberto quando Christina desce do carro com os olhos faiscando. Ela sorri sombriamente quando me vê.

— Os reflexos dele não foram tão rápidos quanto os meus.

— Esse é o carro de Charles? — Eu me espanto, já caminhando para a frente para tocá-la, para ter certeza de que ela é real.

Ela confirma com a cabeça.

— Controles manuais. Realmente estranho. Mas eu aprendo rápido. — Sua expressão adquire um ar solene e ela corre os poucos metros que nos separam. — Assim que você fugiu, eles pararam de atirar e bateram em retirada — diz ela, com a voz abafada, pois esconde o rosto no meu ombro. — Chamei a ambulância para a sua mãe pouco antes de sair.

— Obrigado — sussurro e, em seguida, levanto a cabeça ao ouvir o distante barulho de um helicóptero.

George pragueja, e sua voz soa tão gutural e estranha que Christina se encolhe em meus braços. Eu me viro e vejo-o voltar para o seu carro.

— Espere! — eu grito. — Você pode nos levar...

Ele bate a porta e mete o pé no acelerador.

O helicóptero preto ruge ao longo do rio que passa por baixo da rodovia próxima ao Walmart e, então, se vira, vindo direto para onde estamos. Levo alguns segundos para me livrar do desejo desesperado de que seja apenas uma equipe de reportagem ou algo assim.

A explosão de uma arma de grosso calibre ajuda.

— O carro não nos dará nenhuma proteção — grito para Christina, agarrando-lhe a mão e arrastando-a para a loja.

Ela me puxa na direção oposta, de volta para o carro.

— A loja está fechada, Tate! Abra o porta-malas!

Faço o que ela diz. Há uma velha chave de roda ao lado do estepe, e ela a pega e, em seguida, corre em direção à loja com a cabeça enterrada nos ombros.

Enquanto eu a sigo pelo estacionamento, vejo o carro de George sair em disparada em direção à estrada, levantando atrás de si uma pequena nuvem de poeira e cascalho, ao passo que balas provenientes do helicóptero que o persegue atingem o asfalto. Ele faz uma curva fechada à direita, na pista estreita entre as grandes lojas de varejo, indo para a estrada com o helicóptero ainda atrás dele. Christina chega à entrada lateral da loja um segundo antes de mim.

— A polícia virá se o alarme disparar. De que lado eles vão ficar?

— Do lado de Race. A menos que ele os dispense.

Ela olha a loja escura através das portas fechadas.

— Não temos escolha. Você acha que George irá levá-lo para longe de nós?

Antes que eu possa responder, o helicóptero ruge sobre o telhado da loja e começa a se virar para nós outra vez. Eu sei quem está nele e do que ele é capaz, por isso, a decisão é fácil. Como Napoleão disse uma vez, "arranje tempo para deliberar, mas, quando chegar o tempo de agir, pare de pensar e faça".

Estendo minha mão, e Christina me dá a chave de roda. Meto-a entre as duas portas e forço para trás. O alarme começa a soar imediatamente, mas acho que ainda temos, pelo menos, dez minutos antes de a polícia chegar, e acho que é tempo suficiente. Arrombo o segundo conjunto de portas e corro para dentro do Walmart com Christina na minha cola.

— Eu preciso de sua ajuda — digo-lhe, empurrando um carrinho em direção a ela. — Pegue toda a água oxigenada que tiver aqui. E todos os frascos de removedor de esmalte de unha, também. E um frasco de limpador de vaso sanitário. Entendeu?

Ela pega o carrinho.

— Entendi. Onde a gente se encontra?

— Nos artigos esportivos. — Disparo em direção à seção de ferramentas, parando para colocar uma lixeira de plástico, um rodo, alguns pacotes de luvas de borracha e uma caixa de sacos plásticos em meu carrinho, no caminho. Na seção de ferramentas, ao lado das pistolas de calafetagem e dos livros de "faça você mesmo", encontro o que eu quero: cerca de uma dúzia de latas de cimento de contato. Elas vão para o carrinho, também.

Corro para a seção de artigos esportivos, fazendo uma careta por causa do estridente e enervante alarme, buscando ouvir o som dos agentes. No momento em que chego lá, Christina já está à minha espera, e já separou os meus ingredientes. Ela está sentada no chão, com aquele vestido de aparência Amish, abrindo metodicamente todos os frascos.

— Você é incrível! — digo admirado, puxando a lixeira de plástico.

— Apenas me diga que você vai usar isso para acabar com aqueles caras — ela responde, abrindo um frasco de removedor de esmalte de unha.

— Darei o melhor de mim. — Empurro a lixeira de plástico em sua direção. — Encha isso com a água oxigenada e o removedor de esmalte. Depois, quero que você se afaste daqui o máximo que puder.

Ela empalidece um tom, mas faz o que eu digo, enquanto eu abro as latas de cimento de contato. Quando esse material está molhado, é pegajoso que só, como um caramelo superespesso. Quando está seco, fica só um pouco grudento, não muito. Mas quando duas superfícies cobertas de cimento de contato seco são pressionadas uma contra a outra, aderem de forma instantânea e inquebrável.

Christina se levanta e espreita o corredor.

— Eu achava que os policiais estariam aqui agora.

— Nas duas últimas vezes que ele nos perseguiu, não havia policiais locais com ele, apenas os seus agentes. — Abro o limpador de vaso sanitário e despejo uma quantidade generosa na lixeira plástica, que está cheia de um líquido claro e efervescente. Ele chia quando eu uso a chave de roda para mexê-lo, e eu sorrio sinistramente quando os cristais brancos começam a se formar na solução.

— Oh, meu Deus — sussurra Cristina. — O helicóptero está pousando na frente da loja.

Já que não conseguiu pegar o George, está vindo atrás de nós.

— Ajude-me a encher esses sacos com o cimento de contato.

Nós dois colocamos as luvas de borracha azuis em nossas mãos. Cristina segura os sacos plásticos abertos, enquanto eu despejo o material semelhante a caramelo, estremecendo com o cheiro forte.

— É preciso que você tenha muito cuidado com isso — digo a ela. — Aconteça o que acontecer, não pise nisso, está bem?

Ela concorda com a cabeça. Suas mãos estão tremendo, mas ela se move rápido para me ajudar a encher o último dos sacos com a substância grudenta.

Dou-lhe as minhas instruções, enquanto começo a abrir latas de bolas de tênis, levantando a voz para que ela possa me ouvir com o alarme soando.

— Seu objetivo é acertar essas coisas neles, ok? Jogue os sacos de modo que eles se rompam aos pés deles e esse material fique nas solas de seus sapatos. Jogue em seus rostos e eles terão que limpá-los com as mãos. Não precisa ser muito, mas, quanto mais superfícies você acertar, mais provável será que eles acabem com as mãos coladas ao rosto e os pés colados ao chão. Vai ser como jogar balões de água. Mas, assim que você atingi-los, dê o fora imediatamente. Não deixe que eles a peguem.

Ela não parece convencida.

— E se eu errar?

Eu agito uma lata de bolas de tênis para ela.

— Plano B. — Aponto com o queixo para a máquina lançadora de bolas de tênis que está num expositor próximo a nós.

— Você vai disparar bolas de tênis contra eles?

Confirmo com a cabeça solenemente.

— Agora vá e fique escondida. — Posso ouvir passos pesados na parte da frente da loja.

O alarme para de soar.

Apanhando uma braçada de sacos plásticos cheios de cimento de contato, Christina sai margeando as bordas da loja, indo em direção à parte da frente.

Verifico a reação química que ocorre na lixeira plástica. Excelente. Tenho peroxiacetona mais do que suficiente para manter todos ocupados. Por mais perigoso que seja enviar Christina para atirar cimento de contato em quem quer que seja que acaba de entrar pela porta do Walmart, é muito mais perigoso ficar sentado aqui ao lado do conteúdo da lixeira. Que é o que eu vou fazer.

Enquanto me esforço para ouvir o que está acontecendo com Christina, pego mais algumas latas de cimento de contato e uso o rodo para espalhar uma fina camada dele no largo corredor, bem debaixo do enorme cavalete onde as bicicletas ficam penduradas. Não vai demorar mais do que alguns minutos para secar.

Puxo as luvas de borracha até cobrir os meus antebraços, faço uma oração rápida para que eu termine este dia com todos os meus dedos ainda ligados às mãos e coloco delicadamente cada bola de tênis na lama branca dentro da lixeira de plástico.

É quando ouço gritarem um palavrão, seguido por dois tiros e o estrondo de uma enorme prateleira tombando e espalhando o seu conteúdo. Eu ligo a máquina lançadora de bolas de tênis e me inclino para fora do corredor a tempo de ver Christina passar como um foguete através de um espaço aberto, ainda carregando alguns sacos de cimento de contato.

— Há quatro deles — ela grita, admirando-me com sua capacidade de não perder a cabeça enquanto está correndo para salvar a própria vida.

Aponto a máquina lançadora em direção a seja lá o que for que está vindo atrás dela, apanho na lixeira de plástico uma das bolas de tênis embebidas e cobertas por um pó branco, coloco-a na máquina e deixo-a voar. Ela navega para fora do canhão da máquina com um estalo retumbante, e eu suspiro aliviado.

Meu suspiro se torna um engasgo de estupefação quando a coisa atinge uma placa pendurada no corredor 7 e explode com um estrondo ensurdecedor.

— Abaixe-se! — um cara grita.

Agora eu sei que acabei de sintetizar com sucesso o triperóxido de triacetona, ou peroxiacetona, um dos explosivos de choque mais voláteis conhecidos pelo homem.

Carrego o canhão com as bolas molhadas, empurro a máquina para o amplo espaço entre as seções de artigos esportivos e de utilidades domésticas, programo-a para "oscilação aleatória de canto a canto" e corro.

O Walmart vira uma zona de guerra.

Seria muito mais devastador se eu pusesse fogo nas coisas, entretanto, cada bola já está explodindo com um estrondo sem chamas que soa como um tiro de canhão. E se eu sobreviver a isso, penso que provavelmente é melhor não ser acusado por causar, ainda por cima, um baita incêndio no Walmart.

Eu disparo pelos corredores de artigos esportivos e utilidades domésticas, na esperança de que Christina tenha se agachado em algum lugar, que eu a encontrarei a salvo e que eu seja capaz de nos tirar daqui. Quase tropeço em um agente abatido, que está visivelmente sofrendo com um ferimento relacionado a uma bola de tênis, provavelmente um golpe direto. Um de seus braços está cobrindo suas costelas de forma protetora, enquanto o outro agarra sua cabeça. Seus olhos estão bem fechados e ele está pálido como um fantasma. Sequer se dá conta de que estou ali.

Esgueiro-me para a seção de ferramentas, à procura de qualquer indício de cabelos louros ou vestido roxo, qualquer sinal de Christina.

Vejo Race em vez disso. Cabelo escovinha, magro, rosto angular e perfil pronunciado. Está agachado, espreitando pelas bordas das estantes, arma na mão. Bem no fim do meu corredor.

Está com uma leve mancha de cimento de contato seco em suas calças, mas, fora isso, não parece estar com cimento em nenhum outro lugar. Com todo o caos ensurdecedor a nossa volta, ele já poderia ter atirado em Christina e eu nunca saberia.

Saio correndo pelo corredor em sua direção, mas, no último segundo, ele se vira. Agarro seu pulso e o bato contra as prateleiras de metal. Ele deixa cair a arma, mas me chuta no estômago. Antes que eu me dê conta, estou caído de costas, minha cabeça quicando no piso duro do chão. Engancho minhas pernas em volta de sua cintura, tentando obter o controle.

— Tate Archer — ele arqueja. — Como é bom conhecê-lo cara a cara. — Ele desfere um rápido *jab* em minhas costelas que expulsa o ar dos meus pulmões. Ele gira os quadris, e só então percebo como ele é forte. Pesa uns quinze quilos a mais do que eu, e isso tudo é músculo. Vai me dar uma surra e me nocautear num segundo. — Você tem algo que eu preciso.

Sugando o ar através dos meus dentes cerrados, agarro suas mangas, dou-lhe um puxão para o lado e o atiro de costas. Enquanto lutamos, meu rosto se choca contra uma fileira suspensa de pistolas de calafetagem, derrubando-as com o impacto. Eu ainda tenho o controle de suas mangas e as seguro firmemente enquanto inclino meu peso sobre o seu peito.

— Sim, é um baita dum prazer conhecê-lo. E o *scanner* está num lugar seguro. Você não será capaz de usá-lo contra as Cinquenta.

— Não desejamos usá-lo contra as Cinquenta, ou qualquer ser humano — diz ele com uma voz grave e tensa enquanto puxa suas mangas e tenta me afastar. Não vai demorar muito para ele conseguir.

— Isso nada tem a ver com uma luta insignificante entre os H2 e as Cinquenta. Queremos proteger a nós mesmos. *Todos nós.*

Eu afundo meus dedos, lutando para manter o meu domínio sobre ele.

— Proteger de quê?

— Você realmente acha que viemos para cá porque tivemos escolha? — Seu rosto se contorce enquanto ele luta. — Meus antepassados foram forçados a deixar o nosso planeta.

Charles disse que eles eram refugiados. Pelo menos fico sabendo que ele não era um completo mentiroso.

— Quem os obrigou?

Por um segundo, Race fica completamente imóvel. Ele olha para mim com um olhar penetrante.

— Reze para nunca descobrir.

Ele balança seus quadris, quase me lançando ao ar, mas acerto meu joelho em sua coxa. Ele se desvia para o lado com o objetivo de proteger seus pontos fracos enquanto fala novamente.

— Preciso da sua ajuda, Tate! — ele grunhe quando uso toda a minha força para contê-lo. — Seu pai descobriu algo de que precisávamos há séculos. Uma coisa da qual dependíamos quando chegamos a este planeta. Estava a bordo de uma nave que estava perdida, mas seu pai de alguma forma deve ter se apossado de alguns de seus destroços. Preciso ter acesso ao seu trabalho. — Ele tenta se contorcer para se afastar, mas eu o prendo violentamente, mantendo-o onde está. — Por favor — diz ele, com a expressão suavizada —, você não faz ideia do que realmente está acontecendo. Esta tecnologia é crucial para a nossa sobrevivência.

O *scanner* é a chave para a nossa sobrevivência. As palavras do meu pai ressoam na minha cabeça, junto com a lembrança do contador populacional e aqueles planos protegidos por senha em seu laboratório. Eu olho para Race, meus pensamentos estão girando, fora de controle. Poderia ele de fato me ajudar a compreender isso? Será que o meu pai iria querer que eu trabalhasse com Race? Ele me disse que Race era perigoso. Queria manter o *scanner* longe dele. Mas será que o meu pai sabia com certeza atrás do que estava Race? Ou será que meu pai — assim como o restante das Cinquenta — interpretou mal suas intenções?

Race me vê vacilar.

— Tate. Poderíamos trabalhar juntos. Você poderia me ajudar.

Com essas palavras, algo dentro de mim explode como uma supernova.

— Seus agentes atiraram na minha mãe — eu sussurro. — Você matou o meu pai. Quase matou a minha namorada. E ainda quer que eu o ajude?

Seu rosto se endurece e adquire uma expressão de pura determinação em uma fração de segundo. Ele rasga suas mangas arrancando-as da minha mão e gira para o lado, prendendo um dos meus pés entre suas pernas. Talvez ele ache que pode quebrar meu tornozelo, ou talvez ele só esteja tentando escapar, mas me proporciona a alavanca de que preciso. Eu engancho o meu calcanhar sob sua coxa e jogo todo o meu peso em meus ombros, dando uma cambalhota sobre suas costas e trazendo as minhas pernas para cima. Isso o pega totalmente de surpresa, e ele arfa à medida que eu o rolo.

Não perco tempo de puxá-lo contra mim, envolvendo seu tronco com minhas pernas por trás, enroscando o meu braço em torno de sua garganta. Ele ofega. Debate-se com os braços, acertando até uns bons socos na lateral da minha cabeça. Suas pernas se agitam, derrubando caixas das prateleiras e espalhando-as pelos corredores. Ele é forte pra caramba, mas não importa, porque eu o imobilizei de tal forma que ele *nunca* vai escapar.

Se isso fosse um campeonato, ele estaria batendo no tatame.

Só que isso não é um campeonato.

Então, eu aperto.

Ranjo meus dentes enquanto assisto seu rosto ficar roxo. Não é o suficiente. Nunca será o suficiente.

Não sei por quanto tempo mais eu o prendo depois que ele para de se debater. Não faço ideia. Tudo o que sei é que eu volto a mim imediatamente quando ouço Christina gritar.

VINTE E CINCO

AFROUXO MEU *ANACONDA VICE* EM RACE E FICO EM PÉ. SUA CABEÇA pende, e seus olhos estão semicerrados. Ele está inconsciente e continuará assim por um tempo. A loja está sinistramente silenciosa... A máquina lançadora de bolas de tênis deve estar sem munição.

O estampido de um tiro quebra o silêncio. Christina berra outra vez.

— Artigos esportivos! — grito, pondo-me a correr. Race e eu não terminamos, mas não vamos estar em pé de igualdade até eu descobrir no que exatamente o meu pai estava trabalhando... e me certificar de que as pessoas que me são caras estejam seguras.

Enquanto corro, ouço os passos de Christina atravessando o amplo e longo corredor em direção à área sob o cavalete de bicicletas. Chego ao corredor justamente quando Lamb a agarra pelo pescoço. Ela grita enquanto ele a puxa para si e pressiona a arma contra a sua cabeça.

— Sua vadiazinha — ele sibila em seu ouvido, cuspindo saliva.

Em seguida, seus olhos encontram os meus. — Acho que nós dois concordamos que tentei ser legal — diz ele, ofegante. Ele dá alguns passos para a frente.

Coloco minhas mãos para cima, mostrando a ele que estou desarmado. Então, dou um passo para trás.

— Chega de jogos, Tate. — Ele dá mais um passo para a frente.

— Chega de jogos — eu concordo.

— Quero o dispositivo. Entregue-o para mim e eu não explodo o cérebro dela por cima desses capacetes ciclísticos. — Seu dedo está no gatilho. Há uma veia dilatada em sua testa. E vejo por que ele está tão furioso.

Está coberto de cimento de contato. Não sei como ela fez isso, mas a calça dele está lambuzada. Seu peito. Seu rosto. E essas crostas estão secando. Ele deve estar sufocando com o fedor.

Christina olha para os próprios pés e, depois, para mim. Ela balança a cabeça, apenas um pouquinho. Espero que isso signifique que ela não tem cimento de contato na sola dos seus sapatos... e que ele tem.

Dou mais um passo para trás.

Lamb dá um passo abrupto para a frente, empurrando Christina junto. Os sapatos dela fazem discretos ruídos de aderência enquanto pisa no cimento de contato seco, porém ela continua se movendo para a frente. Mas, quando Lamb tenta levantar os pés para dar mais um passo, eles não se movem, mesmo que o resto do corpo o faça. Seu corpo tomba para a frente porque seus sapatos estão presos ao chão, e ele instintivamente tenta usar a mão que segura a arma para se sustentar, enquanto Christina luta para ficar em pé.

Mas ele está coberto de cimento de contato seco, por isso, assim que sua mão e sua arma encostam no cimento de contato seco no chão, ambas são instantaneamente coladas, ficando irremediavelmente presas ao piso.

Ele tenta puxar os pés dos sapatos, mas seu joelho toca o chão e fica preso também. Ele ruge de frustração quando perde o controle sobre Christina, cujas mãos enluvadas estão coladas ao chão. Assim que ele a solta, ela levanta, puxando as mãos das luvas, deixando-as para trás, e tropeça em minha direção. Eu agarro o seu braço e arrasto-a para fora do pegajoso trecho de lajotas. Seguro-a assim por um segundo, olhando para o seu belo rosto, certificando-me de que ela está viva, aqui, de verdade.

— Eu estou bem — diz ela, respirando com dificuldade. — Eu o abraçaria, mas tenho medo de nunca mais me desgrudar de você. — Ela tem cimento de contato no peito e na saia do vestido.

— Você disse que havia quatro deles. Eu peguei Race, e há outro no setor de utilidades domésticas. Você pegou o quarto?

Ela confirma com a cabeça, com um pequeno sorriso no rosto.

— Espere só até você o ver.

— Você é incrível — digo, colocando uma mecha de seu cabelo atrás da orelha.

Lamb está colado ao chão. Os outros dois agentes estão "fora de serviço". Race está inconsciente no momento.

— Venha. — Indico a saída com a cabeça. — Preciso...

Lamb está usando a mão que não está colada para levar o celular ao ouvido.

Caramba, é como se eu estivesse de volta naquele tatame do torneio com Olho de Boi, arrogante demais para ver o que está para acontecer.

Minha mão rapidamente agarra um taco que está próximo. Bato com ele na articulação que sustenta o cavalete de bicicletas em seu lugar, lá no alto. Com todas as forças que consigo reunir, bato com o bastão de novo e de novo, até que a articulação se rompe com um gemido.

Dezenas de bicicletas desabam sobre o Sr. Lamb. Seu cotovelo dobra e seu rosto atinge o piso. O grito que parte de sua boca me causa um arrepio. Vem carregado de fúria e terror, porque agora metade de seu rosto está presa ao chão.

— Race me disse para não matá-lo — diz ele. — Mas eu vou. Juro que vou.

Através da pilha de bicicletas, consigo ver um de seus olhos, e ele está cheio de ódio e da promessa de vingança. Fico olhando para ele, recusando-me a desviar o olhar.

Até que Christina pega na minha mão. A dela está fria, mas seu aperto é forte. É o suficiente para me trazer de volta.

— Acho que precisamos dar o fora daqui — diz ela.

— Pode apostar.

Com meu braço em volta de seus ombros, caminhamos rapidamente em direção à saída da loja e damos de cara com o quarto agente, que está sentado no chão, com a cabeça entre as mãos. Coloco Christina atrás de mim e me preparo para lutar, mas, então, percebo: suas mãos estão na verdade coladas ao rosto. Ele está fazendo uns ruídos desesperados, fungando e tentando puxar os dedos, e está tão ocupado com sua luta que sequer se dá conta de nossa presença enquanto passamos por ele.

Christina faz um desvio de dois minutos para roubar um par de calças de moletom e uma blusa da seção de roupas femininas, e ela se troca rapidamente, enquanto eu fico atento tentando escutar se há mais sirenes ou se vejo Race reaparecer. Quando deixamos a loja, o sol está nascendo sobre o estacionamento, uma bola laranja no horizonte. Puxo o celular do meu pai do bolso e ligo para o número de minha mãe.

— Por favor, atenda — sussurro.

— Tate — diz ela, quando responde, com voz cansada. — Eu não os deixei me operar até ter notícias suas.

Curvo a cabeça e aperto os olhos bem fechados.

— Como você está?

— Vou sobreviver. Você conseguiu entregar o *scanner* para o George?

— Sim. E... — Eu olho para trás, para a loja, e ouço uma explosão abafada... provavelmente, o restante da peroxiacetona que sintetizei. — Posso ter destruído o Walmart, mãe. Causamos alguns danos sérios.

— Vou cuidar disso, seja o que for.

— Ok. Verei você em breve? Temos que conversar sobre algumas coisas.

Ela ri. Soa como duas palhas de milho se esfregando.

— Você consegue vir até o hospital? Vejo você quando sair da cirurgia. — Ela desliga.

Christina se levanta na ponta dos pés e beija minha bochecha. Viro-me e pressiono minha testa na dela; depois, abro-lhe a porta do lado do passageiro. Dirijo lentamente para fora do estacionamento, perguntando-me o que os funcionários do Walmart vão pensar quando chegarem para abrir a loja.

Dirijo-me para a estrada de acesso entre as lojas.

O carro de George está parado a algumas dezenas de metros de distância, com a frente amassada contra uma árvore.

— Oh, meu Deus — Christina engasga de surpresa.

Estaciono atrás do carro dele e desço do meu, correndo para o lado do motorista. Toda a parte traseira do veículo apresenta perfurações de balas de grosso calibre. Abro a porta.

AGRADECIMENTOS

Gostaria de agradecer ao meu coautor, Walter Jury, à equipe da Penguin e, em especial, à minha maravilhosa editora, Stacey Barney, por conduzir esta história exatamente aonde ela precisava ir. Sou grata à equipe da New Leaf Literary por me apoiar durante todo este projeto, principalmente à Joanna Volpe e minha agente, Kathleen Ortiz, por sempre me ajudarem e gerenciarem tudo, inclusive a mim mesma. Sou eternamente grata à minha família e aos meus amigos, que me ouviram e me inspiraram. Agradeço a Sonia dos Santos por sua ajuda para que os palavrões em português soassem naturais num contexto esportivo, e a Cathryn e Shizhou Yang pelo sarcasmo em chinês. E, finalmente, gostaria de agradecer ao doutor Edward Mottel por sua experiência em reações químicas explosivas e suas sugestões sobre como criar caos de forma realista. Quaisquer erros relacionados à química (e a uma imprecisão proposital) neste livro são culpa exclusivamente minha.

— S. E. Fine

George está caído sobre o volante. Pressiono meus dedos em seu pescoço.

Sem pulsação.

Tentando engolir o enorme nó na garganta, contorno a parte de trás do carro novamente e abro a porta do lado do passageiro. O braço de George está estendido para o banco ao seu lado, como se estivesse tentando pegar alguma coisa. Sua pele salpicada de sangue me faz lembrar o momento em que ela refletiu laranja sob a luz do *scanner*. Eu quis perguntar a ele sobre isso. Ele prometeu que iria explicar. E, agora, isso não vai acontecer. Posso salvar apenas uma coisa agora: a tecnologia pela qual ele morreu, pela qual o meu pai morreu, pela qual tantos lutaram.

Eu me inclino e olho debaixo do banco, no banco de trás, por baixo das pernas de George, no banco da frente. No porta-malas. No porta-luvas. E, então, eu me levanto e olho para trás, para Christina, enquanto o mundo desaba ao redor dos meus ouvidos.

— O *scanner* desapareceu.